我が名は、カモン

My Name is Come ON

犬童一心
Inudo Isshin

河出書房新社

目次

我が名は、カモン

序　我が名は、カモン

加門の所属する劇団「自由演技」は新劇の名門だ。シェークスピア、チェーホフ、ベケット、ミラー、翻訳芝居を中心に戦後日本の演劇界を築き上げるその一翼を担《にな》って来た。創立メンバーには戦前からの演劇界を牽引《けんいん》した俳優、文壇の大御所がその名を連ねている。

加門は大学に入学して特に目的もなく中庭をうろうろしていたら、さして名もない学生劇団の部室に無理矢理連れ込まれた。芝居など、小学校の演劇教室で観たのが最後だと丁寧《ていねい》に断るのだが、お前の顔はおもしろい見飽きない貴重だきっといけるいけるに違いない演技なんてやれば何とかなるその顔に勝る物はないと繰り返し諭《さと》され、人の良い、まだ友達のいなかった加門は、ふらふらと入団してしまった。そして、気づけば演劇一色、公演が全ての生活になってしまい、授業に出られずバイトに行けず、そのまま結局大学は中退してしまった。

実のところ世の中退を名乗る者の多くは除籍だったりする。しかし、加門はしっかり手続きをした真の中退者、ここに加門らしい几帳面《きちょうめん》さがうかがえる。

その後劇団は些細《ささい》な方針の違いからいくつかの殴《なぐ》り合い、わめきあいを経てふたつに分裂。特に不満もなかった加門は仲間割れにほとほと嫌気がさしてどちらにも同行せず自分の行き場を探した。やはり同じような思いの友人がいて、彼に誘われ劇団「自由演技」の研究生になった。

毎月の月謝が大きな負担となって加門にのしかかったが、芝居の世界に繋がり続けるため、懸《けん》命《めい》にバイトに勤《いそ》しんだ。

そして、二年後、加門は、運良く劇団員に昇格した。誰もがこの名門で加門が昇格できるとは思っていなかったが、史劇をやるときに一人ガタイの良いやつがいたほうが便利だという所属演出家の言葉にたまたま引っかかったのが加門だった。

加門を研究生に誘った友人は団員にはなれず、故郷に帰り地元の新聞社に入社した。今では随《ずい》分《ぶん》と偉くなり、早くも役員候補と言われている。自由演技がその地で公演をすると、広報部長である力を使って必ず協賛に社名を連ね、劇団の若手を夜の街へと連れ出してくれる。お前ら、これを食ったことがあるか？　この酒は飲んだことがあるのか？　と逐次《ちくじ》繰り出される能書きが不評だが、懐《ふところ》の寂しい若手の身としては社用族のおこぼれにはしっかりあずかっておきたい、ゆえにその席を拒むものはいない。

たまの機会には加門もお礼と懐《なつ》かしさに顔を出す。加門は、五年前にシニア統括マネージャーなどという、たいそうな呼名の役職となった。それは、マネージャーを束ねる親玉のような立場。スポンサーのご機嫌伺《きげんうかが》いも大事な仕事のひとつだ。

今や加門は加門以外の名で呼ばれることは皆無だが、この友人だけは相も変わらず飲むと大学の部室気分で「郷田《ごうだ》、郷田」と加門の本名で絡《から》むからそれがちょっと鬱陶《うっとう》しい。

「おい郷田！　俺を踏み台にして団員に昇格したくせに、なんで舞台上がんねえでサラリーマンとかやっちゃってんだよ！」

踏み台にした覚えはないが、確かに今はもう劇団にいながらも加門が舞台に立つことはない。役者を辞《や》めるとき「加門慶多」という名を捨て郷田好則《よしのり》に戻っても良かったのだが、違うカタチとはいえこの世界に残るのであれば本名の郷田に戻るのは不自然不便とそのままにした。

「よくぞつけたなこんな名前」

今更ながら加門本人が思う。

「加門慶多、か」

酔った頭でふと人ごとのようにその名を口にするとぼんやり浮かぶのは信濃町《しなのまち》、今はなき古びた焼き鳥屋、その赤提灯《あかちょうちん》のボンヤリとした光だった。


それは加門が劇団員になって三年目のある日のこと。稽古《けいこ》後の狭いロッカー室でガタンゴトンと仲間とぶつかりあいながら着替えていると声をかけられた。

「おう、今日はバイトあんのか？」

大先輩の根本寛治《ねもとかんじ》。いつものぶっきらぼうな口調で言ってきた。相変わらずの無精髭《ぶしょうひげ》、束ねた長い髪、腕組みをして今日の稽古を演出家の後ろでにこりともせずじっと眺めていた。ときどきそんなことをして若手ににらみを利《き》かせるところがある。

若手連中は、そんな根本の姿を見つけると、「ああ、またネモカンが来てら」と目配せをして、皆、少し憂鬱になるのだった。とはいえ先輩だ、丁寧、低姿勢が原則だ。

「お疲れさまです」

加門、直立不動となり声が大きくなった。

「今日は、九時からソレイユに入ります」

「なんだよ、珍しいな」

ソレイユは劇団の若手女優たちで運営していた六本木のバー。それぞれが公演や稽古のスケジュールをやりくりして店に入った。劇団員は公演が最優先。不規則な日々、なかなか決まらないバイト先をどうにかせねばと知恵を絞ってできた店で、無名とはいえ女優と飲めると、芸能、マスコミ業界の遊び人にはちょいと知られた存在だった。

男優連中がたまにバーテンのヘルプで入ると業界の鼻の下を伸ばした連中には不評だった。皆、普段は、テレビだ、ラジオだ、新聞だと偉そうにしている分、口説きに夢中のにやけた顔を見られたくなかったのだ。その日はプロのバーテンが盲腸になったとかで急遽《きゅうきょ》たまたま空《あ》いていた加門が呼ばれていた。

根本は、加門にバイトがあると知ってもあきらめず、

「まあ、そんなにかかんねえ。ちょっと寄れや」

加門は緊張した。アトリエ公演、シェークスピア「夏の夜の夢」。

珍しく妖精のパックなんて大役がついて浮き足立っていたときだ。このタイミングではまだ何も言われたくない。けなされたら目も当てられない、手足がどっちに行って良いかさえ不安になってくる。と言って、中途半端に褒《ほ》められても困る。今はまだ、夢が膨《ふく》らんでいる最中、歩《ぶ》止まりが見えて、こんなもんかと安心して小さくまとまってしまうのも怖い。


ボンヤリと浮かぶ赤提灯、くすんだ墨《すみ》文字で「焼き鳥三益《みます》」とある。

その頃劇団の稽古場は信濃町の慶應病院の裏にあった。その程近く、マンションの多い路地の隙間にポツンと味わい深く三益はあった。付けが利き、しかも店主が高齢で勘定をすぐ忘れると劇団員には好評で、皆のたまり場になっていた。

店に入ると、これから夜勤に出る近所のタクシー会社の制服を来た男が二人、カウンターに座り黙々と定食を食っている。「ああ、またビール飲んでるよ」。あたりまえみたいに置かれた小瓶《こびん》

に眼をつむり、加門は根本の待つ奥へと向かう。

　小上がり、ぶらりと下がった裸電球の下、根本寛治が、稽古場のように腕組みをして待っていた。

「ああ、ネモカンだよお」加門、心で嘆《なげ》きながらも、笑顔でぺこりと頭を下げた。

　加門の頼んだ瓶ビールが来ると、根本は神妙な顔で話し出した。

「お前は、なんてえか、見た目と、名前が一致しないんだな」

　言った根本はいつもの安い二級酒をちびりとなめる。

「郷田好則かあ。たいそうな名前だ」

「はあ」

「据《す》わりが良いとも言えるが、大げさな響きにお前の淡白な顔が追っついていかねえ」

　加門、話の行く先が見えない。

「今やってる『夏の夜の夢』なんて喜劇は特にどうもいけない。生真面目《きまじめ》すぎて劇場《こや》で笑うと叱られそうだ」

　加門、口の中でごにょごにょと、

「いやあ、でも、名前で演じるわけじゃ」

「ん」

　根本、コップを片手にじろりと見上げた。

「あ、まあ、いつも喜劇をやるわけじゃないですから」

「マクベスやハムレットなんて人殺しの話、お前のフラじゃでかい役がつくとも思えない」

　フラとは芸人世界でいう見た目のことで、大川の向こう、住吉《すみよし》あたりの生まれでいっときストリップの名門フランス座、幕間のコントで修業したというふれこみの根本はときどき芸人言葉を使った。「フランス座で渥美清《あつみきよし》とすれ違った」と、酔うと自慢するのだが、すれ違ったという言葉の解釈は人それぞれにまかせて詳しくは話さない。

「好則はまだいいが、郷田がどうもその顔と合わねえんだ」

「はあ」

加門はそうは言われてもとため息をつく。

「名前変えろ」

「はあ？」

「だから、芸名をつけろって言ってんだよ」

「今日の話ってそれですか」

「そうだよ、大事な話だろ」

「はあ」

厳しい演技の批評に身をかまえた加門にすれば、ちょっと拍子《ひょうし》抜けをした格好だ。

「顔は変えられずとも、名前は変えられる」

加門、どう返事していいかわからずにいると、

「こんなこと正直に言ってくれるやつはそうそういねえんだぞ」

恩着せがましく言ってきた。でも、不思議と根本が言うとイヤな感じはしない。

「はい」

「なんだよじっと考え込むなよ。今ならまだ誰もお前のことなんざ知らねえんだから」

「でも」

「でも、なんだよ」

思わぬ言葉が不意に出た。

「ご先祖様が……」

「ご先祖！」

根本が大きな声を上げた。

「親ならともかく、ご先祖かよ」

そして、おもしろそうに笑う。

「はあ」

困り顔の加門の口から出るのはやはりため息だ。


そうだ、あのときが分かれ目だった。酔った頭で、今やシニア統括マネージャーとなった加門慶多は思う。

すでに、夜も深まり、気づけばどこぞの見知らぬバーにいる。カウンターの隣では、郷田郷田とうるさかった友人が、のどかな顔で船をこぎ始めていた。

この世界にいると、やはり一線を越えて違う世界へと渡った感覚がある。小心者の加門が堅気《かたぎ》の世界からはっきりと踏ん切りをつけて境界線を渡ったのは芸名をつけろと追い込まれたあのとき。だから「ご先祖様」なんて大層な言葉が口をついて出た。

「ちょっと、見ろ」

根本寛治はテーブルの上にあった皿やコップを畳《たたみ》に下ろすと、側にあったズダ袋のような鞄《かばん》を引き寄せ、中から大学ノートを取り出し開いて見せた。裸電球の光に照らし出され、そこには大きくマジックで書かれた四つの文字「加門慶多」が浮かび上がる。

根本が読み上げた。

「かもんけいた、だ」

加門、ノートを覗《のぞ》き込み、そこにある文字をゆっくりと口にしてみる。

「かもん、けいた」

奥歯でその名をじっくりと噛んだ。

根本が得意げに言う。

「加門はCOME ON!だ」

「ああ」

ダジャレのセンスに、浅草のにおいがした。

「慶多は慶《よろこ》び多くあれ!ってことだよ」

加門は、ノートに書かれた文字をじっと見つめた。

「なんだよ。なんとか言えよ」

「いやあ」

「なんだよ、こっちは、一晩かかってんだ」

加門、正直な感想が口をついて出た。

「ちょっと、芸人風といいますか」

「なんだよ。駄洒落《だじゃれ》がそんなに嫌か? 下町のセンスを馬鹿にすんな」

「いやいやいや、そんなことじゃないです」

「芸人で言ったら名跡《みょうせき》の風格だ」

言われると、何かそんな気がしないでもない。加門は、今一度ノートの文字をしかと見て、

「めでたい、名前ですね」

それも、心からの言葉だった。確かに、何か新しく良いことが始まる予感がその名にはあったのだ。

「そうだよ、お前の顔はおめでたいんだよ。目尻の下がりは一級品だぜ」

また顔か。と、加門は思う。学生の頃からずっとこれだ。褒められているような、そうでないような。「目尻限定の一級品」。加門はこの言葉を未だに時々思い出す。

「慶びって文字は、祝福を指す。お前の芝居で、来た客をめいっぱい祝福してやるんだ。ご利益《りやく》ありそうな役者になれってこった」

酒の肴《さかな》かもしれないが、後輩の芸名を一晩かけて考えてくれるネモカンは優しい人だと加門は思った。

「おやじ、冷やをもう一杯！」

根本、酒を追加すると真っ直ぐに加門を見た。

「なんていうか、どうも腰が据わってねえていうか、お前の芝居見てるとじれってえんだ。まだどっか他におもしれえことあるんじゃないかって思案顔に見えるんだよ。名前を変えて、やるなら本気でやれ、決心しろ。ダメだったときはそっから考えねえと役者なんてできねえだろ。将来設計しながらやるようなことじゃねえんだよ」

何も言えなかった。加門はそのとおりだと思った。

「末路あわれはあたりまえだ。加門慶多」

加門の頭の中にこの言葉がしかと刻まれた。「末路あわれはあたりまえ」か。

加門、決心がついたか、真っ直ぐに根本を見て言った。

「はい、わかりました」

「おう、そうか」

「変えます。名前」

加門、正座になって、

「加門慶多、ありがたく頂戴《ちょうだい》します」

深々と頭を下げた。

名前を変えて別人になって生きるとはなんと大胆なことか。ご先祖様を無視したその行為の不《ふ》埒《らち》さに、加門はドキドキしていた。


「え、加門慶多って芸名なの」

ドラマ部の部長、藤岡が驚きの声を上げた。そこはKTBテレビ三十二階のサロン。信濃町、「焼き鳥三益」での運命の命名式からはすでに三十年が経っている。

「あなた、ほんとは郷田さんっていうんだ」

「まあ」

加門にとって、郷田はすでに遠い存在、三十年を経て、その容貌も、髪が減った分体重が増え、随分と変わっている。

藤岡は、いつものごとく細身のジャケットに裾《すそ》が短かめのパンツ、出会った頃から続くロンドンファッション。顔の皺《しわ》が幾分増え、顔つきがぼんやりとした以外あまり変わらない。

加門、藤岡とのつき合いは長いが、慶ちゃん慶ちゃんと呼ばれてここまで来てしまった。死んだ根本の思い出話から、今さら加門の本名の話になった。

そう、ネモカンこと根本寛治は死んだ。自宅マンションで倒れたまま亡くなっていた。つい、二ヶ月前の事だ。

根本は、テレビドラマが増えて行く時代の中、そこに居場所を見出し、バイプレイヤーとして活躍した。藤岡はテレビプロデューサーとして多くのときを一緒に過ごした仲で、葬儀にも出席していた。

「慶ちゃんも寂しくなるね」

「はい」

根本の遺影は、太い黒ぶちの眼鏡に七三分け、微笑んだその顔は、加門と出会った頃と全く違っていた。長い髪を切り、無精髭を剃《そ》ったその容貌《ようぼう》は、それまでの不穏な気配が消え、人の良い優しさが滲《にじ》み出ていた。それが、ホームドラマで重宝された。

「名前を変える決心をして、根本さんに伝えたらとても喜んでくれました。そしたら、翌日、お祝いの絵を描いて持って来てくれて」

「根本さん、台本によく鉛筆で共演者の似顔絵描いてたなあ。うまいってわけじゃないけど、なんかね、味があって」

「ええ、そうなんですよね。そのとき貰《もら》ったのは花の水彩です。山間《やまあい》に赤いコスモス畑がある絵で、見てるとしだいに楽しくなって」

伏し目がち、加門にそっと絵を差し出す、照れて笑った根本の顔が浮かんだ。

「根本さん、目を合わせないで、コスモスの花言葉は、『人生に喜びをもたらす』。加門慶多って名前にぴったりだろって」

「そうですか」

浮かんだ根本の笑顔が、二人を黙らせた。

窓から、富士が見えた。雲の上から顔を出した頂には、新雪が随分と増えている。最近はどの局も最上階にサロンがあって東京の街を見下ろしながら話す格好だ。特にＫＴＢから望む景色は格別で、晴れた日には東京湾の先に富士山までが見渡せる。そこにいると流れる時間が下界とは随分と違って、どこか全てが浮き世と思えてくる。

もちろん禁煙。ひと昔前は一階のロビーにあった喫茶室で煙草の煙にまみれていたのだから、まさに雲泥《うんでい》の差だ。

テーブルの上にあった加門のスマホに着信がある。

「いいの？　さっき、トイレのときも着信が来てたよ」

見ると劇団自由演技、マネージメント部の鈴木武彦からだ。鈴木は今年ルーム長になったばかり、担当がいきなり増え、部下たちは曲者揃《くせものぞろ》いだが、生来の生真面目さから舞い上がることもなく着実に仕事をこなしていた。

「あ、いいです。多分スポーツ紙の掲載報告ですから。土曜に、小さい映画の初日があって、うちの新人が出てんですよ」

藤岡、いつものようにストローでクリームソーダのアイスを溶かしながら、

「慶ちゃん、もうさ、私ら会って三十年近いのよ。ほんとあんたは秘密主義なんだから」

「そんな、秘密主義って、今まで一度も名前の話になんてならなかったじゃないですか、それだけのことです」

「じゃ、言うけどさ昼帯の『夏恋』のときに妹役やってたキミちゃん、つき合ってたでしょ」

加門、慌《あわ》てた。

「あ、それは」

「知ってんだから。もう今日は言っちゃうからね。慶ちゃん、ディレクターの高梨《たかなし》がキミちゃんに気があるの知ってて誘ったでしょ」

「はあ、いやあ」

「あの頃の高梨、売れっ子ディレクターだったからさ、掛け持ちに追われて時間がない隙にさ、脇も脇、最後にしか出ない待ち時間たっぷりのバーテンダー役がさ、ちょこちょこっとさ」

「いや、いや、ちょこちょこってわけじゃ」

「あ、やっぱりつき合ってたんだ」

「かまかけないでくださいよ」

「じゃあ、じっくり?」

「そんな、じっくりってなんですかそれ」

「ひどいよねえ」

「いやあ、今更、そんな昔の話」

「結果、キミちゃんは慶ちゃんと別れて高梨とつき合ってめでたく一緒になったわけで、まあ、丸く収まったわけだ。あのときアシスタントだった米田《よねだ》から聞いたんだよ。キミちゃんが酔って慶ちゃんのこと色々喋《しゃべ》ったらしくって。米田はおしゃべりだから、私もね、聞きたいわけでもないのにペラペラ話すんだ」

「え、じゃ、高梨さんもそのときのこと知ってるんですか?」

藤岡、ソーダを一口。もったいを付けて、

「高梨、今度取締役になるらしいよ」

「え」

「慶ちゃん、まずいよなあ」

「でも、こないだもゴルフ一緒に回りました」

加門は、「劇団自由演技創立七十周年コンペ」で高梨とコースをラウンドしていた。そういえばあのときの高梨の笑顔、その目が笑っていなかったような気もして来る。背筋に悪い汗がじっとりと流れた。

藤岡、その思案顔を楽しんで、

「大丈夫、あのとき、米田に厳しく言って私のとこで止めたから。米田、おっ死んでもういないし、完全犯罪」

「え、米田さん」

「そう、今年のはじめ、癌《がん》でね。肺がん」

「そうです、か」

「故郷に帰ってもう随分になるし、皆には言ってないのよ。あんなカタチでクビになったし。雰囲気悪くなるだけでね」

米田はお金の出入りに嫌疑がかかって局を辞めていた。人気番組をいくつも抱え、局内を我が物顔で闊歩《かつぽ》していた人が、と、加門の胸にすきま風が吹き抜ける。

「そうですか、米田さん、残念です」

加門は、マネージャーになってから、米田の無理な要求に随分とつき合わされ、いじめられもしたが、浮かぶのは、まだアシスタントだった頃の人懐っこい笑顔だ。

「良かったじゃない。これで慶ちゃん完全犯罪」

「え、もう、脅《おど》かさないでくださいよ。お気遣いありがとうございました」

「今更礼言われてもって話だよな、三十年前の話だ」

藤岡がふいに真面目な顔になって加門を見つめる。

「まあ、私もね、ちょとキミちゃんには気があったんだけどね」

加門の珈琲カップを持つ手が止まった。

「え」

「嘘だよ」

笑った藤岡の眼が笑って見えないのは気のせいなのか？

そこに今度は劇団自由演技の社長、堂本からの着信が入る。

この電話にはでないわけにはいかない。堂本からの連絡は大方悪い話だ。でも、だからこそ加門が無視するわけにはいかない。


慌てて廊下に出て、携帯を受ける。

堂本が、電話であるにもかかわらず、息をひそめて話し出した。

「今、ちょっといいですか」

三代目の堂本公平は四十を超えたばかり。十年前に大手家電メーカーを辞め、マネージャー業をしながら帝王学を学んでいた。

先代が一昨年に亡くなると劇団を引き継いだ。劇団といっても、もはや株式会社。大手芸能プロダクション。所属は八十名を超え、芸人やニュースキャスターもいたりするのだ。ときどきその劇団の変貌ぶりに加門もいったい自分たちが何処へ向かおうとしているのかと遠い眼になる。

堂本からの連絡は予想を遥かに超える大事だった。

「滝川さんが辞めるって言うんです」

「はい？」

思わず、加門は聞き返した。

「いったい何を辞めるって？」

「役者を辞めるって言ってるんですよ。引退するって」

「え」

滝川とは、今年七十歳、古稀《こき》を迎える劇団の重鎮《じゅうちん》。自由演技の看板男優、滝川大介のことだ。

「もちろん、引き止めましたよ。必死に説得しましたが聞いてくれません」

「いつ、そんな話」

「昨日の夜、突然会社にふらっと現れたんです。めったに来ない滝川さんがいるから、何かあって魂抜けて来ちゃったんじゃないかって、思わず拝んじゃいました」

「なるほど」

堂本のおとぼけは先代ゆずり。いつものことで、本人は至って真面目なのだ。加門はそれが嫌いじゃなかった。上手に間の抜ける人間は信頼できる。

にしても、滝川はどうしたのか？　長いつき合いの加門にも、その「引退」という言葉の裏が読めない。昨年やった「シェークスピア三連続公演」は絶賛の嵐、いくつもの演劇賞を受賞したばかりだ。夏には連続公演のトリを飾った「リア王」の再演もある。

「来週から再演の稽古も始まりますし、もう一度話しましょうとなって今日お宅に伺ったのですが、一晩経てば気が変わるとかいう簡単なものじゃありませんでした。月曜からの稽古をばらして引退を発表してくれの一点張りです」

受賞ラッシュが続き、それゆえに失敗を恐れ、もう一度演じることが怖くなったのか？　しかし、滝川大介ほどのベテランにして名優にそんなことがあるのだろうか？　賞や過度な褒め言葉など、滝川にとっては今さら特別なものとも思えない。

滝川が誠実な人間であることを加門は知っている。だが、だからこそ真剣に言い出したらあとへは引かないこともわかっている。加門、打つ手が思いつかず、

「困りましたね」

正直な言葉が表に出た。

「そうです。ほとほと困りました」

加門、堂本の言葉に気になる部分があった。

「滝川さんは、『役者』を辞めるって言ったんですか？」

「はい、そうおっしゃってました」

「俳優でなく、役者？」

「そうです、何か？」

堂本は、加門が「俳優」と「役者」の違いにこだわる意味を測りかねている。

「いえ、ちょっと気になって」

堂本、あらたまって、

「加門さん、ここはひとつ、よろしくお願いします」

電話を持ちながら深々と頭を下げる堂本の姿が浮かぶ。

加門はとりあえず、すぐに滝川のところへ向かうと答え、携帯を切った。

サロンに戻るとすでに窓外は暮れ始め、遠くに見える富士が紫に陰っている。藤岡に今日の麻雀は無理になったと頭を下げた。

藤岡の顔色が変わる。

「ああ、もう、またメンバー探し。最近の若いやつはなんで麻雀嫌いなんですかねえ」

がっくりと肩を落とした藤岡をあとに加門は滝川邸に急いだ。


地下鉄に乗ってすぐにルーム長の鈴木からの着信が二回続いた。KTBでも着信があった。めったなことでは動じない経験豊富な鈴木からだ、これはよほどのことではと思い至り、次の駅で降りてかけ直す。

鈴木の声が珍しくいらだっていた。

「梓《あずさ》が、前のCMと同じ制服はいやだってごねてるんですよ」

昨年自由演技で預かった山下梓が五代目マキタガールに決まり、そのCMの衣装合わせ先からだった。

「あのシリーズはずっと同じ制服でやってるんだろ」

「そんなの関係ないって話です」

マキタ銀行のCMは行内で働く新入社員の奮闘する姿を追いかけるシリーズがこの十年ずっと続いている。

「五代目マキタガールになるだけでもたいしたもんだ。二十歳を超えたらみんな喉から手が出るほど欲しい肩書きだ」

「梓はそう思ってませんよ」

「だいたい、同じがいやだって言っても、銀行の中に違う制服ってのがあるのか？」

「ないですよそんなもの。マキタ銀行は、この五年、制服の変更をしてないんです」

加門に、ある夜の出来事が蘇《よみがえ》る。

まだ、山下梓が前の事務所にいた頃、某大物演出家の元で初舞台を踏んだ。その舞台に加門担当の自由演技の若手もオーディションで合格し、共演した。

その顔合わせの会食に加門も参加して、前から気になっていた山下の一部始終を遠巻きながら観察した。その場で見せた、山下の大物演出家や主要俳優への画に描いたように親しみやすい笑顔。わざとくだけた口調で取り入る姿態。オーディションでやって来た同世代の新人連中など眼中にはないというその態度。どれもがふらふらと危なっかしいものだった。自分にとって益になることだけを貪欲に探す眼付き、それはかつて何度か出会った女優の眼だ。大概その眼の女優は問題を起こす。

「担当の石田は何してるんだ」

石田は山下梓と一緒に移って来た、担当マネージャーだ。石田聡子《さとこ》四十歳。前の事務所時代、山下梓をここまで育てたのは私の力だと独り占めして、自分以外の者が持ってきた仕事は全てそのままのカタチでは梓に通さない。勝手な意見を必ずプラスする。それが原因で事務所内でトラブルを起こし退社した。梓が出した劇団自由演技への移籍の条件にこの石田の入社があった。

「石田は、このＣＭは私が持ってきた仕事じゃないって、それだけです」

加門、携帯を持つ手に力が入る。

「まったく」

「まいりました」

鈴木の吐くため息は深い。

「クライアントは？」

「来てます」

加門、ふと気がかりが浮かんだ。

「代理店のクリエイティブのトップは三局の板倉さんだよな」

「はい、でも、板倉さんは今日の衣装合わせにはお見えになってません」

「赤城プロの植田さんは？」

「来てます。ちょうど今、上のロビーでフリーのアシスタントを怒鳴りまくってますよ。コンビニのお菓子の買い出しをもっと工夫しろって。無意味にいらついて、悪い雰囲気をさらに悪くしてます」

植田らしいな、と加門も得心する。赤城プロはCM制作会社の名門だ。多くのヒットCMを放ち、海外の広告賞の常連でもある。植田は会社のブランドを笠に着て、フリーのスタッフや下請けのスタジオに横暴に振る舞うことで有名だった。

「わかった。とにかく石田に言って、梓を説得させろ。鈴木、踏ん張ってくれ。なんだこれぐらいのこと、俺たち、もっと際《きわ》どい目にいっぱいあってるだろ」

鈴木、すぐに返事をしなかった。

「わかりました」

言葉を呑み込む気配がした。

ホームへ電車が入り込んで来る。

「こっちはこっちでとんでもない先約があってな。済ませてから行く」

加門は、携帯を切った。


気が急《せ》いた。改札を抜け階段を駆け上がって立ち止まる。大事なことをするときはゆっくり一回で終わらせる。それが加門のやり方だ。山下梓に囚われて無駄に心乱れ、大事な滝川の件を失敗するわけには行かない。加門は深呼吸をしてゆっくり歩き出した。

環状線を渡り裏に入って閑静な住宅街を真っ直ぐに進むと坂の途中にある滝川の家が見えて来る。ここまでくれば、多摩川もほど近く、吹き抜ける風が心地良い。まだ、加門が若手として舞台に立っていた頃、建て直す前の古い平屋に引っ越しの手伝いに来たことを思い出す。

夏が終わろうとしていた、今はなくなってしまった小さな川茶屋に出て昼飯にした。滝川の妻、美都子《みつこ》もまだ劇団にいて、他にも手伝いの団員が数人いた。美都子の作ったおにぎりと店で出してもらったソース焼そば、高くなった青い空と煌《きら》めくビール。まだ、誰もが若く、弾《はず》む笑い声がその場に響いていた。

まとわりつく懐かしい川風を振り払い、加門は滝川の家へと歩を早めた。


滝川大介、七十歳。昨年は「オセロ」「コリオレイナス」「リア王」を一月ずつ三ヶ月にわたり演じ切る、シェークスピアの連続上演で国内の演劇賞を総なめにした。来週から稽古を始める「リア王」はその受賞記念の再演だ。演技人生のピークにいると言っても良い。

世間では私生活も公開せず寡黙《かもく》で仕事一筋と思われ、逆にそのせいでたまに見せる笑顔がかわいいと若い女の子にもファンが多い。映画界でも巨匠たちの作品に次々と出演。そこでも多くの受賞歴がある。今や、エンドロールの止めで最も重いのが滝川だ。

加門は滝川が堂本に使った「役者」という言葉が気になっている。滝川は役者という言葉を慎重に使う。昨年出した自叙伝も『人間の日々、俳優の時間』というものだ。

滝川は言っていた。役者という言葉には何年経ってもなじめない、危険な言葉だ。自らを蔑《さげす》むように使うことで世間と境界線を作り、それでいながら余計なプライドが生まれ、居心地の良いサロンでぬくぬくできるところがある。

「だいたい、役者って言えば何でも許されると思ってる連中が良くない」

軽い気持ちで使っていた加門には新鮮な、そしてどこか痛みを伴う言葉だった。

そんな滝川が「役者」を辞めると言っている。

「おう、入れよ」

インターフォン越しに聴こえた滝川の声は普段と変わらない。

玄関の鍵を開け、ぬうっと現れた顔もいつもの忘れられないあの顔だ。何と言って良いか、加門は、何度見ても慣れることがない。人間離れをしたその顔はどこか野性で、荒野の美しい獣のようだ。違う。滝川がいるとそこがどこであろうと荒野になるというか。

「美都子はいないんだ。ビール冷えてるよ。勝手に出して飲んでよ」

滝川は、軽く言ってスタスタと書斎へ向かった。白シャツにジーンズ。家ではいつも変わらずこのスタイルだ。

書斎のローテーブルには空になったビールのロング缶が三つ並んでいる。いつものキリンラガー。加門が、休演や撮休の日に打ち合わせに行くと、いつもこの書斎で一人ソファに座り、ビールのロング缶片手に台本を広げる滝川の姿があった。加門は時計を見る。今は六時、ということはすでに三時間飲んでいる。滝川は仕事のない日は午後の三時を過ぎれば飲んでも良いと決めているのだ。いつ頃からだろう、昔は五時だった。自由業は三時でも良いだろと言い出したのももうずいぶんと昔だ。

加門は、今までのように、滝川の正面に腰を下ろした。滝川は何しに来たのかと尋ねなかった。

「久しぶりだろ、うち」

乾杯もせずに、飲みながら滝川が話し出す。

「そうですね、『俳優の時間』が出た際に、新聞取材の立ち会いでお伺いしました。台本を読んでいるところを撮りたいって。二年ぐらいになりますか」

「前は良く来たけどな」

「あ、はい、すみませんご無沙汰《ぶさた》で」

「あやまんなくていいよ」

「奥さんにはいつもごちそうしていただきました」

台本の読み合わせに皆で集まって、終わると出る滝川の妻、美都子の手料理が楽しみだった。

「今日、奥さんは?」

「稽古に入るまで、友達連中でハワイ」

「ああ、いいですねえ」

「入るとな、俺が仕事以外何もしなくなるから。今のうちに羽伸ばしてんだろ」

そして、言った。

「まあ、もう関係ないけどな」

加門、それについては何も触れなかった。

ふと、加門は何かが足りないと周囲が気になり出す。二年前と何も変わらない気もする。が、どこかが決定的に違う。そのせいで落ち着かない。

加門は、はたと気づく。そうだ、台本がないんだ。これまでこの場所で滝川といるときは、二人の側に必ず何かしらの台本があった。今日は、それがない。そのことの不安が急に加門を襲った。

たとえ、お互いの日々について話すことがなくても、共に向かうべき台本の話になれば、そこには汲《く》めども尽きぬ井戸のように、話したくなる、話すべき細部が溢《あふ》れ、膨らんだ想像、いや、それはときに終わることなき妄想となって言葉が溢れ始めた。

加門は、滝川のような巨人を相手にしても、台本という場所があれば、怖がらず共に立つことが出来た。

台本を失った今、加門は滝川と向かい合い、一人の人として言葉を探し紡《つむ》ぐ以外取るべき道がないのだ。

「あたりまえのことじゃないか」と加門は自分に言った。言いながら、どこか路に迷った子供のような不安が頭をもたげて来る。

滝川、何事もなかったかのように、グラスに口をつけ話し出した。

「加門、根本のあれ……葬式いたよな」

「はい」

「納棺のときさ、棺桶《かんおけ》に石で釘《くぎ》を打つじゃない」

「はい」

「あれ、どっちから音出てんのかなと思ってさ」

「はい？」

「いや、だからさ、加門、そういうところをちゃんと見たりさ、聞いたりしてるのが、仕事に出るんだろ」

「あ、はい」

加門はそのもの言いが懐かしかった。演技を辞めて二十五年、でも、滝川の中で自分はまだちゃんと後輩なんだと思うと無性に嬉しかった。

「まあ、打ってる石の音だったらいい、打たれた釘の音だと思うと棺桶から根本が『いやだいやだ』って拒んでるみたいに思えてさ」

「ああ」

滝川、グラスに残ったビールを飲み干して、

「ああ、じゃなくてさ」

「はい」

注ぎ足して、加門の分まで注いで一口すする。

「最初はこっちの石の音だった。順番が近づくとだんだん釘の音に聞こえて来て、『いやだいやだ』って根本が繰り返し始めた。そしたら、ちょうど俺の順番だ。たまんなかったよ、ぐっと堪《こら》えてそっと打って、次に渡そうと思ったらまずいことに後ろが竹田でさ、あいつ、あの無駄にでかい顔で上から見下ろして、お疲れ様です！　なんて笑顔で言いやがった。デリカシーがないっつうか、案の定、ガツーン！って思いっきり叩きやがって、根本が悲鳴あげてたよ」

その声を思い出したのか、滝川が黙った。そして、

「昔っから竹田の芝居ってそういう感じだったよな」

加門、ふいに相づちを求められる。

「はい」

つい、調子に乗って、

「間が悪いっていうか」

口を滑《すべ》らした。

竹田は滝川の三期下の男優竹田司郎《しろう》のこと。加門からすれば大先輩だ。申しわけない気持ちでいっぱいになる。

滝川、少し嬉しそうに、

「そうだよ、あいつは間が悪いんだよ」

言って一口ぐいっと飲み干した。

「加門、悲しいだろ。根本のやつ、ずっと脇でさ、あてにはされたが、ちやほやされることはなかったし。言っちゃ悪いが、ここんとこ、仕事もさ、からきしだったし。しかもあんなちっぽけなマンションで一人で死んで二週間も経って見つかって、追い討ちかけるみたいに竹田みたいなやつにガツーンとかやられちゃってさ」

根本の発見が遅れたことに加門は忸怩《じくじ》たる思いがある。根本は仕事がないときに連絡されるのを嫌った。老人扱いされ、心配されたり同情されたりすることを拒んでいた。担当のマネージャーにも、そういった根本の性格を考慮してつき合えと加門は言っていた。持病もなく元気に見えた根本の死因は脳出血。食事中に倒れてそのまま絶命していた。

「根本、あいつ工学部出てんだ、知ってた」

「はい、確か、明治の……」

「そうだよ、明治の。成績も良かったんだ。なのにさ」

「たしか、文学座の芥川先生でハムレットを観て」

「そう、観ちゃったんだよ、芥川先生で観ちゃったらな……馬鹿だな、観なきゃさ、きっと今頃家族もいて、あんな、一人で……」

加門の脳裏に、かつて根本に言われたあの言葉が蘇る。

「末路あわれはあたりまえだ。加門慶多」

あの、信濃町の、無精髭、まだ長かった髪を後ろで束ね、若く野心に溢れた頃の根本寛治の姿が浮かんだ。芝居が好きで、全てで、酔って芝居について話し始めると止まらなくなり、ネモカンと陰で疎まれながら、ときに加門の名前を一晩かかって考える優しさを持った男。そうだ、あの人は不器用だった。と、加門は思う。思いのたけが溢れると抑えきれず、傷つくと黙り続け、正直に生きた。皆、そのことで信頼もしたが、翻弄され遠ざけたことのある者も多い。だからきっと、失ってその不在を誰もがうまく受け取れない。

ふと、眼を落とすと鞄の中の携帯が点滅している。きっと、ルーム長の鈴木だ。赤城プロで、また山下梓が何か無理難題を言い出したのか？　加門、不安になり、トイレに立ったふりで玄関に行きチェックする。鈴木からすでに三回の着信がある。迷った末に結局こちらから連絡した。

「とりあえず、制服問題は解決しました。上にカーディガンを羽織るということで納まりました」

「え」

「ちょうど、季節的には良いということになって」

「いいのかそんなんで」

「このシリーズ初の試みです。クリエイティブディレクターの野々村さんが、クライアントにもうまく言ってくれました」

加門、ほっと息をついた。

「なんだよ、だったらいいじゃないかそれで」

「でも、今度は」

「え」

「歌うのが嫌だと言い出しました」

加門、言葉が出ない。

「フィッティングルームから衣装スタッフに出てもらって、野々村さんと演出の桑原《くわばら》さんで説得してます」

加門、いらだちを隠せぬまま、

「歌うのはあのシリーズの根幹、ていうか、企画そのものだろ」

「とにかく、なんで私が他の人と同じじゃなきゃいけないのかってことですよ」

鈴木の口調は静かで、どこか諦観《ていかん》のようなものが漂う。

「どうしますか?」

加門、それには答えず、

「石田に替われ、あいつが担当マネージャーなんだ」

「石田は山下と中にいます」

「いいから石田を呼んでくれ！」

加門は、滝川邸にいることを忘れ、つい大きな声を出してしまった。

山下梓のような女優はここはごねてみせた方が得だという本能のようなものを持っている。イヤなものはイヤだと言ってみせた方が良いというタイミングへの勘《かん》だ。演技をする者が役を掴《つか》むためにする試行錯誤、そこから生まれるスタッフとの齟齬《そご》とは違う。それはどこか処世術のようなもので、簡単な人間でないと見せることで自分のステージを上げるのだ。

しかし、引き際もわかってるはずだ。それ以上やれば、自分から人が離れて行くその一線を間違えることはしない。中には測りかねてしくじるものもいる。犠牲になる人間への想像力が欠如している場合だ。

山下は子役上がりの苦労人だ。たとえ問題を起こしても、危ない一線の上を上手に渡って行くだろうと加門は踏んでいたのだが。

今回は間違いなく度を超えている。

携帯から、いつもの無愛想な声が聞こえる。

「石田です。なんでしょう」

言い方に、どこか、人ごとのような響きがあった。

加門、グッと堪え、

「企画に問題はないだろ。なんでこんなことになってんだ。梓に、最終の演出コンテは見せたのか」

「見せました」

「だったら、なんで」

演出コンテには加門も眼を通した。随分と固かった企画が熟《う》れて人肌のあるものになっていた。演出を担当する桑原の力だと加門は感心した。山下にそれがわからないとは思えない。

加門にはひとつ気がかりがあった。山下と今回のＣＭの製作スタッフとの間で行なわれた顔合わせのあとからずっと気になっていた。やはりそれが原因ではとの思いにかられ、強い不安に襲われる。もしそのせいなら、ことは根深く複雑だ。

「梓は、自分が出演しても、結局今までと同じだって、ずっと不満だったんですよ」

石田の口調にはどこか楽しんでいる気配さえあった。

「今更言うな。このシリーズは毎回新入社員が主人公で、その新人キャラに沿ったエピソード違いで見せていくってのは誰でも知ってるだろ」

「エピソードも同じに見えるんですよ。それが問題なんです。演出コンテでその辺考えてくれるって話だったのに」

「銀行で毎回大事件があったらどうすんだよ。何もないから安心して皆金を預けるんだろ」

「別に強盗と闘えとかってことじゃないんです。何か登場人物を演じるための今回なりのフックが欲しいんです」

「フックね」

日本語で言え、と加門は思う。きっかけとか、とっかかりとか。普段、加門は自分でも使っているのに、こういうタイミングだと妙に洒落臭《しゃらくさ》い。

「だから、とにかく連れてきて現場で処理しなくちゃならないって判断ですよ。私に聞かずに勝手に進めるからこんなことになるんです。俳優だって昔とちがってアーティストとしての視点も持たないとこれからはまずいという」

加門、遮《さえぎ》って、

「やって欲しいって言われたら、どんな条件でも言われた以上のものを返してみせるのもプロだろ」

石田は押し黙って何も言わなくなった。

「梓に替われ」

「替われません」

「じゃあ、行く。待ってろ」

電話を替わった鈴木に、

「とにかく、こっちを終わらせたらすぐ行くから、それまで頑張ってくれ」

鈴木は、返事をしなかった。


加門、携帯を切ると。そこはしんと静まる滝川邸。いつもの笑顔を必死で作り書斎に戻った。

今の電話が嘘のように滝川が泰然とビールを飲んでいる。

「なんか、大変そうだな、いろいろ。よく聞こえなかったけどさ」

やはり、しっかり聞こえていたらしい。

「まあ、そんなこんなって感じです」

「パティ・ペイジだな」

「はあ」

「Why Don't You Believe Me『なぜ信じてくれないの』聞いたことないか」

「ああ」

加門、有名なスタンダードナンバーのメロディが浮かんだ。

「人と比べられる毎日。不安でいっぱいだ。周りに、絶対的に自分を信じてくれる人間を求めちまう。そいつがとんでもねえと、いろいろあるわけさ。今更、お前に言う台詞《せりふ》じゃねえな。加門、悪い」

「はい」

「……ああ、ちょっと、飲みすぎた、窓開けてくんないか」

ひんやりとした夜の冷気が流れ込む。日も落ちて、聞こえてくるのは離れた環状線を通り過ぎる車の音だけだ。滝川が立ち上がり、窓際に立った。加門もその隣に並ぶ。

「庭の端にさ、百日紅《さるすべり》があるだろ」

「ああ、きれいに赤い実が付いてますね」

「それはソヨゴだろ」

「あ、はい」

「そのとなりの幹が細いけど、一番高い木があるだろ」

「ああ」

「まだ隣を買って建て直す前の、平屋の家覚えてる？」

「覚えてます。青い屋根の」

「あれを買ったときに根本が持ってきてくれたんだよ。あいつ、自分の身長ぐらいあるのを担《かつ》いでひょっこり顔出してさ。しこたま酒飲んで帰りやがった。今は十メートルぐらいあるだろ」

加門、そんなにはないと思うが、

「大きくなりましたね」

と言葉を合わせる。

「あれから、三十年だよ」

「はい」

「この仕事を始めてからだと、もう半世紀だ」

「はい」

「そろそろ潮時かなって思ったんだよ」

さあ、本題に入ったぞ。加門は緊張した。

敏腕マネージャー加門慶多に切り替えだと、その身が引き締まる。

「昔、江戸の終わり、歌舞伎役者で一番人気だった三代目の尾上菊五郎《おのえきくごろう》の餅屋《もちや》の大騒動は知ってるか？」

「いえ」

「なんにも知らないんだな」

「すみません」

「その菊ちゃんがさ、人気絶頂のタイミングに、突然、引退して、餅屋を始めると言い出して大騒ぎになったんだよ。菊ちゃんは、辞める理由を誰にも言わない。昔は俺も菊ちゃんのやってることが腑《ふ》に落ちなくて、何がそうさせたかと思案したよ。でもな、今はわかるんだ」

加門は思う。滝川は正直に話してくれている。自分を仲間だと信じて接してくれている。

「一昨日《おととい》、一人でさ、稽古場の鏡使ってリアのメイクテストをしてた。したら、ハリウッドライト、あれ、鏡の周りにいくつも電球があるだろ、そのうちの一個が切れかかって、点滅し始めたんだ。イライラしてさ、立ち上がって外そうと思ったんだよ。でも、その手が不意に止まった。

何か、金縛《かなしば》りみたいになってその点滅から眼が離せなくなったんだ。しだいに心地良くなって来てさ。どこに迷いこんじまったのか、半分塗《ぬ》った中途半端な白塗りのメイクをした自分の顔をじっと見つめてた。キングリアなのか、俺なのか、どちらにしろ老いぼれだ。したらさ、なんだかもううんざりしちまって」

滝川、言葉を探した。そして、どこか投げ出すように言った。

「だから、いやんなったんだ」

「いやになった?」

「ああ、顔に色塗って仕事すんのもそろそろ潮時かなって思ったんだ。でさ、メイクブラシを置いちまった。不意にさ、もっとまっとうな、なんというか、しっかり地に根を下ろした仕事をやりたいと思ったんだ」

途中で降りて、マネージャー業に変わり身した加門には計り知れない言葉だった。歳をとれば、悪魔が囁《ささや》くようにそんな思いが大なり小なりやってくるものなのか? しかし、志した仕事で称賛を積み重ね、今、人生の絶頂にいるはずの滝川に何故?

滝川、庭を見つめたまま言葉を続けた。

「活映のアクションスターだった津田《つだ》康介《こうすけ》さん知ってるだろ」

「ええ、銀幕って言葉がよく似合う大スターでした」

「ああ。俺は、あの人の映画で何度か敵役《かたきやく》をやらせてもらった。あの人、酔うとよく言ってた」

滝川、加門に向かって、ゆっくりと人差し指を向け、

「バーン」と口鉄砲《くちでっぽう》を撃った。

「口鉄砲が死ぬほど嫌だってな」

加門、意味を計りかね、何も言えない。

「銃を使ったアクションシーンのリハーサルやったことあるか」

「いえ、経験はないです」

「あれ、リハーサルはまだ銃に火薬を入れてないんだ。自分が銃を撃つタイミングは、自分の口鉄砲で周りに知らせるしかない。津田さん、酔うとよく言ってた。口でバーン、なんてよ、ガキと一緒じゃねえか、こんな仕事、いい大人の男が一生かけてやるようなもんじゃねえ」

加門は、津田康介が、俳優業の傍らいくつもの事業に手を出したがことごとくうまくいかず、巨額の借金を背負い、結局、海外に逃げ、その地で入水自殺したことを思い出した。

滝川、津田との夜がさらに蘇る。

「その頃、俺はまだ血気盛んだ。仕事も楽しくってな。あの人の気持ちを汲むなんてできねえ。笑って、適当なこと言ってたよ。いいじゃないですか、バンバン撃って豪邸建てたんですから、撃てるだけ撃ってれば」

滝川、今更の後悔に耐えかねたのか、眉間《みけん》に皺を寄せ目を閉じた。

「ああ」深いため息の響きが、庭先の暗闇に溶けた。

急いてはいけない。加門は自分に向かって言う。そして、思いをめぐらせながらグラスに残ったビールをゆっくり飲み干す。勝算のめどはない中、加門が話し出す。

「滝川さん、昔、シェークスピアについて言ってました。一生やったってやりきれないほどの疑問が、それをなんとかしようという方法が湧き出てくる。何度同じ役をやっても終わりが見えない。そんな『尽きなさ』それがどの台本にもある。こんなことに取り組める仕事を見つけられて、俺は幸せだって心の底から思ったんだよ。苦労したからって文句を言ってるんじゃ神様仏様に申しわけない」

「言ったな、確かに」

滝川が庭を見たまま応えた。

加門は、言葉を紡ぐうちに、滝川との記憶が次々と蘇り、その胸に熱い思いが溢れ始めた。と、同時になぜかふつふつと腹が立って来る。

「俺、三十六で役者を辞めました。俺には無理だって。あのとき、滝川さんにも相談しましたよね」

「したな」

「反対しませんでした」

「酷《ひど》いな俺も」

「いえ、正直助かりました。あそこで踏ん切りつけて、やっと、今、ここまで来れたかなって感じです」

舞台に立つのを止めようと決心した日が蘇る。

滝川演じるマクベスの通し稽古の日だった。加門は端役《はやく》として出演していた。アトリエでリハーサル中の滝川を真近で見ながら、ああ、俺には無理だ。絶対に無理だという思いが突き上げ、終わったあと、滝川の楽屋を尋ね、相談したのだった。

「滝川さんや根本さんを見ていると、しだいにわかって来るんです。この人たちは他がない人なんだなって」

加門は思う。そうだよ、俺はあんたたちを見ていて、だからこそあきらめたんだ。今更そう簡単に辞めるなんて言うな。

「根本さん、前に仰《おつしや》ったんです」

加門、根本の口調になった。

「好きでやってんだろうって皆言うけどさ、そんなんじゃねえんだ。そうするしかできねえだけなんだ」

滝川が呟《つぶや》くように言った。

「まあ、それが『役者』ってことだろうな」

滝川が、「役者」という言葉を口にした。加門はその切実な響きを聞き逃さなかった。

滝川、ゆっくりと話し出した。

「俺は、俺の嫌ってた『役者』ってやつが俺の中にどかっと居据わってるのに気づいてたんだ。演技は世間から外れ、自由であることを良しとしなければできない。人の理不尽、残酷、逸脱を肯定することができてこそなんだ。俺は、自分の人生に戻っても、そんな自由であることの特権を笠に着て振る舞う連中にうんざりだった。でも、結局俺も同じだ、仕事は俳優でも生き方は役者であるしかないんだ」

そして、言った。

「そうやって生きるのがしんどくなった」

加門、何も言えなくなった。

長い沈黙があって、滝川、何を思ったか、

「……おじさん、知恵のないやつは、これが運命とあきらめたほうがいいぜ。そうすれば、狂わなくてすむ。のんきに暮らせるよ」

それは、リア王の「道化」の台詞だった。

加門は、舞台で飛び跳ね、汗をかいて喋りまくる根本の姿を思い出した。

加門は思う。そうだ、根本さんは最後まで「辞める」なんて言わなかった。仕事がなくたって絶対に言わなかった。

「随分前ですが、根本さんの道化を見ました」

「ひどかったな。本人は道化みたいなやつなのに」

「わたしは好きでした」

「てんで、調子っぱずれだけどな」

滝川が少し笑顔になった気がした。

「根本さん、公演の度に打ち上げで誰彼かまわず本気でダメ出しするんですよ。自分に役がつかなくてもやって来て、いろいろうるさく皆に言って、皆、ネモカンがまた何か言ってるよって陰で笑ってました。根本さん、後輩からはネモカンって呼ばれてたんです。知ってましたか?」

「ああ、知ってるよ」

加門、ダメ出しをする、楽しげな、真剣な、くるくると変わる根本の表情が浮かんだ。

滝川は滝川で、いつの日かの根本を思い出したのか、

「あいつは、芝居より打ち上げが好きみたいなところがあってな、だからダメなんだ」

「でも、楽しかった」

加門は、笑顔で言った。面倒だと思ったことは何度もあったが、声をかけてくれて、芸名まで本気で考えてくれた根本の優しさが蘇った。

「根本さん、衒《てら》いがないっていうか」

そして、その言葉が口をついて出た。

「不器用だけど、人といることに誠実な人でした」

滝川が、小さくうなずいた気がした。

加門は思う。きっと滝川には、根本への強い思いがあるのだ。酷い目にあったこともあるだろう。でも、加門以上に忘れられない優しさを受け取ったこともきっとあるのだ。

加門が劇団に入る随分前、分裂騒ぎがあって多くの仲間が去ったときも、滝川と根本は残った。終わりかけた劇団を二人で支えた。加門は、マネージャー業になって、先代の社長がそのときの二人への感謝の言葉を口にするのを何度も聞いた。

滝川はつらかったのだ。根本を失ったことが。周囲の人間には動揺を感じさせなかった葬儀の日、心はきっと大きく揺れていたのだ。

「マネージャーとしてではなく、役者の後輩だったからでもなく、ただ言っていいですか?」

加門は本当にただ一人の演劇青年に戻って言った。

「俺、滝川さんはもう、台本の中にある『尽きなさ』を求めずに、ただおもしろがっていてくれればそれで良い気もするんです」

滝川、呆気《あっけ》にとられた。

「ただおもしろがれか」

「はい。もう、そうして良いだけのことをされた気がするんです」

滝川の正直な言葉を聞き、結論の出ない、正しさを良しとしない、終わりのない、そんな過酷《かこく》なことと真摯《しんし》に向かい合ってきたことのしんどさが、加門にもリアルに感じられたのだった。

滝川が、小さく繰り返す。

「ただ、おもしろがれか」

「はい」

滝川、その顔に、ゆっくりと笑顔が広がった。

「おい」

加門、何を言われるかと、緊張して身体が強《こわ》ばる。

「なんか、そっちの方がよっぽどむずかしいんじゃねえか」

「あ」

「あ、じゃねえんだよ」

言いながら笑う滝川の眼は輝いていた。

加門はチャンスだと思った。

「根本さんと最後にお会いした時、『リア王』の再演が決まったとお伝えしたら、また、滝川のリアを観れるのかって、とても喜んでおられました」

滝川が顔を向け、じっと加門を見た。

加門は眼をそらさなかった。ここは踏ん張りどころと頑張った。

「そうか」

滝川は素直にうなずいた。


加門は、駅のトイレで何度も顔を洗い酔いを冷《さ》ました。

とりあえず、滝川は来週の稽古には参加すると約束してくれた。本来であれば、そのまま二人でゆっくりと飲むところだが山下梓の件がまだ残っている。滝川からは、なんて薄情なやつだとののしられつつも席を立ち駅へと急いだ。

ホームに上がると中目黒行きがすぐに来た。衣装合わせをやっている赤城プロは東銀座だから一回の乗り換えで済む。加門はあまりタクシーに乗らない。急いでいても大きく時間が違わなければ乗らない。つり革につかまって、人に囲まれぼんやりとしている方が考えがまとまるのだ。作家で言えば喫茶店で書くのを好むようなものか。

CMプロダクション、赤城プロのロビー、携帯を握りしめイライラと歩き回る鈴木の姿が浮かぶ。グッと呑み込んではいたが、端々に加門への抗議の響きが宿っていた。もちろんその響きに加門は気づいていた。申しわけないという気持ちもちゃんとある。

何故なら、問題の山下梓を劇団自由演技に誘ったのは加門慶多その人なのだ。

山下の前の事務所は子役中心の小さな事務所で、そことの契約が切れるタイミングで移籍話が出た。その情報を得た加門は、すぐさま自由演技へ来ないかと山下に打診したのだった。いくつかあった劇団内の反対を押し切って、加門にしては珍しく強引に事を進めた。その頃、業界の中では山下は扱いが面倒だという風評が広がっていたのだ。

仕事を選ぶ、演出家ともめる、取材に積極的ではない、男関係がはでだ。所属事務所が移籍へのいやがらせにデマを流しているという噂もあったが、加門は風評のいくつかは事実に近い話かもしれないと踏んでいた。

風評とは別に、若手でありながら演劇界、映画界、テレビ界それぞれですでに代表作を持つ山下だ。自由演技以外の事務所からも話はあっただろうし、好条件をいくつも提示されたはずだ。にもかかわらず山下は劇団自由演技を選んだ。一番驚いたのは自由演技社内の人間だった。彼らは、加門が山下に出した条件が他社と比べれば随分地味なものだと知っている。だからこそまさかという思いがあった。

山下は加門とのたった一回の話し合いですんなり自由演技への移籍を決めた。いったい、加門がどんな説得をしたのか？　それは謎だった。

社内の反対派の人間たちは、結局山下は劇団自由演技というブランドが欲しかったのだろうと思うことで自分を納得させた。

ＣＭプロダクション赤城プロは一階が受付と映像の編集室で、二階がロビーになっている。入り口のガラス扉から中を覗《のぞ》くと、長身の鈴木が受付の横で怖い顔をして外を睨んでいるのが見えた。

加門、中に入って、鈴木と目が合い、

「悪いな」

まずは素直にあやまる。

「いえ、大丈夫です」

素直に出られると、鈴木はこう答えるしかない。

「クライアントはとりあえず帰しました」

「じゃあ、あとは歌えばいいんだな」

鈴木は、無表情でうなずいた。

ルーム長の鈴木は、山下を自由演技に引き取る際の反対派筆頭だった。

馬鹿がつくほど正直で、生真面目すぎてつき合いにくいと評判の鈴木は、山下梓のマネージャー石田聡子との軋轢《あつれき》も一番大きい。

加門にはわかっている。鈴木にすれば、山下を連れてきたのは加門、今回の悶着は、あれだけ止めろと言ったのに、こんなことになって偉そうに電話で指示をするな、すぐにこっちへ来てなんとかしろよ、といったところだろう。

実は加門は、山下への最悪の印象を植え付けられた大物演出家との顔合わせのパーティー以前にも、すでに山下梓に会っていたのだった。その最初の出会いの強い記憶が、社内の反対を押し切らせ、山下との契約を推進する原動力だった。

加門が山下と初めて会ったのは遡ること十二年前、自由演技にいた子役、時任早苗《ときとうさなえ》のCM撮影のときだ。

時任早苗は、劇団の中堅、時任裕二《ゆうじ》の姪《めい》っ子で、そのつてで特別に子役扱いで自由演技に入った。現在彼女はすでに芸能界に見切りをつけ引退をしているが、その頃は、出演したテレビドラマの難病の次女役「トキちゃん」で一世を風靡《ふうび》し、知らぬもののいない存在で、彼女の未来はキラキラと輝いて周囲の期待も膨らむその渦中にあった。

時任が街に出て、その存在に気づかれると、子供から大人まで「トキちゃん！」「トキちゃん！」と役名で声をかけられ、その声に応える時任はいつも屈託のない笑顔だった。時任の笑顔は無敵で、中には、難病という役柄を、その健気《けなげ》な姿に重ね涙する者までがいた。

時任は、不器用そうな仕草とあどけない台詞回しであらゆる世代の心を鷲摑《わしづか》みにしていたのだった。といってもそれは、後にほんとうに不器用でただ幼いだけだったということがわかるのだが。最盛期には五社との間に広告契約を結び劇団の稼ぎ頭となっていた。

そのときの、ある大手飲料メーカーのCMで時任のスタンドインをやっていたのがまだ子役だった山下梓だったのだ。

CM撮影の多くは、ライティングのチェックや、簡単な動きだけのテストは主役本人ではなく、近い背格好の者が代理で行なう。その当時、山下梓は時任とほぼ同じ身長、体重で、髪型も同じだった。それだけを求められスタンドインとしてスタジオに呼ばれていた。

そのシリーズは二年間に八本が作られた。時任担当の女性マネージャーが急病で撮影に行けなくなったとき、加門が一度だけ代理で現場に行ったことがあったのだ。

加門は、心配していた。そのスタンドイン時代、山下にあった、ある不幸な出会いが、今日、ここ赤城プロで起きている理不尽を生み出しているのかもしれないと。

加門を先頭に鈴木と二人で階段を上がると、窓際に置かれた、いくつかの打ち合わせ用テーブルにフィッティングルームから追い出されたメンバーが言葉もなく、なす術もなくどんよりと座っていた。そのうつろな瞳たちが一斉に加門を見た。

どの目にも強い抗議の光が宿っていた。

〝なぜ、もっと早く来ない！〟

皆、最後の希望の光が加門だとわかっている。わかってはいるが、切羽詰《せっぱ》まってゆとりがない。ここで、山下梓が、このまま本気で降りると言い出したら、代理店担当者の顔は丸つぶれ、クライアントからはずされるのは必至。本人だけでなく、自由演技にも違約金が発生する。そして、山下には解雇をもって責任を取ってもらわねばならない。

また、とにかく仕事を進めようと山下の意向を丸呑みしたらそれはそれでクライアントの社長決裁が降りたCMのコンテを大きく変更することになる。今一度マキタ銀行の社内を調整する必要が生じ、クライアントの担当者は上から無能呼ばわりされることになりかねない。ロビーにいる皆は、明日から始まるかもしれぬ最悪の事態への対処法で頭がいっぱいなのだが、まだ誰もその最悪を口にしてはいない。

鈴木が、電話では来ていないと言っていたクリエイティブ三局の局長、シニアクリエイティブディレクターの板倉もいる。どこかの宴席から急遽呼ばれたのだろう、眼の周りが少し赤かった。加門は、遠い昔、いくつもの仕事を抱え、徹夜続きの黒ずんだ板倉の顔を思い出す。

板倉は、火をつけていない煙草をくわえ、

「こういうときのために煙草があるんだけどねえ。今は、どこも禁煙だから」

と言って、微笑んだ。このタイミングで微笑むことができるぐらい板倉も丸くなったのだなと加門は思う。

ドアノブを握り、呼吸を整え、加門は山下のいるフィッティングルームへと入った。

いきなり正面に山下梓がいる。二つの背中の向こう、テーブルの上に片手を乗せ、ほんの少し頭を傾《かし》げ空《くう》を見ていた。入って来た加門と目が合うと、山下はいつもと変わらぬ様子で軽く会釈《えしやく》した。

山下の正面に座るのは、マキタ銀行の全ての広告を統括するクリエイティブディレクターの野々村と、赤城プロのCMディレクター、桑原。二人が振り返る。すでに言葉も底をつき長い沈黙が続いていたのだろう、その顔の筋肉は落ちて、深い疲労が宿っている。

部屋の角に置かれたパイプ椅子には、はみ出すように山下のマネージャー石田が座り、スマホでメールを打っていた。加門を一瞥《いちべつ》すると、再び何事もなかったように指を走らせた。

黙ったまま野々村が立ち上がる。続いて桑原も席を立った。言葉は交《か》わさずとも加門に全てを委《ゆだ》ねるとすぐに決心したのだ。野々村が加門の目を見て、きっと無理ですよという目配せを送って小さく頭を振った。桑原は加門とすれ違うそのとき、声に出さずに「よろしくお願いします」と丁寧に頭を下げた。

「石田も出て」

いつになく強い口調の加門、石田は、一瞥して逡巡《しゅんじゅん》の気配があったが、不満そうに立ちあがり、山下に何か耳打ちすると部屋を出た。

その、広くて白い部屋に加門と山下の二人きりになった。加門は、蛍光灯の眩《まぶ》しさが増したような気がした。

野々村のいた山下の正面の席に腰かけ、冗談めかして言った。

「シニアＣＤの板倉さんも呼ばれてさ、どこかで飲んでいたらしくて、しょぼついた眼でうなだれてるよ」

聞いた山下の顔に皮肉めいた小さな笑顔が浮かぶ。小さくともそれが心からのものだと加門にはわかった。

山下は、何事もなかったように、口を開いた。

「この会社、よく覚えてる。随分きれいなビルになってて驚いた。いっつも朝、ここに集合してロケバスに乗ってたんだ。今回会ってもさ、あの二人は、私のこと全然覚えてなかったけどね」

加門、やはりそうかと、顔には出さず、心の奥で大きなため息をつく。

加門の勘は間違っていなかった。

時任早苗の飲料メーカーのＣＭは、当時の代理店の担当クリエイティブディレクターが現局長の板倉、プロダクションアシスタントが今回のプロデューサー、植田だった。

山下梓は覚えていたのだ、板倉と植田、二人のことを。

加門も、顔合わせをした際、その撮影のときの若い二人の姿を思い出していた。

「先週の顔合わせで、さっきの演出の人が企画の説明をしてる間、板倉さんが何度も言ってたでしょ、山下さんならきっとすっごく良くなるって。きっと山下さんなら最高に素敵になるだろうって何度も何度も」

山下、話す顔に表情がない。

「あの植田って人、その隣でずっと笑顔でうなずいてて、最後に言った、歴代最高のマキタガール誕生ですねって。笑いそうになったけど我慢した。そのときは、まあ世の中こんなもんかと思った。でも、家に戻って、シャワー浴びて、ワイン飲んで、深夜バラエティ見てあの二人を忘れようとしたけどそうもいかなくてよけい色々思い出してだんだんむしゃくしゃして、寝られなくて、腹が立って来て」

山下は、移籍話で加門と話し合ったときも、たった一度の加門とのスタジオでの出会いをこと細かく覚えていた。

「あの人たち、昔は、あたしが欲しかった一言を絶対言わなかった」

山下の目が、遠い過去を探し出そうとして空《くう》を彷徨《さまよ》う。

「あたしはただ、名前を覚えて欲しかった。一度でいいから梓ちゃんって呼んで欲しかった。スタンドインだけど、芝居が良かったら、それが使われなくたって、良かったねって言って欲しかった」

加門の脳裏に十二年前の幼い山下の姿が浮かぶ。本番中、スタジオの隅で母親と並んで、時任早苗の芝居を見続けるその姿。膝《ひざ》に手を置き身じろぎもせず、ライトで明るく浮かび上がるセットの方向を見つめるシルエット。山下のいるそこまではライトの光が届かず顔の表情まではわからない。

「あたし、初めてのスタジオ撮影の仕事だったんだ。ライトがいっぱいあって、その下に入って行くとき、夢のように明るくて、別世界に行くみたいで興奮した。そんなあたしの気持ちをあそこにいた誰も知らなかった。皆、時任早苗の方を見て、彼女の笑顔に夢中で、彼女のほんのちょっとした仕草や失敗に大声で笑って楽しそうで。あたしがどんなに笑顔でいても、一緒に微笑んでくれる人はいなくて、でもそれは当然で」

一つを捕まえると、一緒にまた次が捕まって来る。思い出さなくていい過去ほどその姿を簡単にさらけ出して来る。

子役で見たのは一度だけの機会だったが、加門は、そのときの山下の演技に心から感心した。ライティングのテストなのに細かな動きも手を抜かず何度も真摯にやって見せた。楽しい場面になればそのシーンに即した笑顔を見せた。いつでも同じ笑顔の時任とは雲泥の差だった。

「板倉って人、あたしのこと、シリーズが終わるまでの二年間、ずっと、そこのスタンドインの子！って呼んだ。結局名前は覚えてくれなかった。あたしが、テストで真剣にちゃんと芝居をしたとき、あの植田って人が言った言葉は忘れない」

山下、そのときの植田の顔が浮かんだのか、眉間に皺が寄った。

「そんなに真剣にやらなくてもいいよ、ライティングチェックしてるだけだからって」

そして、吐き捨てるように言った。

「あのときのニヤついた顔」

山下は押し黙った。

しんとした部屋、閉まった窓が、近くの高速を通過するトラックのせいで、カタカタと振動する。加門が部屋に入って来たときよりも山下の肩は下がっている。どこか捨てられた子供のように居場所を失った。

山下が、ぽつりとこぼした。

「こんなとき、煙草が吸えたらいいんだけど」

「板倉さんが外で同じこと言ってたよ」

言って加門が笑った。山下も笑った。

「いいよ、吸いなよ。黙っててやるよ」

山下、笑顔でうなずくと煙草をくわえた。加門にも差し出す。

「もう止めたんだ」

言って、煙草を見つめ、

「まあ、つき合うか。特別に一本だけ」

「恩着せがましいなあ」

山下は仲間への笑顔で言った。

加門が、スイッチを探し、換気扇を回して戻ると、
携帯灰皿を出した山下が、それぞれの煙草に火をつける。

煙草を吹かしながら山下が話し出す。

「それでも、昼にこの部屋に来たときは何とかなると思ってた。でも、制服の試着をしようとしたときに、植田って人が、またあのニヤけた笑顔で、この制服、きっと今まで山下さんが一番似合うと思うんだよなあって言ったの。その声を聞いたら、あたりまえみたいにあたし言ってた、制服は着ませんって。ほんと、そんなこと言うつもりじゃなかったけど、言ってみたら、それがあたしの一番正直な気持ちだってわかったの。あたし、あの板倉と植田って人たちのためには何もできない」

加門は黙って、静かな気持ちで山下の話を聞いていた。たとえそれが理不尽であっても、正直な言葉には、どこか不思議な心地良さがある。

ちりちりと燃える火先を見つめ、山下が言った。

「遠い昔、小さくて無力だった私に、今、何かしてあげたかっただけ」

山下梓はモノホンだ。加門にはその思いがある。まだ子役だった、初めて目にしたときからの思いだ。山下梓もまた滝川や根本のようにそうするしか仕方がない、他に行き場がない人間なのだと加門は思う。

「あたし、スタジオに加門さんがいた日、帰り際にわざわざ来てくれて、良かったよ梓ちゃん、時任のためにありがとうって言ってくれたことをずっと覚えてた。その後何度も思い出したもん。だから、加門さんからうちの劇団に来て欲しいって言われたとき、夢の続きかと思った」

「良かったよそのときのこと覚えててくれて」

「でも、加門さんに会っても、あたし、一瞬わからなくて」

「まあね」

「髪の毛が」

「そうなんだよ。なくなった」

「だって、まさかそんな」

「そうなんだよ。体重は倍になった」

「ったく、そろそろメタボ気にしなよ」

「まあ、そのとおり」

「でも、その目尻で思い出したの。あ、あのときの優しい目だって」

二人で、ゆっくりと煙を燻《くゆ》らした。

加門は思う。まだ二十歳そこそこの小娘なのだ。上手く折り合いをつけられないこともあるだろう。羽目を外しすぎることもきっとある。自分が二十歳の頃を思うと大学で芝居ばかりで、仕舞いに仲間割れして中退して碌《ろく》でもなかった。焼き鳥三益の親父の勘定も、覚えが悪いのをいいことに何度かちゃらにした。

間違い探しが日課で、見つけると急に正義面《づら》して礫《つぶて》を投げて笑ってる連中がうようよしているのが世の常だ。とんでもない才能かどうかなんて気にもせず食いつぶして消費しようとする連中も溢れてる。そんな世の習いから彼女を守ろうと思う騎士、ナイトな気持ちが加門にはある。

できることなら、山下のような者がいつか見せつけてくれるはずの「すごいもの」を自分もしかと目にしたいのだ。加門は自分が役者を辞めようとしたときに、これから先、自分に何ができるかを思った。加門には加門のつらい夜がいくつもあって自分なりのやり方でまだ芝居の世界にいようと決心したのだ。

加門が言った。

「演出の桑原さんのためにしっかりやってくんないか」

山下が、煙に眼をしばたかせ、不思議そうに加門を見た。

「俺、あの人好きなんだ。ずっとここの会社でプランナーやってて、周りが売れてフリーになって行くのにやっと去年一本立ちの演出になった。広告の世界じゃ三十五歳で演出家になるなんて随分と遅い。でも、すごく良いんだあの人の企画。前から好きでさ。滝川さんがやったビールのCMもあのひとの企画。もう死んじまってる、でも一度で良いから会いたかった人とビールを酌み交わすってやつ、優しいんだ人の見方が。うまく言葉にできない人の気持ちをちゃんと汲みあげる。そんなの最近じゃ珍しいんだ。まだブレイクしないし、これからもしないかもしれないけど、大事にしたいんだああいう人」

山下の応えは、弾んでいた。

「え、やばいな」

「何」

「加門さんがあんまり褒めると桑原さんのこと好きになっちゃうかも」

加門、慌てた。

「頼む、止めて」

「なんで？」

「桑原さん、結婚して子供できたばっかり」

「マジ、やばいな。よけい気になる」

と言って山下は危険な眼付きで笑ってみせた。


加門、暗い顔をしてロビーに出る。

窓際の皆が一斉に立ち上がる。押し黙ったまま何も言わない加門を見て、明日からの修羅場が目に浮かび早々に肩を落とす者がいる。中には役立たずと蔑んで、わざとため息をついてみせる輩《やから》もいる。

と、そのあとに続いて山下梓が現れる。ロビーの空気が震えた。皆、目を見張り、幻を見ているのではと自らを疑った。

山下は、静かに皆を見回すと、真摯な響きで言った。

「コンテの読み込みが浅かったと思います。歌うのは必然です。明日からボイストレーニングに励《はげ》みます」

そして、呆気にとられる面々に、

「すみませんでした」

と言って深々とお辞儀した。

加門には、お辞儀をしたその隠れた山下の顔がはっきりと浮かんだ。見えないのをいいことにきっと嬉しそうに笑ってる。

マネージャーの石田を見ると、スマホの上で指が止まったまま啞然《あぜん》として素直に頭を下げる山下を見ている。石田は、加門と目が合うとしれっとした顔をしてそっぽを見た。


「飲もうよ」という板倉の誘いをうまく断り街へ出る。と、同時に「ああ、せっかく三月も禁煙したのに」と、その後悔がどっとやってくる。

今日一日、滝川大介、山下梓、強敵二人のパンチを随分と受けた。疲れた身体と心をほぐそうと馴染《なじ》みのバーに一人向かおうとしたそのとき携帯に着信がある。もう、今日は携帯に出たくないと思ったが滝川からだった。


「おい、嘘だろ、さっきの」

「はい?」

「根本のさ、俺のリアがもう一回見られるって喜んでた話」

「あっ」

「あっ、じゃねんだよ」

「すみません」

「根本はな、俺の芝居をもう一回観たいなんて思う殊勝なやつじゃないからな」

「はあ」

「俺がやりたい。って言うはずだよあいつは」

「いやあ、でも」

「でも、なんだよ」

「滝川さんとやったハムレットが俺の人生で最高の瞬間だった。親友役のホレイショーをやって、打ち上げであいつと一緒に飲んだ酒が生涯で一番うまかったって言ってました」

「それも嘘だろ」

「いや、そんな、違いますよ、こっちはほんとですから」

滝川が鼻で笑う。

「こっちってなんだよ」

「あ」

「あ、じゃないんだよ。あいかわらずだなお前」

「すみません」

「まあ、いいよ」

滝川は何かを思い出したようだった。

「そういえばさ、あのときのハムレット、オフィーリア、美都子だったんだ」

「え、そうなんですか」

「ああ、美都子、あの頃……」

「はい？」

「ちょっと根本に気があったんだよな」

「はあ」

「でも、俺が先に売れたから」

「はい」

「人生は厳しいもんだな、加門。まあ、なんにしても、さっきはお前がいい芝居してたってことだな。リア王、もう一度観たいって目をちゃんとしてた。思わずうなずいちゃったよ」

「いやあ」

「褒めてんだから素直に喜べ」

「はい、ありがとうございます」

「また、来いよ。さっき電話あって、美都子が会えなかったってがっかりしてんだから。リクエストしろよ。うまいつまみ作って待ってるぜ」

「そんな、リクエストなんて」

ほんのりと、甘い油のこげた匂いがした。

「あ、いや、ハムかつお願いします」

思わず答える加門。

「ハムかつ？　今時、ハムかつはねえだろ」

「うまかったんですよねえ。奥さんのハムかつ」

滝川笑って、

「近所の肉屋で買った安いハム揚《あ》げて食ってたな。ビールがうまくてな」

「はい。この歳じゃ、食べたら胸焼けするんですかね」

「あの頃よりいい油使ってるから心配すんな」

「はい、電話します」

「じゃあな」

「ありがとうございました」

電話を切って顔を上げるとそこは銀座の街で、疲れた身体に滲んだネオンの輝きが心地よく染みた。歩き出した加門が小さく呟く。

「われら役者は影法師、
皆様がたのお目がもし
お気に召さずばただ夢を
見たと思ってお許しを。
つたない芝居でありますが、
夢にすぎないものですが、
皆様がたが大目に見、
おとがめなくば身のはげみ。
私パックは正直者、
さいわいにして皆様の
お叱りなくば私も

はげみますゆえ、皆様も
見ていてやってくださいまし。
それでは、おやすみなさいまし。
皆様、お手を願います、
パックがお礼を申します。」

それは、「夏の夜の夢」最後の台詞。
かつて加門が演じた、妖精パックの決め台詞だった。

1

不幸を治す薬は、希望だけ「我が友、世界へ」第一幕

The miserable have no other medicine
But only hope
不幸を治す薬は、希望より他にはありません。
『尺には尺を』第３幕第１場

いったいなんだ？

　このすべすべとした手触り、手の先にすっぽりと収まる妙に柔らかいもの。握るに返すこの気持ち良さフルスロットルの弾力、力を込めたらきっとつぶれてしまいそうなその固さはどこか危うく、じっとこのまま握りしめ、えも言われぬその感触を味わっていたい。

　いったいなんなんだ？

　まだ眼の覚めぬ夢と現のはざまで中村祥子《なかむらしょうこ》はもう一度それをそっと握った。

「ゆで卵だ」

　と中村は心の中で呟《つぶや》き、何で卵？という疑問が頭をもたげる中、しだいに深い意識の底から懸《けん》命《めい》に浮かび上がり、すでに昇った朝日の中でベッドの上に昨日のスーツのまま化粧も落とさずうつ伏せでうんと差し伸ばしたその手の先にゆで卵を大事そうに握ったまま横たわっている自分に気づいた。そして「さいあく！」と心に吐き捨て、でも、いったい、いったい、なんで、

「なんで、ゆで卵⁉」今度はほんとうに声に出して言った。

　ワンルームのしんとした部屋の壁にその言葉がゆっくりと染み込んで行く。誰に尋ねるともなく声に出し結局自分に尋ねているわけだが、それに答えようと、握った卵を顔に近づけ寝ぼけ眼《まなこ》でまじまじと眺めてみる。

　そうだ、新商品のキャンペーンが大きな広告賞を受賞して、昨日はそのお祝いのパーティーだった。そして、クライアントとの二次会、最後に担当営業だけの打ち上げと続いた。

中村は、皆に、笑顔を求められるのが常で、それに応えて愛想を振りまき続けるうちに、とうとう楽しさマックスに至りいつものごとくとんでもなく飲みすぎた。

中村は必死に記憶の断片をかき集める。この手に今あるのは、酔っぱらいゆえに抑制が利《き》かず、どうしても食べたくなりコンビニで買ったおでんの卵だ。昨日の夜中、いや、すでに朝方だが、タクシーをふらふらと降り、「どうしてもおでんが食べたいの！」などと架空の誰かに甘え、一人マンション前のコンビニに行き、ろれつの回らない言葉で店員に嫌がられつつ注文をするスーツ姿の髪の乱れた小柄な女の背中が浮かんだ。「ああ、そういえば、確かにはんぺんは食べたな」と、思い至り、ダイニングテーブルを見ればば白いプラスチックのどんぶりがひとつ寂しく佇《たたず》んでいる。はんぺんのあと、きっと、卵を食べようとして眠くなり、その卵を持ったままベッドに向かい、たどり着くのがせいいっぱいのところで事切れた。不思議なもので、寝落ちしながらも必死に手を差し伸ばしゆで卵を守ったのだ。

朝日に浮かぶほんの少し茶色く色づいた卵を眺めていると、「なんで、あたし、こんなことしてんだろう」という気持ちが芽生え始める。中村はちょっと悔しくなる。悔しくなって、吹っ切るように卵をひとかじりする。「うまい」と思うが、と同時に黄身にむせてしまい、水を求めてはねるように立ち上がった。


それから、三月《みつき》して中村は会社を辞めた。

あの朝、卵を見つめたときに生まれ始めた「なんで、あたし、こんなことしてんだろう」という気持ちが消えることはなかったのだ。日々の刺激と慌《あわ》ただしさの中であっさりやり過ごせるはずだったのだが、そう簡単にはいかなかった。

中村は、大学卒業後業界大手の広告代理店に入り営業職についた。営業を望んだわけではなく、クリエイティブを希望したがあっさりはねられたのだ。しかし、大学時代からつき合っていた恋人との別れ、その手ひどい失恋をのぞけば、日々おもしろく、充実した日々を送っていた。就いた上司が上下の分け隔てのない楽しい人で、担当するクライアントも誰もが知る大手。共に働くクリエイティブの担当者たちは優秀で、常に世間の注目を集めるいわゆるいけてる広告を連発していて、学生時代の仲間にそれらを手がけている事を少し高揚《こうよう》した気分で、でもあたりまえのような顔で話す自分がいた。ときに同期から聞かされるセクハラ、パワハラ、不倫、イジメなど、ありがちな社内の理不尽とは無縁で、「あたしって、すんごいラッキーなんだな」と素直に思っていた。

だが、結局、あの朝をきっかけに消えることなく膨《ふく》らみ続けた今いる場所への疑問、その何かが満たされないという自らの奥底に隠された正直な気持ちに気づいてしまった。中村は眠れなくなった。自分の気持ちを見つめるいくつもの夜を過ごした。

中村は思った。

「やっぱり私は芝居の世界に行きたい」

中村は、大学時代の四年、その時間を惜しみなく注ぎ込んだ演劇サークルにいたときの自分を忘れられずにいたのだ。

「どんなカタチでもいい、芝居の側にいたい」

その思いはつのり、それに抗うことはできなかった。

さらに、二年が過ぎた。

中村は、出勤時間の込み合った人の流れに身を任せ階段を急ぎ上がって、ホーム後方に向かった。まだ慣れぬこの路線、最近やっと、後部車両の方が込み具合が少ないと気づいたのだ。

広告代理店を辞め、明け暮れたバイト生活に別れを告げ、新しい会社に入って気分転換、大学時代から住み、慣れ親しんだ街を離れた。郊外に越してちょうど一月が経っていた。十月も半ばに近づき、混んだ電車内も随分《ずいぶん》と過ごしやすくなった。

乗り込んで、ドア横をうまく確保して、ふと見るとつり革に摑《つか》まり新聞に真剣に見入っている一人の中年男性が眼についた。ほとんどの乗客がスマホを見つめ、何やら各自指先を動かして、ときに揺れると慌《あわ》ててつり革を奪い合うような中で、肩下げ鞄《かばん》を斜めがけにして、折り畳《たた》んだ新聞を右手に持ち、左手はしっかりつり革を摑んだその揺るぎない姿勢はどこか、校庭に起立する二宮金次郎の銅像のように孤立し安定している。中村は迷ったが、決心して次駅の乗降のタイミングで近づき声をかけた。

「加門《かもん》さん」

加門は「ん」と真剣な眼をしたまま顔を上げた。

「おはようございます」中村は代理店の営業職時代に身につけた会心の笑顔で小さく頭を下げた。

加門は、「あ」と声を上げ、一瞬中村の眼を覗《のぞ》き込み、やっと誰だか理解したのか、「中村か、どうした?」と聞いて来た。

「会社に行くんです」と言いながら、「このタイミング、どう考えてもそうだろ」と思うがそれは当然声には出さない。

シニア統括マネージャーの加門慶多《けいた》。中村が、難関を突破して手に入れた劇団自由演技マネージャー職の大ベテランだ。組織図でいえば中村の随分と上の方というか、一番上のあたりにその名がある。

でも、ほんのりと出たお腹、薄くなりかけて良くわかるカタチの良いおでこ、名人の一筆とも言うべき下がった目尻等が人を安心させるのか、社内の誰もが気軽に加門に声をかける。が、入社したばかりの中村はまだ、どこか加門に臆するところがある。中村からすると加門はどうも掴みどころがなく、培《つちか》った営業マンとしてのスキルをどう発揮すればよいかわからず、理由なく不安にさせられる存在なのだ。

中村、話題を探して、

「えっと、新聞」

「ん」

「真剣に読まれてますね」

「まあ、そうかね」

「はい。最近珍しいですよね、電車で新聞読まれる方」

「そう？」

時代が移り変わり、周りがスマホを覗き込む人ばかりとなっていることに加門は気づいていない。まったく無頓着《むとんちゃく》に気づかぬまま、あたりまえのように新聞をただただ読み続けて来たのだ。中村が、加門にそのことを話すと周りを見回し、「たしかにそうだね」と笑ってうなずくが、本気で興味を示さなかった。中村は思う。広告業の世界ではこういう無意識過剰な人とあまり出会ったことがなかった。多くの人が世間と自分との距離を掴むことに夢中で、一度掴んだら手放さないことに必死だった。こんなふうにボンヤリとただ居る人は少ない。

「俺は、見出しから見出しの間に、ふと気づく記事が大事だったりするけどな」

「ああ」、中村は思わず声に出した。

実家を出てからあまり読んでいない新聞の感触が蘇《よみがえ》った。ふと目に止まった記事をつい読み込んでしまい、それをきっかけに興味がわいて本屋に向かったり、テレビを見たり、一時、未知の世界について思いをめぐらせる。そんな行き先がわからないことの楽しさ。

「確かにそうですね」中村は、素直にそう思った。

加門は笑って「古い男になりました。鶴田浩二《つるたこうじ》の気分だね」とおどけてみせたが、中村には鶴田浩二の名前から浮かぶこれといったイメージは特になく、うまくリアクションが取れない。

加門はその微妙な間をごまかすように、

「今日も、ほら」

と、右手の新聞を差し出した。

「読んでた記事の隣にさ、あったんだ」

中村が覗き込むと、そこには劇作家で演出家の宝来真治《ほうらいしんじ》が急逝《きゅうせい》して、その過去を振り返る長い追悼記事があった。

「え、うそ」

「月曜の夜に亡くなったそうだ。今日発表された」

「だって、先週チケットを買ったばかりです。渋谷で毎年ある年末の新作フェス、トリが宝来真治で。『レベッカの夜』という作品を書いてるって」

記事には、「80年代の小劇場ブームとともに登場し、毎回絵画的な凝《こ》った装置と新鮮な音楽の使い方でマジカルかつスピーディに物語を語り、未だに若い世代にも支持され、観客を魅了し続けた。毎年10月から12月にかけて渋谷で行なわれる『新作フェス』、新作戯曲連続三公演のトリを飾る作品執筆中に急逝した」とあり、それに続き、数人の関係者の言葉があった。

加門、「享年《きようねん》56」という数字に人ごとでないという思いがこみ上げる。

「宝来さんは、うちの連中も随分お世話になってる。急だったな。執筆で缶詰になってたホテルで、深夜に」

記事を覗き込んでいた中村が、

「心臓麻痺って」

「うん、宝来さんは前から少し悪かったんだよね。机に突っ伏したまま亡くなっていた、とある。すでに親族で密葬をして、明日がお別れの会みたいだ」

言葉を失った中村に加門が尋ねた。

「好きだったの？　宝来さん」

「学生時代からずっと観てました。音楽や美術、出演者の衣装もいつも洒落《しやれ》てて、美しくて、それが鼻につくっていう人もいっぱいいましたけど、劇場に入ったら最後の最後までずっと夢心地にしてくれるってスゴイと思うんです」

中村の言葉に熱が入る。

「うん、スゴイと思う」

加門は、素直にうなずいた。

「ほんとですか」

「ああ、とても難しいことだよ」

「うれしいです。なんか」

「ほんとにがっかりだよ。もういないんだね。二度と観れないんだな宝来さんの舞台」それぞれにかつての宝来の舞台が蘇る。その、舞台が終わったあとの夜の風までが吹き抜ける。

「あたし、今度のチケット、記念に取っておきます」

「中村は、舞台がほんとに好きなんだね」

中村が「ええ、大好きなんです」という気持ちをどう伝えようか、と一瞬考えたちょうどそのとき、乗り換えの駅に電車が滑《すべ》り込んで行く。加門はあっと思う間にいつもの通勤客に戻ると、素早く新聞を畳み、斜めがけの鞄の外ポケットに差し込んだ。その動きのあまりの職人芸に、中村は何も言えなくなってしまった。


加門が会社に到着し、デスクで郵便物の整理をしていると社長の堂本公平から内線が入った。

「ちょっといいですか?」いつもの小さな声がさらに小さい。

加門、嫌な予感に自然と足取りが重くなる。若社長の堂本は、三代目になる。先代に比べ気持ちの揺れが随分と表に出やすい。まだ、四十を超えたばかりと若いが、その若さだけが理由とは思えなかった。

ノックをして部屋に入る。窓外を見ていた堂本がゆっくりと振り返った。しかも、振り返る前に一拍《いっぱく》置いている。「ああ、なんか面倒が起きたな。それもAクラス」と加門は覚悟する。堂本が、この刑事長《でかちょう》ポーズで迎え、さらに一拍置くときは、相当な難題を抱えているときなのだ。

「滝川さんから、今朝、直々に連絡がありました」

「滝川さんかあ」と加門の胸の内に暗雲が広がる。同時に困ったことに滝川の雨なら飛び込みたいという衝動も湧き出してくる。

堂本が、妙に落ち着いて、世間話のように話し始めた。

「恒例ですよね、渋谷の新作フェスティバル」

「はい、今月の頭から始まってます」

「最近は、渋谷の風物詩にもなって」

「私もなんですが、演劇ファンは、あれが始まると、そろそろ年末かなと思うみたいです」

と、堂本が、いきなり爆弾を落とした。

「滝川さん、参加したいそうです」

「え」

加門、言葉を失う。

堂本の目には、すでにあきらめが宿っている。

「来年の話じゃありません、今年の十二月」

加門、今朝の新聞紙面を思い出し。

「ああ、もしかして、宝来さん」

「そうです。亡くなってしまって、トリを飾る作品が消えました」

加門、瞬時にその難事の重さを身体で量《はか》る。

トリということは十二月の頭に初日だ。あとひと月半。さすがに、無理だ。だいたい、宝来真治が亡き今、新しい台本はあるのか？　「新作フェスティバル」という以上再演はありえない！

支えきれず、ふらつきそうになる気持ちを立て直し、

「依頼は谷山さんからってことですか」

「ええ、フェスのトリに華が欲しい、何とかならないかと谷山さんが滝川さんに泣きついた。い

や、相談されたらしいです」

「谷山さんに頼まれたら」

「滝川さん、断れないですから」

断れないではなく、断らないが正確だ。谷山の提案となれば、滝川は、何はともあれきっとおもしろくなると、ためらわずに飛び込んでいく。滝川、谷山の関係の深さは、加門にも計り知れないところがある。

「宝来さんの台本は」

「まだ一幕の半ばまで。あきらめるしかありません」

「あの人、筆が遅かったからな」

「前に、一度書き上げられないで、その公演が中止になったことがあります。今回も、ぎりぎりまで前の芝居があって、執筆開始が遅れたので連日寝ないで書いていたそうです」

「ああ」

自分はまだ若いという過信があって、心臓の持病を軽く見てしまったのか。いや、きっとそれだけじゃない。泳ぎ続けるサメと同じで、「止まったら死んでしまうんじゃないか」そんな、不安が作家や演出家を押しつぶすのだ。加門は、死なずとも、過度な仕事量が作家の才能を台無しにして行くのをずいぶんと見た。

堂本が、どこか他人事のように言った。

「一度自分のせいで公演を中止にしてしまった悪夢が、宝来さんを追い込んだのかもしれませんね」

堂本にすれば、宝来の死を悼《いた》もうにも、言葉に気持ちが伴わない。十二月頭には初日という短期間で、期待された宝来の代わりを用意せねばならない。すでにそのことで頭が一杯なのだ。とうといつもの愚痴がこぼれた。

「谷山さんはずるいです。勝手に滝川さんに頼んじゃうからな。もう決まったことになってこっちに話が来る。マネージメントを完全に無視してる。ほんと、ずるい」


演劇プロデューサーの谷山隆治《りゅうじ》は、元自由演技の役者で、滝川の五期後輩にあたる。役者としては芽が出ないと早くに見切りを付け、制作に回り、数年を経て自由演技から独立、フリーの演劇プロデューサーとなった。フットワークの軽さ、持ち前の明るさ、演劇への熱意、そして、加門は一番思うのだが、その平気で馬鹿になって不可能と思えることも口にできる才能のおかげで、演劇界の中心的なプロデューサーとして名を馳せていた。

谷山は、一昨年行なわれた滝川大介シェークスピア連続上演の首謀者でもある。滝川にとっては盟友だ。「リア王をやりたい」と言った滝川に、「やるなら、シェークスピアを一遍に三つやりましょう」そうそそのかしたのは谷山だ。確かに、客はそれを聞いた途端、果たして滝川はやり遂げられるのか?という別の高揚が生まれる。加門は感心した。要は、やる方がいかに真剣か、ときに命がけだということをわかりやすく示すことで、人は心を動かされ集まってくる。事実、連続公演が終わったあとの滝川は心身ともにぼろぼろで半年は何もできなかった。ただ、不思議なもので、そんな場所を常に求めているのが「滝川大介」なのだ。滝川はまた谷山の誘いにそそのかされようとしている。

「滝川さんは、十一月に地方で映画の紅葉ねらいのロケを一週間押さえられてます。でも、内容からすれば実際は二日もあればすむと思います」

「大丈夫ですか？　撮影は延びたりしませんか？」

「雨がちょっと怖いんですけど、でも監督が横山さんですから」

「あ、そうか。あの人、ロケは粘らないから」

「ええ、スケジュールはなんとかなると思います」

「まず加門さんにお願いしたいのは、今日の夜、谷山プロデューサーと滝川さんの話し合いがあるそうです。そこに出席してください。私は劇場関係者と会って興行側の意見を聞いて来ます」

「はい」

「わかってると思いますが、もし、あの二人の話が変な方向に行ったら、必ず止めてください」

　堂本の目は真剣だった。


　中村祥子はまだ、入社したばかりで担当の俳優やタレントはいない。デスクでパソコンに向かい、先輩マネージャーに頼まれた新人たちのプロフィールの修正をしていた。最近の出演歴、これから先の情報など、渡されたメモの内容を打ち込んで行く。

　宝来の亡くなったショックが尾を引いて、仕事は、あまりはかどっていなかった。その手を動かしながら、ぼんやりと宝来の芝居を反芻《はんすう》してしまう。

　中村はとくに宝来の音楽劇が好きだった。必ず生バンドが演奏していたし、ときに役者も自ら楽器を手にした。必死の練習を微塵《みじん》も感じさせない見事な演奏シーン、その魅惑の音色とともに舞台は記憶された。

　芝居が終わってロビーに出ると、そこでも客を見送るためにバンドが揃《そろ》って演奏を続けていた。その遠去かる音色、そのメロディとともに夜の街に出るときを中村は愛した。終わって行く一日を慈《いつく》しみ、今この夜がロマンチックに色づくのを感じた。大学時代、つき合い出した男と初めて結ばれたのも宝来の芝居のあとだった。あの日の夜は、自分の身体の中にずっと残って行くに違いないと思えた。

うっとりと記憶に浸っていると、社長室から真っ赤な顔で出て来る加門に気づいた。興奮しているのが手に取るようにわかる。扉の前に思案顔で佇み、二、三度首を回すと、何やら小さな声で気合を入れ自分の机へと向かった。いったい何が始まるというのか？　気になりつつも、下っ端の私には関係がないと再び仕事に戻った。と、五分もしないうちに、

「中村さん」と背中から声がかかった。

「あ」とびっくりして振り向くといつの間にやら加門が笑顔で見下ろしている。

「ごめんごめん。ちょっとさ、伝えておこうと思って。今朝話した渋谷の新作フェス、十二月は亡くなった宝来さんの新作をやるはずだっただろ、そこを自由演技で埋めることになった」

「え」

「滝川さんが出る。で俺が担当」

中村は、ついさっき電車でした世間話がこんなカタチで続くことに驚いた。そして、ああ、そうだ、今自分は劇団自由演技にいるのだと我に返る。

「なにをやるんですか？」

「これから、決めてくる」

「これから？　あと」

中村は指を折って残りの月を数えようとしたが、二つ目を折ろうとして止まった。折れる指はひとつだ。

「え、ひと月半？」

そして、止まったまばたきのまま加門を見た。

「そう、今日から休みなし」

中村、ただ、「すごい」と呟き、頬《ほお》に赤みが差した。

中村の高揚した顔を見た加門、その目が鋭く光り、

「あのさ」

「はい？」

「頼む。手伝って」

「え」

「まあ、中村さんしか空いてないってのもあるけど。本気で好きそうだから芝居。そんな人じゃないと無理そうな仕事なんだ」

響いた。嬉しかった。「この瞬間を私は待っていたんだ」。中村は、この三年探し続けていたものにとても近づいた気がした。

「寝られない夜がいっぱいあると思うけど」加門が申しわけなさそうに言う。

寝られないのはいい、眠れない方がずっとつらいことをすでに中村は学んでいた。

「はい」中村は笑顔で静かに答えた。


加門が滝川邸に着いたのは、約束した時間より三十分も早かった。谷山が来る前に滝川の決心、本気具合を確かめたかったのだ。

久しく会っていなかった滝川の妻、美都子《みつこ》に迎えられた。かつて、加門が若手俳優として訪れ

ていたころからの恒例で、「夜は、何かリクエストある」と聞かれた。仕事の話が終われば滝川の書斎はそのまま飲みの席へと変わる。美都子はあの頃からずっとその席を気持ちよく用意してくれているのだ。そこからいくつかの素晴らしい芝居が生まれたし、加門だけでなく、多くの者が滝川からの示唆《しさ》に富んだ言葉を受け取ることができた。加門は美都子への感謝の気持ちとともに、滝川の今はこの人に支えられているのだと今更ながら思う。

これも恒例で「お任せします」と笑顔で答えると、奥の書斎から滝川と谷山、二人の話し声が聞こえて来た。谷山は、加門よりさらに早くやって来ているのだ。続いて聞こえた二人の大きな笑い声に、滝川の新作フェスに挑もうという決心には迷いがないと加門も覚悟を決め、書斎に向かうべく歩き出した。

谷山は、亡くなった宝来真治の原稿を二人に見せた。プリントアウトした遺稿「レベッカの夜」はまだ一幕の半ばだった。最後に書かれたのは、建て直された大邸宅に入居したばかりの新妻が前妻レベッカの写真を見て発する、

「昨夜《ゆうべ》の女の人、間違いなくこの人よ」という台詞《せりふ》だった。

今度こそ、ほんとうに死んだ前妻レベッカの霊がいるのでは？　ゾッとする恐怖にかられる夫婦の会話で原稿は終わっている。そのあとに倒れた宝来がつっぷしてキーを押さえたのか、良くわからない文字がずっと連なっていた。

この話は、映画にもなったダフネ・デュ・モーリアの「レベッカ」続編のカタチをとっていて、原作では出て来なかった亡くなった前妻レベッカの霊が本当にいて、その霊と新婚夫婦が一緒に霊界にいくことになってしまい、三角関係から夫婦がぎくしゃくするコメディだった。

谷山は、宝来の亡くなった夜を淡々と語った。谷山は宝来最後の夕食を共にしていたのだ。そのときの宝来がいかに元気で、新作の溢《あふ》れるアイデアを熱く語っていたかを二人に伝えた。滝川も加門も黙って聞いていた。最後に谷山が言った。「まあ、悲しむのは全てが終わってからです」。「確かにその通りだ」と加門も思う。十二月には幕が上がっている。普通短くともひと月は掛ける稽古《けいこ》期間。削って削って三週間としても、今から二十日後には完成台本が必要だ。しかも、隣に座っている気難しい滝川大介が本気でやる気になる台本だ。そして、執筆と同時進行で、美術、衣装の準備、リハーサル、さらにキャスティングもしなければならない。加門は一瞬めまいがしそうになる。

谷山は話し終わり、笑顔になると鞄からまた別の一冊に綴《と》じられた原稿の束を出した。その表紙には、英語表記のタイトルとともに最近注目を集める、ある二十代の新人劇作家の名前がある。

谷山は、昨年アトリエでの短い試演を見て気に入り、それを完成させ一緒にやろうと最終稿を待っていた。先週上がったばかりだが、とても出来が良く、来年どこかでと思っていたがこの機会にどうだろうか。その価値は充分にあるし、近未来の若者たちの話だが、幽閉された謎の老人役は滝川がやるにたる魅力を孕《はら》んだ役だ。しかも、二十代の新人作家と重鎮《じゅうちん》たる滝川の組み合わせはこんなときにでもなければ実現しない。何が起きるのかと皆がワクワクできるし、内容的にもきっと注目を浴びる。

谷山がさらさらと流れるように口にした。

加門は「なんだ、もうそこまでの次の一手があるんだ」とどこか、拍子《ひょうし》抜けしかけたが、その説明をする谷山に覇気《はき》がないことが気になった。滝川も素直にうなずくが、特に何も言わなかった。と、谷山が、そして「もうひとつ」といっておもむろに立ち上がる。

鞄と一緒に足元にあった筒型のデザインケースを手に取ると、一枚の、巻かれた状態の大きな紙を取り出した。その紙の縁《ふち》は所々破け、変色が始まっている。そして、ゆっくりとそれを開いてみせた。全面がイラストの、どうも、何かのポスターらしい。そこに使われた文字はサイケデリックなデザインで、相当古いものと思われた。

描かれているのは、港から出向する客船に溢れる人々。皆、向かう先を見つめ、その背中が甲板にびっしりと並んでいる。

ただ、その中にたった一人こちらを向いて手を振る青年がいる。長髪に無精髭《ぶしょうひげ》、髭の間にニカッと白い歯が見える、大きな笑顔だ。

静かな海、船の行く先に広がる青空、そこに赤く激しいタッチで「わが友、世界へ」。

よく見ると、「1972年4月22日（土）～5月12日（金）　第32回劇団自由演技本公演」の文字がある。作者の名前は？　「遠山ヒカル」。

加門、その名を見た瞬間、ぞわぞわとした静かな興奮がつま先から立ち上がって来るのを感じた。溢れ始めたアドレナリンを使って、記憶の底から「我が友、世界へ」の文字を掴み出して来る。そう、それは、かつて七〇年代前半、公演が発表されながらも中止になった、自由演技、幻の舞台だ。これは、そのとき使われなかったポスターなのだ。

「加門さん、これ、知ってる？」先ほどとは打って変わってハイテンションで谷山が尋ねた。

加門、呆気《あっけ》にとられながらも大きくうなずいてみせる。

そして、滝川が、じっとポスターを見つめて、ニヤついて立つ谷山へ一言吐き捨てた。

「馬鹿だなあ」

加門は思い出した。その舞台は、滝川のかつての仲間、自由演技座付きの作家、遠山ヒカルが台本を完成させることができず、そのせいで中止となったものだ。

遠山は、書き上げないまま、こつ然と姿を消した。

普通に考えれば、谷山の置かれた立場ならすぐさま期待の新人の作品に乗っかるところだろう。すでに自ら語るように満足できる素晴らしい台本が完成しているのだから。しかし、このとんでもない二人との打ち合わせはそう簡単には進まない。社長の堂本が心配したように話は「変な」方向に向かい始めた。加門は、若手作家との企画でホッと安心しそうになった自分を嗤《わら》った。

谷山は、落ち着いた素振りで言った。

「本命はこっちですよ、滝川さん。『我が友、世界へ』。チャンスだ。こんな機会でもなかったら、あの舞台の再演、いや初演ですね。そんなもんどこも乗ってこない」

我慢がきかず、谷山の言葉がヒートアップしていく。

「私が自由演技に入ったとき、伝説の舞台があるって聞かされたんだ」「やってたら間違いなく傑作だったって、先輩たちが皆言ってた」「見たかった。見られないと余計見たくなる」「幻と思ったものが、四十年のときを経て二十一世紀の渋谷に姿を現す」「劇場がね、タイムマシーンになる。この作品はね、幕が上がる前に、すでに長い物語があるんです。書くことがいっぱいあってマスコミも喜ぶぞお」。煽《あお》るように言葉が矢継ぎ早に繰り出される。

滝川はにこりともせず、

「おい、谷山、そんなこと言って遊んでる時間はあるのか？　初日は十二月だぞ。あと、ひと月半だ」と、至極真っ当なことを言う。そして、「そんなカビ臭いポスター、わざわざ持って来るなよ」と、渋い顔で、さもできるわけがない、当然無理かのごとく言ってみせる。言われた谷山も、何故か嬉しそうに笑って、「まあ、検討はしてみましょう」と、ポスターを丸め席に戻った。

そして、滝川は不意打ちのように加門を見た。

「どう思う加門」

加門、言葉に詰まった。人から望まれていることをつい推し量って口にしてしまう習性。そのせいで、過去に多くの面倒に自ら巻き込まれて来た。後悔と反省を繰り返しながらすでに半世紀だ。本当は、素直に自分の意見を口にすれば良いのだ。どう考えてもこのあと、ひと月半とおまけで数日しかない状況、すでに完成している新人作家の作品をやるべきだ。しかも、出来が良いという。

が、しかし、まずいことに、加門は気づいている。滝川は、一瞬にして谷山のアイデアに堕《お》ちたのだ。でなかったら「馬鹿だなあ」などと最高の褒《ほ》め言葉をいきなり口にしたりはしない。「馬鹿だなあ」は滝川の心が喜びに震えてこそ出て来る真の賛辞なのだ。谷山も長いつき合いでそのことを知っているから、脈があると踏んで熱い言葉を連発した。

堂本の顔が浮かぶ。「話が変な方向に行ったら止めてください」と言ったときの不安に満ちた表情。

だが、加門はつい考えてしまう「執筆が必要なのは三幕だけだ。ゼロから企画するわけじゃない」と良い方に。

加門は、遠い昔、まだ自分が舞台に立っていた頃、リハーサル中に滝川が言った言葉を覚えている。「芝居は英語で『PLAY』だろ。まず、上手に遊べてるかどうかなんだよ」。滝川はこっちの方が遊べそうだと踏んだのだ。

加門、結局、

「観たいです。『我が友、世界へ』」

と、言ってしまった。

「公演中止から何年もあとに芝居を始めた私でも『我が友、世界へ』は知っていました。幻のすごい作品があるって」

ほんとうのことだ。

「演劇雑誌『劇風』が、書き終えた二幕までを掲載したことがあって、古本屋で探して夢中になって読みました」

「ああ、加門さんも読んでるんだ」谷山が、ここぞとばかりにニコニコと嬉しそうに加門の手を握って来る。

加門は思う。そう、とんでもなくおもしろかったんだよ確かに。加門の口がしだいに軽やかになって行く。

「あの、学生たちと対立し続ける教授の役を滝川さんにお願いして」

さすがに本来やるはずだった革命を目指すカリスマ大学生役はもはや無理だろう。でも頑固で、残酷、でありながら、どこかとぼけて人間的な大学教授役はイケてる役だし相当出番もある。滝川がやるのに不足はない。と計算もして、

「私も、三幕をすごく観たい。どう決着をつけるのか見届けたいです」と強く言い放った。

「劇風」を貸してくれたのはその頃つき合っていた、後輩の芝居好きの娘だった。彼女も「おもしろいのにもったいないなかったね。観たかったね」と言っていた。そんな話をした大学中庭の風景までが浮かんで来る。学祭が終わったあと、秋色に染まった木々を吹き抜ける風の肌触りまでが蘇る。観に来るかなあ香織ちゃん。ちょっとぽっちゃりした、いや、しすぎてはいたが、優しい娘だった。などとつい思い出に浸りかけたが、滝川の声で現実に引き戻された。

「でもどうするんだよ。二幕までしかないぞ」

加門は、力強く言った。

「遠山さんを捜し出して、三幕を書いてもらいましょう」

加門、言い切っていた。再び堂本の不安気な顔が浮かんだがすぐに打ち消した。

「そう、そうしようと思うんだよ。ありがとう加門さん」

谷山が意気込む。

「いえ、とんでもありません。谷山さんのアイデアには、ほんとに感動させていただきました。是非、頑張って実現させましょう」

加門、嘘のようにすらすらと言葉が出てくる自分が少し可笑《おか》しくなった。

滝川、そんな二人を黙って見つめていたが、

「だったら、加門、お前がなんとかしろ」

こともなげに言い放ち、いきなり立ち上がった。キッチンにビールを取りに行く気だ。

「あ」と思った。加門の笑顔が引きつる。

加門は、やっと滝川にはめられたことに気づいた。加門の習性を滝川は知り尽くしている。

「どう思う加門？」見事なタイミングでその一言を差し挟《はさ》まれ、抗うことなく話に乗ってしまった。やられたと思ったがもう遅い。

行きかけた滝川が立ち止まった。

「でも」

振り向き、そして、言った。

「だいたい、遠山は生きてんのか？」

加門、当然谷山は知っていて話しているのだろうとその顔を窺《うかが》ったが、うつろな眼をして黙るだけだ。

「なんだよ、あの人俺より上だから、あぶねえぞ」

谷山、急に夢から覚めたのか、

「すぐに、探します」と言って思案顔になった。

「え、知らないの」と加門はあきれ、また、自ら進んで面倒に巻き込まれたことを自覚し始め、後悔の重さがその腹の底に小さく膨らんだ。

今日の美都子の肴《さかな》は、鰯《いわし》のマリネと、明太子入りの出し巻きだった。

おもしろい遊びを見つけ、ビールを飲みながら楽しげに笑う滝川と谷山。二人を見る加門の目は笑ってはいなかった。

新人作家とベテランが組むことぐらいで生まれる反応や言葉はたかが知れている。それは、年を経た者が、若人《わこうど》の未来のために、経験に裏付けされた手助けをする善意に満ちた話ではあるが、どこか安心感に満たされるだけで、アドレナリンが湧き出さない。

多くの苦難を経て、数々の伝説を作り上げてきた滝川と谷山、この二人には、今更そんなアドレナリンなんてものはいらないだろうと加門は思うのだが、さらに濃いやつが欲しくてたまらないらしい。

加門には見えた。笑う二匹の怪物の背後に、もう一匹の怪物、その黒く大きな影がある。それは黙ったままぼんやりとそこにいる。加門、その恐怖から逃れるようにグラスのビールを一気に飲み干した。

ほろ酔いの谷山と共に、加門は滝川の家を出た。

滝川の妻美都子は、別れ際の虚《うつ》ろな加門を見て、すぐに状況を察したのか、「無理しないでね」と声をかけた。その声には、えも言われぬ憐《あわ》れみが溢れていた。

加門は、タクシーを拾う谷山を送ろうと夜風に吹かれながら大通りに向かった。道すがら、谷山が加門に言った。

「聞いた話だと、滝川大介と遠山ヒカル。あのふたりは、いつもうまくいかなくて、喧嘩して口もきかないなんてしょっちゅうだったらしい」

さらに、追い討ちをかけるように、

「わざわざ面倒臭い方に行くのが二人の癖《くせ》みたいなもんだったって。まあ、あの頃はそういうのがカッコイイ時代だったから」と谷山は言った。その懐《なつ》かしげな言い方が加門には腹立たしかった。これからその渦中に自分が向かわねばならないのだ。

「まあ、俺も若いときはそうだった。いろいろ皆に迷惑かけたよ」と、話は谷山本人の思い出話へとずれて行ったが、加門は唇を噛み締め、黙って聞いていた。

乗り込んだタクシーのウインドウを開け、

「加門さん。よろしく頼みます」

どこか無責任な言葉を残して谷山が去り、車の行き交う幹線道路の道端に一人残されると、加門は背負い込んだものの大きさをひしと感じた。

巨大なトラックがスピードを落とさず次々に通り過ぎて行く。その轟音《ごうおん》がこの先の不安を煽った。

まずは、遠山を探し出すことが先決だ。さて、どうしたものか？

「あ」、と気づけば終電まで残りわずか、加門は駅に向かって慌てて走り出した。


その夜、ローテーブルの上に携帯を置いて、何をするでもなく中村祥子は待っていた。

滝川の家で何か決まったらすぐに連絡するからと加門に言われ、ワクワクと落ち着かないまま待ち続けた。夜も更けて、緊張も少し弛《ゆる》み、ついうとうとと居眠りしかけ、眠気覚ましにつけたテレビの番組が深夜帯のバラエティに変わった頃、やっと連絡が入った。

「遠山ヒカル？　ですか？」

「知らない？」

「ええと、名前だけは、聞いたことが」

「まあ、そうだよな、もはや遠い昔の人だ」

「すみません」

特に思入れのない名前に、ずっと前のめりで待った中村はどうリアクションすればいいのか戸惑った。

「まずは生きているかどうかだ」

「そうですね。三幕だけなら時間的にはなんとかなるかもですね」

「とにかく、早く見つけて書き始めてもらわないと」

明日の朝、会社で行なうミーティングの時間を決め、ふたりは電話を切った。

そして、中村はネットで「遠山ヒカル」を調べ始めた。

遠山は、加門やさらに上の世代には相当強い印象を残しているらしく、現在活躍するベテラン演出家、作家の中にも心酔者が多いことがわかった。さらに驚いたのは、自分と同じか、それより若い世代にも根強いファンがいて、遠山の作品について多くの人が熱く語り、書き、議論していることだった。そこには、「七〇年安保」「ベトナム反戦」という反体制運動、さらに「革命」などという単語がリアリティを持った時代、その温度への憧憬が多分に感じられた。

中村のいた学生劇団はエンタメ志向が強く、そういったことに興味を持つ仲間はおらず、「遠山ヒカル」も、かつて時代の寵児《ちょうじ》となった有名人がいたという知識以上のことを知らぬまま今日まで来てしまっていた。

コアなファンにとってはどこかアメリカにおける伝説の小説家サリンジャーのようにカリスマとして崇《あが》められていた。すでに死んでいるのではないか、どうもあそこに住んでいるらしい、あの戯曲は遠山が偽名をつかって書いた、などという噂が、時間を経る中で現れては消える様がネットで見るとよくわかった。

中村の中に、今や日本演劇界において最も人気を誇り大御所となった演出家内藤裕二《ないとうゆうじ》の言葉が強く印象に残った。

「あの人はね、革命なんて言葉を全然信じてなかった気もするんだ。ベトナム反戦も安保も、とにかくおもしろくて熱い場所を作り出すきっかけみたいなもんでね。だから、怖がらずにタブーをいじり倒せる。で、手を尽くして劇場にその時代の温度を作り出しちまう。リアルな夢っていうのかな。あんな見事にそれをできるのは遠山さんしかいなかった。自分もね、毎回、そんなふうにできたらと思うんだけど、遠山さんみたいにうまくやれた試しがないんだ」

そして、内藤は、続ける。

「でも、ときどき思うんだ。あの人、本気で革命を信じていたからこそ、信じていないふりをしていたのかなってね、怖がらずに、タブーなしで自由に向き合うためにどうなんだろうね」

遠山を語る内藤の言葉には強い尊敬が滲《にじ》んでいた。


会社のミーティングルーム、二人きりのプロジェクト会議が始まった。

九時の待ち合わせが、八時半にはすでに二人は揃っていた。何しろ時間がない。二人とも始まったばかりなのに、すでにしてラストスパートをかけるテンションとなって落ち着かないのだ。

加門は、谷山から受け取った二幕までの台本をコピーして中村に渡す。中村は両手で厳《おごそ》かに受け取り、そのページをめくりながら、昨日のネット情報から受けた自分の感想を加門に話した。

「日本のサリンジャー？　すごいキャッチフレーズだなあ」

嬉しそうに言う加門の顔を見て、中村の気持ちも弾《はず》んだ。

「遠山ヒカルをアイコンに、今回完成する戯曲と、この戯曲にまつわる、過去に起こった数奇な物語をしっかり伝えれば、若い世代にもブレイクスルーできそうな気がするんです」

「さすが、元広告代理店」

「あ、すみません」

「いや、感心してるんだ。でも、今の若い皆さんはサリンジャーを知ってるの？」

言われて中村は少し不安になったが、

「さすがに、そのくらいは」

と、とりあえず自信のあるふりで言ってみせた。

中村の言葉に、加門は演目をリリースするタイミングに頭をめぐらせ、

「こういう話を好きそうな知り合いの新聞関係が何人かいる。とにかく月刊誌はもう間に合わな

いから、新聞と放送、あとネットか、少しずつ情報を流すんだな。ラジオもいいぞ、遠山ヒカルの時代を知ってる世代は意外とラジオを聞いてるんだよ」

と言ったところで、加門の言葉が止まる。

「ちょっと、このへんの話は気が早いな」

中村も、はたと気づき、

「まずは台本を完成させないとですね」と二人で笑ってしまう。

公演までのおよそのスケジュールを出してみる。今日は十月二十一日。当然初日は動かせないので十二月一日。最低でも稽古期間は一ヶ月欲しい。とんでもなく無理をしてそれを三週間にしても、台本の締め切りは十一月九日、台本完成まであと十九日。もはや二十日に一日欠けていることで神を呪いたくなる。

「キャスティングとスタッフィングはとりあえず谷山さんに任せてる。うまく組めれば一、二幕だけでも先に稽古を始められるかもしれない」

「そうですね」

「まあ、なかなか簡単にはいかないと思うが。実際、執筆に使う時間は未知だろう、遠山さんは一回書けなかったわけだから。でも怖がらずにスケジュールとにらみ合っていかないと」

「とにかく早く本人を見つけ出すことですね」

中村は、神奈川の溝の口にある自由演技の倉庫で、中止になった公演時の「我が友、世界へ」の資料を探すこととなり、駆け足で会社を飛び出した。

加門は、まず社内の総務へと向かった。「我が友、世界へ」の二幕までの台本のデータおこしをスタッフに頼むためだ。

そして、四十年前の劇団の住所録を受け取ると自分の席に戻った。すでに変色したそれを頼りに、ポスターにあったスタッフ、キャストに電話をかけ、遠山の現在を知る者がいないかを片っ端から当たることにしたのだ。

しかし、いざ、かけ始めてみると、四十年という歳月の重さを感じざるを得なかった。ポスターにあった本人と話せたのはごくわずかだった。

電話が繋がってもその住所には別人がいたり、演出を担当した小宮山道夫《こみやまみちお》を筆頭に、すでに亡くなって、世代が変わり、子供や孫が出る事も多かった。

そんな中、

「滝川さんは何も言ってなかった?」

と加門に尋ねる者がいた。

美術会社から派遣され、自由演技のセットデザインを長く勤めた畠山慎二《はたけやましんじ》だ。加門も役者時代にいくつかの公演を共にしている。強面《こわもて》、くわえ煙草で黙っているだけで本気で怖い人だった。

「いえ、滝川さんは真っ直ぐ目を見て、加門、頼んだぞって、それだけです」

畠山、その滝川の姿が自分にも思い当たるのか、

「滝川節だな。無理なことをあたりまえな顔で言うんだあの人。そうか、じゃあ、何かの記憶違いかもしれんな」

加門、その思わせぶりが気になり、その先を聞こうとしたが、畠山は言葉を濁《にご》してはっきりとは答えなかった。

「加門ちゃんさあ」

畠山が急にあらたまって言った。

「もし、これ決まったら呼んでよ、助手でもいいよ。遠山さんと久しぶりにやりたい」

「え」

「まあ、ロートルじゃお荷物だと思うけどさ」

「いえいえいえ」

加門は驚いた、畠山がまさかそんなことを言い出すとは。

「畠山さん、さっき、仰《おっしゃ》ったじゃないですか。遠山さんのスタッフになると、帰れない寝られないすぐさっきと違うこと言うの三重苦だって。だいたい作家だとはいえ、演出でもないのに美術に口出すってめんどくさいでしょ」

畠山、笑って
「歳取るとわかるんだよ。そのときは絶対許さねえ、とか、いつか殺してやるとか思ってもさ、なんか、そういう人との仕事が一番懐かしいんだ」

「懐かしい？」

「ああ、遠山さんにしつこく言われて何度も何度もデザイン画を見せる、演出の小宮山さんも無視されて腐っちまうし、現場は険悪だ。それに結局決まってみると最初に見せたのとほんの少ししか変わんなかったりするんだよ。でも、そのほんの少しが客に沁《し》みるんだってことは、そんときだってわかってたんだ」

「はい」

「わかってたんだけど、なんか生活っていうか、毎日っていうかそんなもんに負けてた。それでさ、遠山のやつ許さねえ、ばかやろうって」

「はい」

「それはさ、『我が友、世界へ』のときも一緒だよ。時間がなくなって、台本は完成しないけど、とりあえず二幕までの準備を進めてた。大道具の担当と何度も打ち合わせて設計してデザイン画を描いて遠山さんとこ持ってってくんだけど、全然、うなずかない。ああだこうだ言って全否定だよ。そのくせあの人、勝手にいなくなっちまって」

「ひどいですよね」

「ああ最低だ」

「ほんとに」

「中止になって、その埋め合わせで、スタインベックの『二十日鼠《はつかねずみ》と人間』やることになって、新しい演出が来た」

「はい」

「それってんで急ごしらえでデザイン画描いて持ってったんだよ。時間もないし、予算もない。どうも自分的にも腑《ふ》に落ちない出来だが仕方がない。そしたらその演出がさ、一発で、おっ、いいねえ、とか言って喜んでるんだ。そのとき、なんていうかさ」

畠山が電話口で黙ってしまう。その、沈黙が加門の胸にも響いた。

「そのとき、遠山さんに、会いたいなあって思ったんだよ。あの、演出でもないのに自分の作品にどうしようもなくしつこくてうるさくて自分勝手な遠山さんに心から会いたいなあって。あの人との仕事は、幸せな時間だったたってやっと気づいたんだな。あれからずっと消えてないんだ、その気持ちが」

結局加門は、午後遅くまでかかって、遠山の行方に関して何も手がかりを見つけられなかった。

加門が中村のいる溝の口の倉庫に到着した頃、すでに日は暮れ始めていた。

この倉庫には、公演を終えたあとに、再び使えそうなセット、大道具、小道具などが集められている。そして、作品ごとの台本やスケジュール表、宣材、ポスターなども整理され棚《たな》に収められているのだ。

ただ、正確に整理番号を付されているのは、自由演技が株式会社化して倉庫を持った八〇年代以降で、それ以前の時代のモノは厳選され、一番奥にあるいくつかの棚に無造作に積み上げられている。その様はどこか共同墓地のようだった。かつて生き生きとして華やかだった世界がまとめてひとつとなってじっと黙っている。その静寂は独特で、加門はいつも、不思議な胸騒ぎを覚えた。何もかもがさながら、「怪奇ミイラ男」のように、ほんの少しの水で目を覚まし動き出しそうな、いつ蘇ってもおかしくない気配を醸《かも》し出しているのだ。

加門が、その棚へと通路を進むと、桜色のペディキュア、白い二本の足がパイプ椅子の上に投げ出されている。覗くと、中村が床に座り込み、棚を背に椅子に足をかけ台本を読んでいるのだった。いくつかの段ボールに囲まれ、首にタオルを巻き、夢中になっている。

加門は息を呑んで立ち止まった。何か、見てはいけないものを見てしまった気がした。

西日を受け、額《ひたい》の汗がキラキラと輝き、それを拭うことも忘れ、台本の世界に入り込んでいる姿はとても無防備で、加門の中で忘れられていた欲求に大きなうねりを起こした。

「あっ」

やって来た加門に気づき、中村が慌てて立ち上がる。さながら、自習をさぼっているのを見つ

かった中学生だ。加門は加門で、中村を見ていた自分の眼付きに気づかれたのではといつも以上の笑顔になって、

「よお」と、何事もなかったように近づいて行く。

慌てて靴《くつ》を履《は》く中村。その差し込まれる足の動きがまた妙に艶《なま》めかしく、加門をさらに刺激した。

「すみません。ちょっと読み始めたらやめられなくなって。すごい台本ですね」

「な、な、だろ、すごいんだよお」

加門、つい、ごまかそうと、まるで当時の関係者かのようなその勢いに自分でも可笑しくなって、

「ま、喜んでても途中じゃしょうがないんだけどね」

加門、コンビニの袋を差し上げ、

「飲み物買って来た」

言いながら、自ら床に座り込む。中村は一瞬迷ったそぶりだったが、加門の隣に再び座った。二人ともその年齢差を超え、かつていた大学のそれぞれの稽古場を思い出してしまうが、お互いそれには触れない。

中村はペットボトルを受け取り、冷えた炭酸水を飲み始めた。身体が求めていたのか、一気に半分ほど飲み干すと、「ああ」と意味不明の声を大きく漏《も》らした。

加門、その抑えきれなかった声に更なる妙な興奮を覚えたが、それこそ悟られまいと、

「資料はどう?」

と、いきなりの仕事モードに入ろうとした。

「美術のデザイン画、照明プランがありました。収穫はそれぐらいですかね」中村が段ボールか

ら出してそれを渡す。加門は、おずおずとそのスケッチブックと、プランの書かれたノートを受け取った。

描かれた内容は今見ても古くない、いや、むしろ新鮮なものだった。一幕から三幕までが八つのセットで構成され、七つは虹色の一色ずつでセットも衣装も統一される。そして、八つ目のセット、最後はモノクロの中で展開する。

「三幕の最後で、街が革命の炎で燃えあがるというアイデアがあったらしくて、モノクロの中でその炎だけは赤く見える色彩設計になってます」

「すごいな。美術の畠山さん、自分を助手にって言ってたけど、これ、メインでやってもらうしかないいな」

加門、ふいに、

「ああ、これ、繋がってるんだ」

と、声が大きくなった。

「繋がってる？」

「俺さ、学生のとき出たことあるんだ」

「え」

「遠山ヒカルの名作と言われる『東京迷宮』、『我が友、世界へ』の前作」

「ええ⁉」

「まあ、大学のサークルでやったんだけどさ。主人公が新任の中学教師でね、その学校にはいろんな問題を抱えた子供たちが何人もいるんだ。教師は、問題児たち一人一人と裏庭で話し合って行くんだけど、そのとき必ず足元に落ちている拾った釘《くぎ》を磨《みが》きながら話すんだ。話す中で、子供たちの抱える問題は、常に時代のモラルに縛《しば》られていることから起きていると突き止めていく。釘を覆《おお》うサビを削るように、子供たちを縛るモラルを削り取っていく。そして、子供たちは、最後にその磨き終わった釘を渡される。釘は拾ったときと別物のように美しくなっている。子供たちは、その釘を光にかざすんだよ。彼らは、輝きに惹《ひ》かれ、とても自由な気持ちになっていく。そこで必ず教師が言うんだ。『また何か苦しいことがあったら、この釘を光にかざせ、その光をじっと見つめろ。光の中に答えはある』」

中村、感心して、

「カッコイイですね」

「そうなんだよ、とにかくまずカッコイイんだ」

「ですね」

「教師の行為が外に漏れ始めると、あまりに急進的な教育と叩かれ、洗脳と疑われる。教師は排除され、最後は親たちや、その街の人間の群れに囲まれ、結局、火あぶりになるんだよ」

「火あぶり⁉」

「そう、火あぶり。学校の校庭でバスケットのゴールに括り付けられ、教室から運び出した椅子や机を周りに積まれる。ガソリンをぶちまけ、そして、まさに火をつけようという最後の瞬間に言う教師の台詞がまたすごいんだ『この火の熱さが熱ければ熱いほど俺の誇りとなっていく。ガソリンをケチるな全て使え、炎よ燃え盛れ、煙となって俺は空へ向かう。いいか、明日降る雨に気をつけろ。それは俺だ』」

「すごい！」

「なあ良い台詞だろ」

「じゃなくて、台詞がまだ全部入ってるんだなと思って」

中村のあまりの感心の響きに、加門はつい正直に、

「いや、いや、いや、俺は後ろで聞いてただけよ。街の住人役をやってたんだ」

「ああ」

「その声、なんか、急にがっかりな感じだね」

「いえいえ、でも、良く覚えてますね」

「一応代役だったからさ。でも、主役をやってたやつがとんでもなく元気で」

「なるほど」

「まあ、でね、『我が友、世界へ』の方だけど、この、最後に遠くに見える燃え上がっている炎は『東京迷宮』の火あぶりの炎なんだよ、きっと。その命をかけた革命の炎が、遠く離れた人たちの心まで突き動かしていく。それをやろうとしてたんだね。そして、その地に炎を引き受けるものたちが現れるのか？」

「ああ」

「『我が友、世界へ』の冒頭に出て来る、『6000年目の炎』の書き置きがあったでしょ」

「はい、失踪《しっそう》するとき書き残していく言葉ですよね」

「あれは、十八世紀イギリスの伝説的詩人ウィリアム・ブレイクの『天国と地獄の結婚』という有名な作品が踏まえられているんだ」

「そうなんですか」

「前作の『東京迷宮』にもいくつかブレイクの詩が使われている」

「ああ」

「教師の火あぶりの炎が『我が友、世界へ』の、その『6000年目の炎』に繋がって行くんじゃないかな」

「なるほど、そこは決まってたんですかね」

「東京と、その他の土地で同時間に物語が進行している設定かあ。おもしろいよねえ。『東京迷宮』も一緒にやりたくなっちゃうね」

「加門さん、『我が友、世界へ』は、まだ三幕がないんです」

「あ、そうだった。また先に行きすぎた。そんな夢を語ってる暇は僕たちにはないんだよ」

笑いながら、学生時代の稽古場気分をぬぐい去ろうと、携帯電話をチェックする二人。と、同時に声をあげた。

「社長から、いっぱい着信が来てます」

「俺もだ。滝川さんからも、何度も来てる！」


宝来真治のお別れの会は、赤坂ホテル飛天の間で六時からだった。

二人は急いでタクシーに乗り込み、会場を目指した。

社長の堂本から中村への連絡も加門を探すためのものだった。

加門は、堂本と打ち合わせ、朝の時点では、お別れの会には出席しないことになっていた。まずは遠山ヒカルの探索を優先しようとしたのだ。

しかし、電話に出た社長の堂本は、

「とにかく必ず来てください。そこで理由はお話しします」

そう言って慌ただしく電話を切った。お別れの会の発起人に名を連ねた堂本はすでに会場にいて、弔問客《ちょうもんきゃく》への対応に追われていた。

滝川は一言「絶対来い」。そして「おもしろい人が来るんだよ」と言ってさっさと電話を切った。それが誰であるのか？　いったい何がおもしろいのか？　それは謎のままだった。


加門と中村が、会場に入るとすでに谷山の弔辞《ちょうじ》は始まっていた。

「演劇一家に生まれた君は、古きものを愛しながら、新しくあろうとしていた。先人への愛と若き革命家の思いがいつもぶつかって地響きをたてていた。その地響きが観る者の心を揺さぶるのだった」

中村は、その言葉を聞きながら、一介のファンでしかなかった自分がこんなところにいる事実を未だうまく理解できないのか、悲しむ前に、自分の居場所を探すように辺りを見回している。

加門は、祭壇に飾られた宝来の笑顔に見入ってしまう。宝来と言えば思い出すのはこのくしゃくしゃの笑顔だった。これこそが宝来マジックだったなと思う。舞台を作り上げて行く中、しんどいことばかり、うまくいかないことだらけの日々も、宝来はいつもこの顔で笑っていた。その顔を見ていると根拠がなくとも無責任に大丈夫じゃないかと思えてきて、役者もスタッフも持てる力の全てを使おうとした。

「劇団が注目を集め、戯曲賞を受賞したばかりの頃、君はよくストリップに通っていた。そろそろ顔も知られて来たしそういうのはほどほどにしたらどうだという僕に言った。常設の小屋があって、客がいつも満員で、美しいスターがいて、見たいと思うものを思う存分見せきって、だから、客の踊り子を見る目は陶然としていつもキラキラと光っている。最高じゃないですか。しかも、皆その仕事で食えているんです。まあ、実際のところ、客の目はギラギラしていたと思うが、言いたいことはわかった。君は私たちの世代を目の敵《かたき》にして、日本という国に疑問を持ち、自分なりの新たなやり方を必死に探っていた。君はそれを獲得すべくその身を削ったのだ」

聞きながら、加門は、滝川を探した。滝川は、来賓席《らいひん》の二列目に座って、話す谷山の背中を見つめていた。時々、隣に座る着物の女性に話しかけたが、加門はその背中に見覚えはなかった。

そこに来賓の対応が済んだ社長の堂本が、疲れきった様子でやって来た。加門を見つけると隣に来て、

「滝川さん、会わせたい人がいるみたいです。全て段取ってくれてます」。それだけ言うと、自分も来賓の末席に着いた。

谷山の弔辞が済むと、照明が暗く落ちて、静かなバイオリンの音色とともにパントマイムが始まる。スポットライトの中、現れたのはフランス人の夫と日本人の妻。宝来の芝居には何らかのカタチで必ず登場するカップルだ。いつもはヨーロッパの道化、フールを模した派手派手しい衣装にメイクだが、今日は、二人とも顔を白塗《ぬ》りだけにして、真っ白な布にその身を巻いて現れた。草原にピクニックに来たのだろうか、その場に咲いているだろう花を二人で摘《つ》んでは大きな籠《かご》に入れていく。ワインを飲みすぎたのか、夫はふらふらとして座り込み、いつの間にか眠ってしまう。それを妻が繰り返し起こしながら花が摘まれて行く。いつしかありきたりなホテルの会場が宝来の芝居がそうであったように、どこだとも言えない、ただ確実に日本ではないどこかに思えて来るのだった。

一瞬の暗転、籠には本物の白い花が溢れるようにある。宝来が好きだったのだろう、夏雪草の白い花だ。それを、今度は静かな仕草で、夫婦が参列者に配り始める。そして、祭壇へ行けと促《うなが》す。受け取った者から思い思いに祭壇に近づき花を置き始める。それぞれが、それぞれの思いで

宝来のくしゃくしゃの顔を見つめ心の会話をした。祭壇に増える花と無言で続く参列者の様。それを無視するかのように、笑顔で、ときどきころんだりさぼったり、花を配るパントマイムは続いて行く。

宝来の芝居に通い続けた中村は、宝来の全ての芝居のラストシーンを観る思いで胸がいっぱいになった。

献花の終わった参列者は遺族に目礼すると、飲み物の用意されたテーブル席へと向かう。

滝川も献花を済ませると、テーブルについて加門を手招きした。気づいた加門が見ると、滝川の隣には、着物姿の女性が座っている。滝川と同年代だろうか、来賓席で隣に座っていた女性だ。二人の様は見事に栄《は》えていて、まさに映画の一場面のように画になっていた。

「ちょっと行って来る」

中村に告げ、加門は滝川の元へと向かった。

中村は「がんばってください」と、加門の背中に声をかけた。滝川と女性のただごとでない佇まいに呑まれ、その声が妙に上ずる。

加門が近づくと、滝川が機嫌《きげん》良く、

「よお」

と声をかけた。

「お疲れさまです」

滝川にしては珍しくあらたまって隣の女性を紹介した。

「こちらは、土屋美佐さん」

「だいちゃん、さん付けはやめてよ」

「だって、僕より一期上じゃないですか」

「またそれを言う、たしかにそうだけど」

「それに、歳もひとつ上じゃないですか」

「もう、あいかわらずね、あなた」

女性は、朗らかに笑った。滝川が劇団仲間として扱う言葉遣いをとても楽しんでいた。

色無地に喪帯ながら、その様は凛《りん》として美しく、加門の背筋も自然と延びた。

「初めまして、加門です」

言いながら、加門はその人とどこかで会ったような不思議な感覚に囚われた。デジャブとは違う、もっとはっきりとした何かだ。そんな戸惑う加門を着物の女性が、静かな笑顔で見つめている。

「こんにちは。加門慶多さん。カモーン！　慶び多くあれ。おもしろいお名前ね」

「あ、いやあ」

滝川はすでに加門のことを話している。ということは、遠山ヒカルのことと何か関係しているということだ。

「加門、お前、今朝電話したんだろ」

「はあ?」

「あたしね、昔、荒船美佐《あらふねみさ》って名前だったのよ」

「あ」

なんと、彼女は女優の荒船美佐だったのだ。加門の中でその若かりし頃と像が重なった。荒船美佐は「我が友、世界へ」の中で女学生小野冴子《おのさえこ》を演じる予定だった。ポスターにも、滝川大介、根本寛治《ねもとかんじ》、二人の主役に続き三番手で名前がある。女優としては最も大きな役だ。加門が今朝連絡した関係者の中で、誰よりも話を聞きたかったのがこの荒船だった。

荒船は映画界から新劇へと移った変わり種だった。研修生として数ヶ月劇団にやってくる新人映画俳優は多くいたが、勉強のためと、会社に強制されて来ている者がほとんどだった。映画会社を辞めて新劇に身を投じるなどというケースは当時とても珍しかったのだ。

その移籍劇は、スキャンダルになることはなかった。荒船は新人であったし、その頃映画はすでに斜陽、マスコミは興味がテレビに向かっていた。

今朝、加門が名簿の連絡先に電話した際には、荒船は随分前に家を出てしまい、現在は代が変わって居場所もわからないと告げられた。

加門は、疑問の解けぬまま言った。

「はい。お電話させていただきました。でも、もう荒船さんの居場所はわからないと」

「嫁ぎ先の名前が土屋で今は土屋美佐。旦那がちょっとわけありで、姪《めい》っ子が気を利かせたのね」

「わけあり？」

滝川が割って入った。

「ご主人が、知ってるだろ、生民党の議員で、官房長官をされてる、土屋光太郎《こうたろう》さんだ」

「ああ」

加門、思わず声が出た。

「荒船でいいわよ。自由演技の方にはそう呼んでもらった方が自然だから」

と言って、その年齢とは思えぬ、ため息の出そうな笑顔を加門に返した。

よく見れば、確かにそれは荒船美佐で、四十年を経てもその美しさは衰えず、かつての荒船美佐にさらに気品が加わって、この会場の花として見事に咲いていた。まさか、目の前に今日一番会いたかった人がこつ然と現れるとは。何を尋ねればいいのかとぐるぐると頭が回って、加門は何も言えなくなる。そんな惚《ほう》けた加門を見た滝川が、

「おい、まずは、花を手向《たむ》けて来い」と祭壇へとうながした。

加門、大きくお辞儀すると、中村のいる献花の列に戻った。

加門は、「我が友、世界へ」の美術担当だった畠山の言葉を思い出した。

「滝川さん、何か言ってなかった」

あの、電話での、思わせぶりな言葉は、きっと荒船美佐が何か知ってるのではということを指していたのだ。

献花が終わると、いくつかの弔辞があり、そのあとは懇談となった。各テーブルでそれぞれの昔話が始まる。他のテーブルにかつての仲間を見つけ移動する者たちもいる。滝川と荒船の席にも大勢の人間がやって来た。荒船がこういう席に出るのは珍しい。演出家、プロデューサー、劇場関係者、演劇界の大御所たちがこぞって挨拶《あいさつ》に来た。

「あ、加門さん、来た、来た」中村が妙に興奮してその袖《そで》を引っ張った。ネットのインタビューで遠山を絶賛していた、演出家の内藤裕二がやって来たのだ。

内藤は、滝川に会釈《えしゃく》をすると、あたりまえのように荒船の隣に立ち、

「しんちゃん、残念だったね」静かに声をかけた。内藤の宝来真治をしんちゃんと呼ぶ声には心からの親しみが込められていた。

「うん」

荒船が小さくうなずいた。

「美佐と会うの何年ぶりだっけ」

「結婚してから会ってないでしょ。三十年、いや、もう、三十五年かしら」

「あっという間だ」

「ほんとね。まばたきしたらここに立っていたわ」

二人は、小さく笑った。

内藤は荒船と知り合いだった。側で聞いていた中村には、三十年以上の年月を経たやりとりにはとても思えなかった。

中村は、後に加門に教えられるのだが、荒船は、内藤が若かりし頃立ち上げた劇団の旗揚《あ》げに客演していた。新宿の映画館の地下にあった小さな劇場で、その芝居の主役を演じたのだ。そして、その後の新作にも何度か出演していた。

「真治は、あたしが、この世界に誘ったのよ、たまには芝居でも見に来なさいよって。野球部だったんだから。野球で高校入ったみたいなもんよ。そのまま行けばプロになっていたかも」

内藤は思い出すように空を見つめ、

「あいつ、昔はいい身体してたもんな。最近は随分丸くなって、若い子にかわいい、とか言われて喜んでた」

「うちの家、一番上の兄、長男が戦争で帰って来なかったのね」

「そうなんだ」

「あたしを活映に連れて行って映画界に入れた二番目の兄がいて、真治はその一人っ子」

加門も中村も、宝来と荒船、その甥《おい》と叔母という関係を初めて知り、その奇遇に驚き、話に聞き入った。

「美佐ちゃんはなんたってニューフェースだもんな。見てたよ映画」

「何よ今さら、あの頃、見たなんて一言も言わなかったじゃない」

「見栄はってたんだよ、映画女優がなんだってな」

「あたしが、自由演技に来て映画に出なくなったら、真治が言うのよ、おばさんのこと最近見なくなっちゃったねって。あたしが舞台に出てるなんて知らないから。で、つい悔しくて、芝居を観においでって誘ったの」

「おばさんが映画に出てるのが、自慢だったのかもな」

「そしたら、観終わって、すごくおもしろかったって言うの。芝居観るのも、なかなかいいねって。真治、男前だったでしょ。だから、つい、あんたも役者やったらって言っちゃったのよ」

内藤が、思い出したように滝川に言う。

「いっとき多摩川で劇団対抗で野球やってましたよね」

滝川の目に懐かしさが宿る。

「ああ、やった、やった。あの頃は随分のんびりしてたなあ」

「しんちゃん、ピッチャーやってて」

「ああ、そうだ、宝来はすごいんだ。球、早くてな」

「ええ、すごかったです」

「内藤、お前打てなかったろ。格が違ってたな」

「もう、打席入っても球が見えなくて。で、忘れられないのが、せっかく自由演技が勝ってんのに滝川さんがしんちゃんに、お前が投げるとおもしろくないから降りろって言い出したときがあって」

「ああ、そうそう、言った。お前よく覚えてんなあ。ひどいなあ俺も」

「こっちは、しめたって思いました」

「あいつ、それから、試合に出て来なくなってさ。投げるなって俺の言い草が気に入らなかったんじゃねえか」

笑って聞いていた荒船が、

「違うわよ。きっと芝居に本気になって、好きだった野球を全部捨てようって思ったのよ。全ての時間を芝居に使おうってこと」

滝川、少しホッとして、

「そうですか」

「ほんとね、そういうとこは生真面目《きまじめ》なの。死んだ兄さんにそっくり」

そう言って笑おうとした荒船の言葉が詰まる。

「なんか、真治までいなくなっちゃった」

その頬をハラハラと涙が伝った。


「お別れの会」が終わり、社長の堂本は、疲れきった様子だったが、谷山と「我が友、世界へ」のキャスティングの打ち合わせをすることとなり、谷山の事務所に向かった。

加門は、場所をホテル一階のカフェテラスに移し、中村とともに荒船から話を聞くことになった。滝川も同席した。

荒船は、まず、遠山との出会いまでを話し出した。

荒船は、兄の推薦を受け、特別枠でニューフェースとして活映に入社、映画界に入った。その、美貌《びぼう》ゆえ、会社からの期待は大きかった。

もともと、荒船の一家は祖父が撮影所の重役で、親戚には舞台、撮影所などで俳優やスタッフとして働く者も多かった。荒船も小さい頃から稽古ごとをさせられていて、本人もいつかそういう世界へ行くのだろうという漠然とした気持ちはあった。

まず、いくつかのちょい役、脇役として数多くの作品に出演した。ほとんどが他愛のない青春ものか歌謡映画だったが、その後、期待のニューフェースとして初主演映画を撮ることになる。

監督は、その第一作目、「その花は笑っている」で当時の若者の支持を得て映画界の話題をさらったばかりの滝田正隆《たきたまさたか》だった。脚本には滝田と交流のあった遠山ヒカルが呼ばれる。当時映画界は、テレビの台頭とレジャーブームに押され、観客数が激減、斜陽産業と呼ばれ始めていた。若い観客の映画離れを止めようと経営陣が様々な模索をしている最中だった。

重役の年寄り連中がわからないのをいいことに、ここぞとばかりに、若いプロデューサーや監督たちが挑戦的で、アバンギャルドな映画を次々に連発し始めた。フランスのヌーベルヴァーグの影響も大きかったのだろう、もちろん新鮮な傑作もあれば、包装紙だけさも新しいもの、単なる駄作と玉石混淆《ぎょくせきこんこう》だった。

会社としては、映画界と演劇界、どちらにとっても期待の若手クリエーターである滝田、遠山ががっちり組んで、いかなる挑戦をするのか？　そこを煽って話題作りをしようという算段だった。

「真夏のメリークリスマス——夢の約束——」荒船の初主演作だ。

絵に描いたような恋愛もののタイトルだが、内容は、政治運動に身を投じる労働者の男とお嬢様学校の女生徒の運命的な恋愛を描くというもの。荒船は、男と知り合って、それまでのありふれた生活からは思いもよらぬ、怒濤《どとう》のような日々に呑み込まれ、汚れ、堕ちて行くという、いわゆる体当たりな役どころで、性描写や暴力描写も当時としてはなかなか過激だった。

荒船が、初めて遠山と会ったのは、撮影所近くの旅館だった。

「監督の滝田さんと一緒に挨拶に行ったの。撮影所の裏にある若葉って旅館。脚本書くとき缶詰になるのによく使ってたみたい。あたし、のんびりしてたから、遠山の名前を聞いても、会っても何も感じなかったのね。当時すでに、舞台の世界では時の人だったはずなのに」

それから、一週間もしないある日、銀座の木挽町《こびきちょう》、実家にいた荒船のもとに、深夜にもかかわらず突然遠山が現れた。刷り上がったばかりの脚本を持って来たという。脚本家の先生がわざわざとあれば親も無下《むげ》にはできない。

「玄関に行ったら、遠山が、製本ができたばっかりの脚本をむき出しで持って、所在無さげに立ってるのよ」

裏の路地に出て、受け取る荒船の目をぐっと覗き込み、遠山が言ったそうだ。

「書く前に会っておいて良かったよ。君を思って書いたラストシーンだ」

つい、中村が、

「やばい」

声を出してしまう。

「おい、中村」と、加門が諌《いさ》める。

荒船、笑いながら、

「いいのよ。あなた正直ね。そうなのよね。女の子だからわかるでしょ。やばかったのよ。そんな人それまでまわりにいなかったから」

そこが、中村の正直で良いところだと加門も思うが、

「あたし、聞いてて、遠山さんのこと好きになりそうでした」

と直球で言うのだった。

「そうなの。好きになっちゃったのよ」

と、荒船は少女の笑顔で言った。

荒船は、加門と中村を真っ直ぐに信じて話していた。滝川が信用する人間は当然信用できるというその劇団仲間特有の感覚に加門は嬉しくなった。


加門は、昔、名画座で、脚本遠山ヒカル、監督滝田正隆、主演荒船美佐による「真夏のメリークリスマス――夢の約束――」を観ていた。もちろん封切りではない、傷だらけ、赤く滲みの出た、退色の始まったフィルムで過去の名作として出会ったのだ。

まだ、加門は若く、荒船の切実で真摯な演技より汗だくの肉感的な身体が忘れ難かった。ラストシーンは鮮烈で、何より強い印象を残した。

共に闘った二人、もはや解体するしかない組織。アキラとノエの二人はすでに追われている。逃げて逃げて逃げた果て、もはや共に逃げることは不可能となったそのとき、二人はそれぞれの路を行かなければならなくなる。

ラスト、丁字路に行き着き息切れをして佇む二人。と、突然、真夏の東京に雪が降り始める。

「あなたが降らせたの？」

アキラはうなずき、ノエの目をまっすぐに見て言った。

「この雪は、君と僕の二人にしか見えない」

「あたしたちの心の中に降り始めた雪ね」

「これ以上、君への溢れる思いで別れがつらくなるのはたまらない」

「雪が覆い隠してくれるものはごくわずかよ。このあたしの気持ちを見えないようにするのは無理。愛してる」

アキラがノエの手を取って、

「このしんとした雪の街で今まさに別れるそのときになって初めて心からの言葉が生まれた。愛してる」

そして、有名な、映画マニア垂涎《すいぜん》のキスシーンとなる。それは、素早く短いキス。

加門はそのキスが好きだった。すでに肉体関係がある二人なのに、それは初めてのように若く生き生きとしたキスで、湿っぽくならず、行きすぎた情緒で泣かそうとしないこと、そのことが当時の加門には心地良かった。

アキラとノエは、そのまま見つめ合って笑顔で丁字の左右に後《あと》ずさりして行く。

「もし、君がどうしようもなく打ちのめされ、傷ついて、どうしても僕に会いたくなったら、雪の日の誰もいない路地を曲がるそのときに僕の名前を胸に、会いたいって心から願うんだ。そうすれば」

「そうすれば？」

「きっと僕は角を曲がったそこに立っている」

静かにうなずくノエ。

「さあ眼を閉じて」

その瞳を閉じるノエ。

「お別れね」

「いや、始まりだよ」

「さようなら」

「さようなら」

と言って、一時の静寂のあとノエがその瞳を開くと、もう路地には誰もいない。真夏の止まってしまったような時間が流れているだけだ。遠くから蟬《せみ》の声に混じって懸命に泣く赤ん坊の声が一瞬聞こえるがそれも風にかき消され、永遠に続きそうな容赦ない太陽の光だけがただただその場所を照らしている。ノエの頬をひとしずくの涙が落ちて行く。

そこに、高鳴る音楽と共にドンッと「終」の文字。文字が消える前に閉まり始める劇場のカーテン。荒船の頬を伝う涙が、閉まりかけたカーテンに映し出され、揺らめいている。

加門は思う。昔の映画は良かった。それから五分もエンドロールを観なくて済む。名画座のあった池袋の街へ出ると、まだ自分が映画の続きにいて、あの、熱い学生運動の時代、シュプレヒコールのこだまする東京戦争の最中にいるようだった。その時代には、半ズボンで遊びまわっていたにもかかわらず、そんな気持ちになる自分が可笑しくもあった。

無性に誰かと話したくなったが、大学に入学したばかりの加門は劇団にも入っておらず、恋人もいない。黙って、山手線に乗って帰るしかなかった。

「真夏のメリークリスマス――夢の約束――」は未だに繰り返し名画座で上映される作品だが、公開当時はその斬新なスタイル、過激な内容に客が付いて来られなかったのか、全くヒットしなかった。

加門は荒船に向かってしみじみと言った「傑作です」。

荒船は、加門を見てうなずき、

「あたしも、大好きよ」

と、微笑んだ。

荒船は、それまでの人生で全く出会ったことのない遠山ヒカルという人間の強烈な個性に圧倒され、映画会社との契約を破棄して劇団自由演技に入る決心をする。結果、映画界からは干される。

荒船は言った。

「後悔してないわよ。それから、すっごく楽しかったもの」

そして、二人はいつしかつき合い始め、同棲するようになった。

「千駄ヶ谷の能楽堂の裏に洒落たアパートがあって、そこに入ったの」

この辺まで来ると、中村の目はキラキラとして、息を吸うのも忘れる気配で身じろぎもせず、荒船の一言一言に深くうなずき、時に小さなため息をついた。二人の恋の行方にもはや一観客となっていた。

だが、中村好みの話はそこまでだった。荒船は一緒に住み始めたその先を語ろうとはしなかった。いくつかの遠山の書いた舞台に出演しているはずだが、それについても話さなかった。二人一緒の生活の機微《きび》に、ひとつも触れずにいることが、逆に、その間にあった多くの出来事を感じさせた。

「一緒に二年暮らしたの。遠山が『我が友、世界へ』を書き始めてひと月した頃、ある朝、起きたら遠山は居なかったの」

そう言って、グラスに残っていた、すでに泡立つことのない炭酸水を飲み干した。

荒船美佐は、その後、数少ない演劇活動を経て、政治家の土屋光太郎と知り合い結婚に至る。

加門は思った。引退の理由は結婚にはなく、遠山の失踪に起因しているのだろうと。失踪した後、女優として、遠山を失った喪失感を埋められるだけの、力ある舞台に出会えなかったのかもしれない。

黙って聞いていた滝川が、そろそろと言った様子で、

「先輩、見せて。例のやつ」

そう言って、荒船をうながした。

「だから、先輩は止《や》めてよ」

笑いながら、荒船は、バッグからファイルをひとつ取り出した。中から出したのは、折られた一枚の新聞だった。それは古く、すでに変色している。

「ちょっと前なんだけど、うちの旦那がインタビューを受けたの」

荒船がその紙面を開くと、五年前、十一月の日付があった。大きく見出しにあるのは「生民党、土屋光太郎氏、消費税値上げについて語る」。

加門と中村が紙面を覗き込む。

「うちの旦那じゃなくて、その隣の紙面」

隣にあるのは、全国で始まった正月を迎える準備についての連載記事だった。その日は、岡山県の山奥、高萩《たかはぎ》村が取り上げられていた。「村歌舞伎《かぶき》、復活への挑戦」とある。戦後、途絶えていた正月の村歌舞伎が再開されるという記事だ。村おこしに立ち上がった若者たちが初めての芝

居に四苦八苦する様子が楽しげな筆致で書かれている。

荒船が静かに言った。

「その、若い人たちが集まってる写真を見て」

中村が、さらに食い入るように顔を近づける。

「すみません。近視気味で」

古い寺の境内に並んだ十数人の若者。その一人一人の笑顔をまじまじと見て行く。

「あ」

中村が思わず声を出した。

中に一人だけ老人が居た。真っ黒に日焼けした顔で、伸び放題の髭でぶっきらぼうにただカメラを見つめている。

「あ」

加門も気づき、やはりその声を抑えられない。顔を上げ荒船を窺《うかが》う。荒船は、何も言わずに微笑んでいる。加門の顔を見た滝川が言った。

「加門、あいかわらずだなお前、豆腐踏んづけたみたいな顔しやがって」

「旦那と朝ご飯食べてたら、自分のインタビューが出てるから見ろって言われてね、読んでたらなんか隣から変な視線感じるのよ。で、見たら」

加門、確認するように、

「遠山、ヒカル」

人の背中の向こうまで全てを見透かしているような、実は何も見ていないような目。それは、かつて演劇雑誌で何度か見た遠山の目だった。

荒船がそのときを思い出して、

「もう、びっくりして変な声出ちゃった」

中村が、強く相づちを打つ。

「ですよね。出ちゃいますよね」

加門、もう一度写真を覗き込んで、

「髭で一瞬わかりませんが、それを除けば」

「そうなのよ。意外と変わんなくて」

「いや、驚きました」

「どうした？って旦那に言われて。主人、遠山とあたしのこと知らないのよ。何も言えないから、しゃっくりのふりしてごまかして」

中村が感心して、

「元女優ですもんねえ」

「見てた孫が真似《まね》しだして困っちゃってね」

加門が恐る恐る尋ねた。

「で、あの、連絡は取られたんですか」

荒船は、頭を振って言った。

「今でもときどき連絡しようかって思うときがある。でも、怖いの」

「怖い？」

加門は、その言葉が腑に落ちなかった。

荒船が、静かに言った。

「そのときは、何もかも捨てることになりそうで」

時を経ても、荒船の中に残る熱い思いを感じて、加門も中村も何も言えなくなった。

滝川が加門に、今日はここまでだと目配せをする。

「まあ、少なくともひとつ、手がかりが見つかったってことだな、加門、頼むぜ」

にやりと笑った滝川の顔に、加門が返事をしようとしたら、

「はい！」

先に大きな声を上げたのは中村だった。


加門は、電話での岡山への問い合わせ、調査は止めることにした。下手に連絡を取り、探しているることを遠山に知られた途端、再び居場所を変えられることを最も恐れたのだ。

加門は、夜のうちに社長の堂本と連絡を取り、翌日は岡山に向かうことにした。

この遠山探索の旅には、中村も同行することとなった。

2

輝くもの、必ずしも金ならず

「我が友、世界へ」第二幕

All that glisters is not gold
輝くもの、必ずしも金ならず
『ヴェニスの商人』第２幕第７場

朝、新幹線に乗車するとなれば加門《かもん》は朝食を摂《と》らずに家を出る。理由ははっきりしている。駅弁の深川飯を食うためだ。アサリの炊《た》き込みご飯に煮穴子が乗り小茄子《こなす》の余市漬《よいちづ》け、大根のべったらが小味をきかせる。中央線に乗り込み神田あたりを過ぎるとその穴子の感触が口の中に蘇《よみがえ》り、東京駅に着けば逸《はや》る気持ちを押さえるように弁当売店へと急ぐ。早い時間は穴子がまだ煮たばかりで柔らかく、その味は格別と、それを狙って意味なく早い便を予約してしまったりすることすらある。

ただ、今日、始発から間がない六時台の便になったのはそのせいではない、渋谷の新作フェス第一弾は十月の一日からだ、すでに初日を迎えている。加門の担当する第三弾、トリの公演は十二月一日が初日、あとひと月半を切っている。稽古《けいこ》期間を考えれば、三幕執筆のデッドラインまで、長く見積もっても二十日もない。すでにして締め切り間近に追いつめられているのだ。加門と中村、前日の打ち合わせで気が急《せ》いて、自然と早朝の出発を望んだ。その時点では深川飯は頭になく二人の間で話題に出ることもなかった。

売店に到着した加門は、いつものコーナーへワクワクと向かった。

「ん?」

ない。もう一度しっかり探す。が、ない。何故か、ない。店内を一周してみたが、やはり、ない。団体客が買い占めたのか? 不安がよぎる。

レジに立ち、次々に現れる客相手に、見事な手さばきを見せる中年女性がいる。その様は、まさに弁当販売のプロだ。

「あの、深川飯」

加門、言い終わる前に確固たる自信の響きで突き放された。

「ああ、深川飯ね、到着は六時半ぐらいです」

「ええ！」思わず、画に描いたようなリアクションの声が加門の口から漏《も》れた。加門の乗車する新幹線は六時十六分発。確かに、ここまでの早い新幹線は過去に経験がなかった。まさか、深川飯の到着前とは。

「あー」

加門の肩にいつにない重い敗北感がニヒルな笑顔で座り込む。

いつもだったら、品川を過ぎ新横浜までは弁当を開かない。そこまでは乗車客が多く慌《あわ》ただしいからだ。何と言っても深川飯。加門は、静かに味わいたい。楽しみは慌てないことで味が深まるとの思いからの決めごとだ。

もはや、今日はそんなことはどうでも良くなってしまった。わけのわからぬ腹立たしさに血気があがり、トンカツ弁当などというとんでもない怪物を買って、血糖値なんてどうとでもなれと席につくや早々に食べ始めた。そして、腹が空いているうえにやり場のない気持ちで自棄《やけ》になり、黙々と早食いしてしまった。

ちょっとした胃もたれを感じながら、新横浜から乗って来る中村を待つ。

と、やって来た中村の手に弁当袋がある。加門は嫌な予感がした。

挨拶《あいさつ》も早々に中村が言った。

「加門さん、朝ご飯食べちゃいました？」

「あ、今」

答えながら加門はきっとそうなるだろうと思った。

「弁当ふたつ買って来たんですす。深川飯なんですけど。ちょうど売店に来たところで、そうかあ、加門さん食べちゃったんだ」

これより、深川飯を食す喜びに溢《あふ》れた中村の笑顔。

加門は、眩《まぶ》しかった。

二つ目の弁当を食べ終わると、さすがに胸焼けがした。加門は胃腸薬を飲み、「我が友、世界へ」の未完成台本を読み始めた。学生時代を数に入れれば、すでに三度目だった。

その内容は、七〇年代初頭、学生運動の衰退が進んだ中、主人公である大学生高橋の前に現れた、「世界」という同じ名前を持つ二人の友人との出会いを描いている。


一人目の「世界」は革命を夢見ている。その名は「岡本世界」。彼が、自分の部屋で恋人である小野冴子《おのさえこ》と一緒にいる場面から台本は始まる。

早朝、カーテンの隙間から差し込むわずかな斜光に浮かび上がるのは、ローテーブルの足許に置かれた旅行鞄《かばん》。それは旅の予感を孕《はら》んでいる。岡本世界は、小野と並んで一緒にいるベッドから裸のままふらふらと起き出し、服を着始める。その身体は傷だらけで、包帯を巻き、動作はよろよろと心許《こころもと》ない。そして、何か一人で言葉を呟《つぶや》き始める。小野は目覚めているが気づかないふりをしている。

「しかして人間の頭の上には

神秘の木が影を広げ
毛虫やらハエどもが
神秘をえさに繁殖する

神秘の木には欺《あざむ》きの実がなる
赤々として甘い実だ
すると大ガラスが木の陰に
巣を作って子を育てる

地上や海の神々は
自然の中にこの木を探すが
どこにも見つけることはできぬ
人間の頭の中にあるからだ」

呟きが終わり、着替え終わる。と、岡本世界は、ローテーブルの上で、何やらノートに書き付ける。そして、その破り取った紙片を太陽の光にかざし、読み上げる。

「『俺は、地獄で聞いて来たんだ。６０００年目、世界は火によって焼き尽くされる』。その６０００年目がもうすぐやって来ようとしている——。」

終わると、鞄を摑《つか》み、部屋を出て行く岡本世界。

岡本世界の失踪《しっそう》に騒然となる学内。主人公の高橋も、ここまでともに闘ったことを無下《むげ》にされ、自分が置いて行かれたショックに打ちひしがれる。

そんなとき、二人目の「世界」、「宮本世界」があたりまえのように大学にやってくる。名前だけではなく、宮本は岡本と見た目もうりふたつ。しかし性格は全く違う。闘争に明け暮れ、暴力も辞さない考えの岡本世界に対し、宮本世界は、人と争うことに興味のない大人しく優しく洒脱な男。学内の若者たちは、熱い変革の時代の記憶も生々しく、消えた岡本に強い思いを抱いている。新たに現れた、陽気な宮本「世界」のことをなかなか受け入れられないが、その明るさ、屈託のなさに根ざした些細《ささい》な日常の出来事からしだいに宮本に惹《ひ》かれる者が現れ、過ぎる日々の中でその数は増えて行く。

しかし、主人公の高橋は違う。消えた岡本の親友だった彼だけはどうあっても新しい宮本世界に馴染《なじ》めない。というより積極的に馴染まない。「あいつ、いいやつだぜ」皆が言い出す中、高橋は新しい「世界」を拒絶し続ける。

そんなとき、消えた岡本世界の恋人だった小野冴子が宮本世界とつき合い始める。高橋はそれを恋人だった岡本に対してだけでなく、自分への裏切りだと感じる。

「岡本が消えたらあなたとつき合うとでも思った?」小野は笑って言う。「私にはどちらにしても世界が必要なの。あなたじゃない」。冴子に自分の気持ちを見透かされ狼狽《ろうばい》する高橋。

高橋は、岡本が消えて以来揺れ続ける心を老教授、酒井に告白する。酒井はそれをじっと聞き、質問し、分析し、高橋の心の揺れ、その原因を解き明かして行く。

酒井は指摘する。高橋が世界を拒絶するのは、時代が変わることを恐れる気持ちからのものだと。

高橋は、しだいに孤立し、仲間たちとの対立は深まって行く。

そこに、失踪した岡本世界が帰って来るという噂が学内を駆け巡る。しかも、とてつもない仲間がそれに同行しているという。

岡本世界は何を企み戻ろうとしているのか？　果たしてその仲間とはいったい何者なのか？

6000年目の炎、その意味とは？　高橋だけでなく、学内にも激しい動揺が広がって行く……。

二幕で原稿は終わっている。

あー観たい。加門は、頭の天辺から足の爪先《つまさき》まで、その芝居を観たい思いでいっぱいになる。

三十年ぶりに読み直して、繰り返し読むほどに台本の持っていた可能性により気づかされて来る。

ある時代が終わり、新しい時代へと劇的に変わろうとしているとき、それに人がどう向き合って行くのか？

時代に殉教《じゆんきよう》して共に消えることで伝説になること。どんなに無様《ぶざま》でも生き残ろうとすること。

書かれなかった三幕で、それぞれのキャラクターがいったいどこにどんな形でたどり着くのか？

興味が尽きなかった。

今読むと、そこには、執筆された七二年初頭に始まる時代、鈍い光に照らされたあきらめの時代が、あとから大学にやって来る宮本世界によって予言されていたことがよくわかった。

宮本はとても魅力的で、否定的に描かれていない。岡本世界がどこかで望んでいる破滅、それに若者たちが惹かれて行くそのとき、違うあり方を提示するのが宮本だ。そして、「世界」は代に生きる加門にも迫るところがあった。

「世界」に取って代わろうとする。主人公の高橋は新たな世界、宮本の明るさの中にある可能性を理解し共感もしている。その上でそれを拒絶し続ける。高橋を通して感じる時代そのものの揺れ。それは、遠い時を隔て今の時代に生きる加門にも迫るところがあった。


列車が新神戸に到着するという車内放送が始まる。

ふと肩に重みを感じて台本から顔を上げる。加門の肩に自然に寄り添う中村がいる。幸せな顔でその目を閉じている。列車の揺れが心地良いのだろう、ぐっすり寝込んでしまったのだ。加門には想像がつく、ここ数日の疲れは大変なものだろうと。

滝川や谷山のような、ある意味人間離れした者の思いつき、滝川のいう「Ｐｌａｙ、遊び」に本気でつき合うのはベテランの加門ですら相当なエネルギーを使う。それは、いつも心から魅力的なことだと思うのだが、簡単であったことは一度もなく、策を施した手をうわばみに呑み込まれて行くくような怖さがつきまとう。

加門は、あまりに無防備な中村の横顔を見ていることがつらくなり、その目を車窓に移した。

流れ去る、プレハブとプラスチックでできた整然とした街の姿が、現実は二人目の「宮本世界」に舵《かじ》を切ったことを加門に知らせて来た。

だが、四十年前、書かれるはずだった三幕の中で、二人の「世界」はどう描かれるはずだったのか？

一幕、二幕と、生き生きと現れた人物たちは、宙ぶらりんのままその中に閉じ込められている。遠山ヒカルが失踪して以来、そこで時間が止まったままなのだ。

彼らを解き放ってやりたい。どんなカタチにしろ行く末を決め、紙だけの世界から解き放ってやりたい。自分はもう演じることはできなくとも、そのためになら懸命《けんめい》に働こう。そんな気持ちが沸々《ふつふつ》と湧き上がり、加門は知らず知らずのうちに台本を握りしめていた。

二人は、岡山に到着するとすぐに新聞社の支社に行き、高萩《たかはぎ》村の村歌舞伎《かぶき》について書いた記者に面会を求めた。

記者は、足で稼いでいるのだろう、日に焼けた顔をして、飛び出したお腹にペットボトル三本を抱えて現れた。

「最近お茶を女の子に頼んだりできないんで」と言って人の良い笑顔でペットボトルを差し出した。そして、名刺交換をしながら早々に言った。

「高萩の村歌舞伎、一回で中止になったらしいですよ」

記者には、加門が電話連絡して、簡単に用件を伝えていた。遠山のことを話すと探していることが漏れるのではと、とりあえず村歌舞伎について知りたいと話したのだった。ある劇作家が新作で現代の農村を描こうとしていて、その参考にということになっている。電話のあと、記者は、取材した村役場にわざわざ連絡してくれたらしい。

「あそこの村役場に高校の同級生がいて、もともとそいつの頼みで取材に行ったんです。参加者を盛り上げたいって。でも、さっき話したら、もうやってないって。あっさりしたもんです」

「そうですか」加門はとくに慌てなかった。イベントを止めたからといって地元の関係者がいなくなるわけではない。

中村がクリアファイルに入った新聞のコピーを取り出した。事前に加門と打ち合わせ、その記

事の話題をきっかけに集合写真の後ろに立った一人だけいる老人、遠山ヒカルのことを尋ね始める手はずだった。すると、

「記事の中にあった集合写真に一人変わった爺《じい》さんが写ってたの気づきました?」と記者自らが遠山のことを話し出した。

いきなり先方から本題に入られ、二人は慌てた。何か、こちらの狙いがすでに漏れているのではと疑ってしまう。

「あ、はい。長く髭《ひげ》を伸ばしてる方ですね」

中村の声は少し上ずっている。

「その爺さん、もともと東京で芝居をやってたみたいで、俺は歌舞伎も詳しいから、なんとかするって。それが村歌舞伎復活のきっかけだったらしいです。取材のとき、その爺さんにも話を聞こうと思ったんですが、うまくはぐらかされて、若い連中に頼まれてるだけだから、話はそっちに聞けって。確かに記事の主旨は若者による地域の伝承ですからね」

「なるほど」と言って、加門の喉《のど》が鳴った。ターゲットである遠山ヒカルに一歩近づき緊張している。

「ただ、実は、村歌舞伎復活に本気となったのは年寄り連中だけだったらしいです。皆さん村歌舞伎は若かりし頃の特別な思い出、村一番の楽しいイベントだったみたいで。でも、今の若い連中は、他に面白いことがいっぱいあります。あの辺、ダムができて、高速も近くに通ってね。車で一時間も行けばショッピングモールがある時代です。村歌舞伎なんて、親や役場の上司に言われて嫌々だったわけですよ。ところが、その爺さん、そんなことは気にしない。やたら本格的で、毎日毎日延々稽古を続けて、素人なんだからできなくてあたりまえなのに、できないやつに、

『役者なんか辞《や》めちまえっ』なんて大声で怒鳴り出して、元々すぐにでも辞めたい連中なんですから、そんなこと言われたんじゃよけいやる気は出せないと思うんだけど」

記者、呆然《ぼうぜん》と聞く二人の顔を見て、

「あ、すみません。こんな人、何の参考にもならないですよね」

加門、懸命に何気なさを装い言った。

「いえいえ、なかなか興味深い方ですね。是非、お聞かせください」

記者は、話を続ける。

「しかも、爺さん、台本を勝手に変えるらしく、覚えても覚えても稽古しながら直して。確かに元よりずっとおもしろくなるらしいんです。でも、伝承はどうなるんだって話ですよね」

加門も中村も、その人は伝説的劇作家なのだということを記者に告げたくてたまらなかったが、我慢した。

「一回目はちゃんとやりましたよ。流石《さすが》に記事も出たし、皆が期待してましたし。僕も観ましたが、なかなかのもんでした。でも、翌年は若い連中に嫌気がさしたのか、その爺さんが集まりに来なくなったらしくて」

「え、そっちがですか？」中村の声が裏返る。

「そうなんです。若い連中は、喜んでもらえるし、まあ、しかたねえ来年もやるかってなったみたいですけど。爺さん、言い出しっぺなのに無責任ですよね。で、若い連中もそれにホクホク乗っかって解散」

「はあ」中村がついため息をついた。〝遠山手強《てごわ》し〟。中村の胸中に、遠山のシルエットが仰《あお》ぎ見る巨人のように立ち上がって行く。

加門、急に不安になり、

「で、その方、言い出しっぺの方はどこに」

「あ、まだその村にいるんじゃないですかね」

「はっきりとは？」

「聞かなかったです。気になりますか？　爺さんのこと」

「いやあ、ほんとにおもしろい人だなって」素知らぬ顔で加門が言った。

「その写真、よく見ると爺さんは不機嫌《ふきげん》そうでしょ。それに手前の若い連中も実は目が笑ってない」

加門が新聞を手に取り、中村と一緒に写真を覗《のぞ》き込んだ。確かに、若者たちは笑顔だが、よく見るとその目には鈍い光しかなかった。不思議なもので一度それを知ると、その写真の人々は伝統芸能を復活させた未来を担《にな》う若者たち、などという歯の浮くような言葉はとても似合わない、不自然な集団にしか見えなくなった。

「俺が、笑顔じゃねえと記事になんねえぞって脅したんです。そしたらやっとそのチグハグな顔になって」

記者はその必死の作り笑顔を思い出したのか、大きな声で笑った。

それから、加門たちは、いくつかその地方のことを尋ね、訪問の体裁を整え、話を終えた。

新聞社を出ると、黙っていた中村が呟いた。

「遠山さん、摑みどころのない人ですね」

「ああ、まったく」加門も今聞いた話に少し緊張していた。

「そのときは本気なんですね」

「そうだ、でも、いつ、その本気が終わるかわからない。隙を見せたら、すぐいなくなるぞ」

歩き出した二人の横顔には厳しさが増していた。


高萩村の村役場に電話連絡すると、遠山を知る、村歌舞伎を企画した職員は記者と電話で話したあと、すでに研修に出てしまっていた。しかも、運悪く行き先は鳥取で、今日は宿泊になり帰らないという。不在と知ったが、加門たちは、とりあえず、翌日早くから行動できるようにと高萩村までは行っておくことにした。

レンタカーを借りようと営業所に赴《おもむ》いたが、途中の橋桁《はしげた》が工事中で無駄な迂回《うかい》が必要とわかり、電車、バスを乗り継げば三時間、そちらが早いと踏んで駅に急いだ。

運良く急行が来て、一時間ほどで、高萩村に向かうバスの出発する竹槍《たけやり》駅に到着した。

改札を出るとその前はロータリーになっていて、大きな街頭時計を真ん中に錆《さ》びた噴水が止まったまましょぼくれていた。駅前には人通りがほとんどなく、待ち合いのタクシーもいない。

時刻表を見ると、バスは日に数本しかなく、次のバスまでまだ小一時間ある。

二人がバス停のベンチに腰掛けると、街頭時計の向こうに、いくつもの稜線《りょうせん》が重なり広がっているのが見えた。聞こえて来るのは遠くで働く耕運機のエンジン音だけだ。

「一昨日《おととい》まで、あたし、会社でのんびり新人のプロフィールを直してたなんてとても思えないです」

「ああ、俺も、こんなところで君と二人でぼんやりすることになるとはね」

加門は、ぽっかりと時間が空《あ》くなんてことは久しぶりで、ホッと力が抜けて、肩にへばりついた重さが少しずつ剝《は》がれ、風に乗って消えて行く感触を楽しんだ。中村が不意に言った。

「あの食堂、どうなんですかね？」

駅前には一軒だけ食堂があった。やっているのかいないのか、人の気配がない。すでに暖簾《のれん》は傷《いた》み、文字が擦《かす》れ、風に揺れている。

「うーん、どうなんだろう」

「看板の文字も消えかかって」

「ああ」

「よく見ると日村屋って書いてあります」

「たしかに」

中村が、しみじみと言った。

「なんか、いつになるかわからないけど、今度来たときにもあって欲しいなあ」

と、そのとき加門に小さな悪寒が走る。えも言われぬ不安が突然立ち上がる。ひと月半もすれば、初日がブラックホールのように待っている。何もかも呑み込む謎の暗闇が確実にそこにある。そのことが不意によぎったのだ。何年経っても、幾つになっても、立場が変わっても、初日の怖さにだけは慣れることができない。

「ショーウインドウのサンプルも相当色落ちしてますねえ」

加門の不安などまったく感じないまま、中村は、天然丸出しで話した。聞いた加門もそののんびりとしたもの言いにネジが弛《ゆる》み、再び、初日がまた遠いことのように思えて来る。

「すみません。食品サンプルなんてどうでもいいですね」

目を細め、ショーケースを眺めた加門が声を上げた。

「お」

「なんですか」

「チキンライスのサンプルもあるぞ。うまそうだな。最近チキンライスを置いてる店が少なくて」

「是非、グリンピースが乗ってて欲しいですね」

「おお、確かに。チキンライスにはグリンピースだ。サンプルにも乗ってるかな？」

立って確認に行く加門。中村は、食べもしないのに、と思うが、わざわざ見に行く加門の背中に、つい自分も立ちあがりショーケースへと向かった。


高萩村に着くともう日は暮れていた。人気のなさと静寂が二人を包んだ。しかも、ときどき、よくわからない鳥がぎゃあぎゃと不気味な声をあげる。加門は、昔観た映画「ドラキュラ」に登場するルーマニアにある山間《やまあい》の村を思い出す。怖がる中村に、加門がどこか醒《さ》めた口調で言った。

「ゴイサギかな。いや、フクロウだな。この時間に鳴き始めるのは早いね」

加門は、怖さより、鳥たちが今日一日何の収穫もない自分たちを嘲笑っているように感じて、どうしようもない徒労感に見舞われていた。

宿泊場所は一箇所しかなく、村役場に聞いたかつての商人宿に宿泊することになった。

加門は、他にないとは言え、すぐにそこに決めたことを後悔した。その宿はとても本気で営業しているとは言いがたく、来るものは拒まずなだけで全くやる気が見えない。古い商家を改造して、がらんとした部屋がいくつかあり、無口で妙に痩せすぎた似た者夫婦二人が言葉少なに必要なことを箇条書きのように口にするだけだ。

崩れ始めた砂壁に随分《ずいぶん》と干していないだろう湿った布団《ふとん》。タイルばりの風呂は目地が薄汚れカビ臭く、なんの情緒もない上に、ぬるい。料理は到着するとすでに作って用意されていた。山菜は確かに地のものだろうが、冷えた天ぷらとなって無造作に置かれ、たぶん冷凍だろう、極小の焼いたマスは身がぱさぱさで、それがメインディッシュ。漬け物だけはやたらうまく、バスに乗る前に買った柿ピーとそれをさかなに二人で瓶《びん》ビールを飲んだ。柿ピーは中村が好物で駅の売店でなんとなく買っていたのだが、今やいきなりこの食卓のスターとなって輝きを増している。

加門は柿ピーを、おかき五つにピーナッツ三つの配分に選《よ》り分け必ずそれで食べた。

「いつもそれなんですか?」

「これが、黄金比なんだ。一口の量も、味も両方良い。多分、商品を作るときにほぼこのくらいの比率になっていると思うね。きれいに食べ終われる」

加門、少し自慢げに言った。中村もまねてみて、

「おお、お、確かにいい」嬉しそうに笑った。

立て続けに二杯目のビールを飲み干して、中村が口を開いた。

「失踪した岡本世界は、帰って来ますかね?」

加門、目を合わせず、

「ああ、三幕ね」

もったいをつけて、さも人ごとのように言ってみせた。

実はそのとき、加門も中村と同じように三幕へと思いを馳《は》せていた。二幕まで読んだあとの興奮が身体の芯《しん》に残って、不意に間が出来るとついつい考えてしまうのだ。先輩としてのゆとりを装って、人ごとのように加門が言った。

「遠山ヒカルは、どうするつもりだったのかね」

「二人の世界を演じる役者は一人だろうし、あたし、二人が出会うとき、どうそれを見せていくのかが気になります」

「たしかにそれも芝居としては楽しみだな」

そして中村は、コップの中ではじける泡《あわ》を見つめながら言った。

「岡本世界が帰って来たら学内の人間たちは岡本、宮本、どっちの『世界』を選んで行くんですかね」

加門、新しいビール瓶の栓《せん》を抜き、

「現実の世界はあとから来た宮本を選んだ気がする。人当たりのいい、とりあえず笑顔でいる、争いを嫌い、何かあっても、笑ってやり過ごそうとする」

「あたし、宮本世界は嫌いじゃないです。ピエロのように、男らしさを気にしない人。馬鹿と思われようとそれがどうしたってへらへらしてる。成功や、勝ち負けにこだわらないところに惹かれます」

加門も同じ思いがあったが、

「まあ、どっちがいいとか簡単に選べるようなことじゃないよ」

珍しくちょっと不機嫌そうに言った。中村はそれが少し意外だったのか、加門をじっと見ている。加門、自分でも言い方が乱暴だと感じて、

「あの台本が書かれたとき、時代は狭間だった。二人のどっちに書き進んでもおかしくないんだ」

中村は思案顔になって、

「遠山さんは、選べなかったんですかね」

「今思うよりあの二人のどちらを選ぶかはずっと難しかったんだよ」

「それで投げ出した」

「簡単に投げ出したって言っちゃダメだ」

加門の言葉がまた少し強くなる。中村は加門のいらだつ理由がよくわからなかった。

「時代が書き手に大きくのしかかっているときがあるんだ」

加門は、台本の中の時代、その有様を身体で覚えていた。渦中にはいないがその消えた火の温度は感じたし、くすぶった煙のにおいを嗅《か》いだ。それは、すでに死のにおいまでがしていた。

中村は言った。

「書き手の夢で良いから、まず選んでしまえば書き上げられたんじゃないですかね。あと、世界という人は実は一人だったとか。どちらかは幻の世界だったとか、いろんな可能性がありますよね」

「たしかに」加門はおもしろいと思った。

「まぼろしの方を選んだら、その先の時代はずっとまぼろしになっていくわけだね」。加門は、その無責任な選択に、小気味良さを感じて嬉しくなった。

三本目のビールですでに二人は気持ちよく酔っていた。疲れのせいもある、そして、いくら急ごうにも今日はもはやどうすることもできない、あきらめるしかない。そんな魅惑の時間に身を任せているることが心地良かった。長い沈黙があって、加門が思い出すように呟いた。

「夢か」

手のひらで柿ピーの配分をしていた中村が顔を上げた。

加門が続ける。

「夢ってさ、語り合うためのものだって二幕で主人公の高橋が言うんだ」

「言ってました。夢をその目で確かめようなんてろくでもない。語り合ってる時間こそワクワクできるんだぜって」

「そうかもなって思わされるね。あの台詞《せりふ》はとても好きだった。高橋役は、亡くなった先輩の根本さんが演じるはずだったんだ。シニカルで、気が小さくて、ロマンチスト。すごく似合ってる」

中村が、加門と自分のコップにビールを注いで言った。

「あたし、今が夢の中みたいです」

「え」

中村は手にしたグラスを電球の光にかざし、それを見た。

「おもしろそうな芝居の側に自分がいて、それで、もしかしたらその芝居を良くするために自分が何かできるかもしれない」

手にしたグラスの水滴がキラキラと輝く。酔った中村はその美しさに目を奪われていた。加門は、そのコップを握る手の指先に目が止まった。

「ずっと、そんなことが夢だったと思うんです。でも、自分ではちゃんと気づいてなくて。広告の仕事は毎日楽しかったし。だからって、自分の中に夢があることに気づかないなんて。あたしって」

中村、焦点の合わない目で加門を見た。

「馬鹿ですよね」

にこっと笑った目が潤《うる》んでいる。加門は、そのとき素直に思った。中村はやっぱりかわいい。

そして、ここはひとつ何か良いこと言わなければいけないタイミングだと奮起した。今までの人生、その機会を逃し続けて来たことの後悔が胸を噛む。さあ、今度こそなんとかするぞっ、と、これぞというネタが唇の先までたどり着いたまさにそのとき、加門の携帯が震えた。無視すれば良いのに、と自分で思いつつ、やはり律儀な男は自然にそれを手に取ってしまう。

老眼の目を画面に近づけるとそこには「山下梓《あずさ》」の表示が。

「ええっ」

加門、さながら決壊した堤防のように現実が押し寄せ、声が出た。

「な、なんだ」

予期せぬ山下の登場。心拍数がいきなりレッドゾーンに入った。

山下は、加門がその人気と実力を見込んで自由演技に移籍させた女優だった。二十三歳。トラブルメイカーと知りながらも、加門はその魅力に抗えなかったのだ。いまだかつて山下からの電話があって、何事もなく済んだことは一度もない。

「ちょっとごめん」怪訝《けげん》そうな中村に断りを入れ、慌てて廊下に出た。


「加門さん」

声に滲《にじ》む親しみの響きがよけいに嫌な予感を底上げする。そして、山下は日々の挨拶のようにその言葉を口にした。

「十二月の映画、あたし出たくない」

「え」

山下、いきなり爆弾を投下した。それも、メガトン級だ。ついさっきまで目の前にあったはずの中村の潤んだ目は粉々に粉砕された。

「あたし、ああいう、昔の話に興味ないし」

それは、昔の話というより、「時代劇」だ。ある時代劇作家の巨匠、生誕百周年記念映画。作家はすでに亡くなっているが、未だに新たな読者を呼び覚ます国民的作家だった。

その小説「落日の狼《おおかみ》」は、戦国の世を背景にしながらも女性が主人公であり、映画にするには戦《いくさ》の場面が少なく地味な内容だった。だが、時代劇小説の古典として戦後の金字塔的作品だ。オールスターのキャスティングもほとんど済んでいた。山下の相手役になる若手男優だけ決定が出ていないが、それも程なく決まるはずだ。滝川大介の出演するプロローグ、桜に合わせた春の切腹シーンはすでに撮影されている。

加門、まずは話の筋を通してみる。

「社長は、OKしてるぞ」

「だって、石田さんが断ったのを、しがらみで社長が引き受けたんでしょ」

石田とは、石田聡子《さとこ》。山下の前の事務所から一緒について来た女性マネージャー。山下の仕事の全権を握っている。加門は常々思っている。自分の役に立ちそうな人間を見分ける嗅覚とその取り入り方に関して言えば自由演技マネージメント内で間違いなくトップだと。加門の酔いが醒めた頭の中に、この件の裏にはいったい何があるのか？　その想像が次々に連鎖していく。

「落日の狼」のメインプロデューサー、増尾は、KTBテレビ、映画部の部長だ。しかし、最近の人事でメインから外されることが決まった。内々の決定だが、情報は下の人間からぽろぽろ表に出始めている。手がけた大作映画を立て続けに失敗させたことがその原因だ。石田はそれをどこかで聞いたのだろう。部長が消えれば多少の我がままも今後に強くは影響しないと考えた。といっても、危険なことに変わりはない。そういう危険を冒すということは、必ず他に美味しい話があってそちらに転ぼうという計算があるはず。

石田が問題なのは、良い話に転び続ければ成功し続けるだろうという思い込みがあることだ。その時代劇映画はテレビ局と出版社同士の企業的な事情のある案件だが、それゆえ大勢の人間が関わっていて、その中には裏切った人間を決して許さない者もいる。そのことを甘く見ている。本気で作品に取り組んでいる者ほど二度と危険な人物とは組まない。そして、大事なことは、そういう人間ほどいつか稀有《けう》な作品を作る可能性があるということだ。そのとき、その作品の中に山下の適役があっても絶対に依頼はしない。

さらに言えば、この件はあとを引く。社長の堂本と増尾の関係は深い。増尾は根っからの芝居好きで若い頃から自由演技の舞台に通いつめていた。先代の社長が、まだまだ映像の世界にうまく入り込めないときから常に自由演技を気にかけ、多くの役を所属俳優に振っていた。「自由演技には大事にしなきゃいけない人たちがいっぱいいるからさ」。役者の才を愛した自由演技の大恩人だ。

三代目の社長、堂本もそれゆえ今回の記念映画が地味なシニア向けの作品だと思いながらも、所属の滝川、山下の出演決定に向け大きく尽力したのだった。

高齢の滝川は長期にわたる撮影を最初は渋って出演を辞退した。そのときも珍しく堂本が強く滝川を説得した。映画の地味さを危惧して、なかなか出演を引き受けない山下とマネージャーの石田にも繰り返し説得を試みた。山下の出演がやっとのことで決まったのは、滝川メインの先行撮影、桜のシーンが済んだあとだった。

「この電話、石田は知ってるの？」

「石田さんのことはとりあえずいいじゃん。あたしのお願いなんだから」

加門は苦々しさに舌打ちをしそうになる。この言い方から察すれば、石田は間違いなくこの電話の件を知っている。山下の、加門への電話を止めないのは石田の巧妙な責任逃れだ。石田が許可したわけではない、あくまで加門が事を進めたという流れを狙っているのだ。珍しく加門が声を荒らげた。

「いまさら何を言ってるんだ。梓も最終的に諸々の事情をわかった上で、協力するってことだったろ」

間髪を入れず山下が言った。

「気が変わったの」

「え」

この言いぶんは、まったくのルール違反だが、山下梓ほどこの言葉が似合う者に加門は会ったことがない。

「気が、変わった？」

「そう、変わった」

怒りに任せて出かかっていた加門の正論が、全てこの世ではないどこかへきれいさっぱり消え去ってしまった。

「映画を辞めて、空いた時間で舞台をやりたいの」

次なる美味しい話は、大ベストセラー漫画のドラマ化、その主役あたりを勝手にイメージしていた加門は驚きを隠せなかった。

「何？　どの舞台？」

「渋谷の新作フェス」

「え」

「小野冴子をやりたい」

「はあ」

加門、思わず電話を落としそうになる。

「『我が友、世界へ』の小野冴子。だから、加門さんに言ってるの」

まさか、自分の案件とは！　加門に次なる爆弾が投下された。

「おいおいおい、全然美味しくないぞ」

加門、正直な気持ちが口に出た。まだ、確実にその台本がやれると決まったわけじゃないのだ。

「美味しい？」

「いや、まあ、いい。とにかく、この件は誰に聞いたの」

「知り合い。いいじゃん、誰でも。もうキャスティング始めてるんでしょ」

加門は、漏洩《ろうえい》元の想像がついた。すでに、新作フェスを主催する谷山の事務所関係者からキャスティング用の台本が出回っているはずだ。そこから漏れたのだ。

山下の言葉が熱を帯びて来る。

「台本も貸してもらって読んだ。すごい。熱い。三幕も、同じ人が書いたら絶対おもしろくなる。だから、そこにいたい」その言葉は、納得のいかない加門にも響いた。しがらみより演じる者の本能なのだ。あの台本が山下に火をつけた。

「絶対話題になる」山下は確信していた。

そして、うまくいけば賞を貰《もら》って、箔《はく》もつく。その勘《かん》が働いている。マネージャーの石田の中にあるのもそれだ。将来設計が常に優先する人間の嗅覚《きゅうかく》の鋭さ。犠牲になる人間たちはたまったものではない。下手をすると生誕百周年記念映画は飛ぶ。間近に迫ったスケジュールから主役がいきなり消えるのだ。

大役とはいえ、脇役の滝川大介が出演するのはごくわずかだ。だが、山下梓は主役なのだ。滝川と違って、「我が友、世界へ」のリハーサル期間だけでなく、舞台の本番そのものと撮影の本番がまるまる被っている。

「ああ、まったく」加門は胸の内で頭を抱えた。柿ピーで飲んだビールは全て身体から抜けた。

「社長にはまだ?」

「言ってない。あたし、加門さんのいる自由演技に入ったんだもん。まず加門さんに言わなきゃね」

こんなときだけ調子いいこと言いやがって!と、心で叫んで、気持ちを落ち着ける加門。携帯電話を握る手の汗を浴衣《ゆかた》で拭《ふ》いて握り直す。

小野冴子、あの台本で最も重要な女性キャスト。消えた岡本世界、あとにやって来た宮本世界、その双方とつき合う自由奔放《ほんぽう》な女子大生の役だ。

加門は思う。確かに山下は、冴子に適役だ。山下は、まさにこの電話のようにモラルに囚われず、慣習に縛《しば》られない。加門も、冴子役には、最初、山下を思い描いた。だが、映画のスケジュールを知っているがゆえにすぐに打ち消したのだ。

「監督には会った?」加門が力なく聞いた。

「まだ。来週の金曜に予定が入ってる」

デッドラインはそこだ。運の良いことに製作発表は撮影に入ってからだ。監督との打ち合わせまでに何かしら手を打たねばならない。

加門が部屋に戻ると、そこには静かな寝息だけが聞こえている。きっと、電話の心配をして待っていたのだろう。中村は力尽きてテーブルに突っ伏し寝込んでいた。自分の部屋に戻すには起こさねばと思うが、きっと心配して電話のことを聞いて来る。となれば、山下の映画降板などという理不尽な話題を苦渋と共にまた口にしなければならない。

「話すだけでぐったりだな」呟くと、中村はそのままにして、ぬるくなったビールを何となくついでみる。加門はまずは社長の堂本に電話しなければと思うのだが、そのことで、加門が山下を止められなかったことになり、この降板劇の全てを抱えることになって行きかねない。それは、山下のマネージャー、石田の術中にはまって行くということだ。

ビールを口に含んでみる。苦みだけが舌に広がる。旨味《うまみ》のないそれは、加門の暗澹《あんたん》たる気分そのものだった。

結局加門は、社長の堂本には電話をしないまま朝を迎えた。聞いた社長も眠れなくなるだけで、その時間では、特に何の手も打つことはできない。そう考え、嫌なことは先に延ばしたのだ。

加門は、旅館からの出発前に堂本に電話をした。

意外だったのは、堂本の言葉が一瞬怒気を含んだが、すぐに何を思って納得したのか、それほどの動揺を見せなかったことだ。

高萩村の村役場に向かう道すがら、加門はその顚末《てんまつ》を初めて中村に話した。

「気になるなあ、あの社長の腹の据《す》わり方」

うまくいったはずが、加門は余計に気がかりが増えたような気分だった。

「何か、良い方法を思いついたんじゃないですか？」

「そんな一瞬の閃《ひらめ》きが、社長にあるかね」

加門、やはり釈然《しゃくぜん》としない。昨晩、加門は不味《まず》いビールを口にしながら考えた。この件に関してそれほど多くの選択肢は無い。

まず、山下梓を懸命に説得する。説得に失敗した場合、自由演技内で代役を探す。もし、いなければ他の事務所に相談する。以上。

加門は、答えを出しかねた。まず、加門が思うに、昨日の電話の様子から、山下の説得は難しい。ただ、困ったことに今、自由演技には適した人材はいない。KTB、増尾との関係からいえば、堂本はたとえ借りができても他の事務所にまで相談するだろう。ただ、その代役は必ず山下と競合する者になる。年齢も、キャラクターも被っているはずだ。わざわざ手強いライバルにメジャー映画の主演を贈ることになるのだ。それをほんとうにするのか？

すべてが、負のスパイラルにからめ取られて行く。

加門は、朝の電話で堂本に伝えた。

「山下は、来週の金曜に監督との打ち合わせが入ってます。そこがデッドです」

「わかりました。それまでにはなんとかします」

堂本の声にはどこか自信の響きがあった。しかも、なんらかの含みも感じられ、加門はひどく気になった。

加門は、中村に話しながら自分の答えを探した。

「中村はさ、社長とはまだ短いだろ。だから、わからないと思うんだが、ひどく追い込まれると堂本さんはぶれておろおろすることがあっても、できないことをできるなんて見栄をはったりはしないいんだ。正直な人さ。そこがいいんだ。だから、あの腹の括《くく》り方には何か根拠がありそうで」

「なるほど」

「妙に男らしいんだよ。山下のことではいつも迷惑かけますってあやまったら、カッコいいこと言うんだ」

「なんて言ったんですか？」

加門は堂本の鯱張《しゃちこば》った堅苦しい口調を真似た。

「山下さんの件は任せてください。加門さんは、台本の完成がゴールです。遠山さんを見つけるだけで安心しないでください。最後まで慎重に。何かのミスをカバーする時間はもはやないですから」

「おお、たしかにそのとおりですね」

「な、ちゃんと社長っぽいだろ」

「だって、社長じゃないですか」

「普段はもっといっぺんに色々考えて支離滅裂《しりめつれつ》だったりして、側にいる俺も頑張らなきゃと思わされる。そういう社長術もあるんだよ」

加門と中村は、高萩村の村役場で、鳥取の出張から帰った職員に会い、遠山の居場所を確認した。

遠山は最近、村の中で居を移していた。そのことはあまり公になっていなかったが、職員はその場所を知っていた。山の頂にある農家に居候《いそうろう》しているらしい。いったい何故？　加門は思ったが、職員が、

「まあ、いろいろあって。おしゃべりみたいになっちゃうからあまり言いませんが。行かれればわかります」と、言葉を濁《にご》したので、あえて、その先を聞くことはしなかった。

遠山は、昨年までは役場からそれ程遠くない離農した農家の土地を引き継いで、レタスを中心に高原野菜を栽培していたという。

「入植して十年は経ってます。せっかくその土地の扱いにも慣れてきたところだと思うんですがね」と言って、次の句を逡巡《しゅんじゅん》したが、「まあ、あの人の場合そういうことは関係ないんでしょう」と、すぐに自ら答えを出した。話す口調に、遠山への嫌悪が滲み出た。

中村が遠山が居候するというその農家への行き方を尋ねた。

「バスに乗ったら、終点でも降りずに、その先のUターン場所まで乗ってください。距離を随分稼げます」

「そこからどのくらい登るんですか？」

「まあ、どうでしょう、二十分ぐらいですかね」

そんなやり取りのあと、職員はバスを降りてから先、その農家に行くための曲がるべき角の目印を教えてくれた。

遠山は、突然、自分の土地を捨てた。きっとまた、何か事を起こしていたのだ。もう、今さら聞いたところでどうしようもない、行けばわかるならと二人はあえて深く追求をせず役場をあとにした。

バスの本数はとんでもなく少ない、またまた無駄な待ち時間にゆっくり昼食を取り、一軒しかない喫茶店で時間を潰《つぶ》した。バスに乗れたとき、時はすでに一時を過ぎていた。

そして、がたがたと小一時間バスに揺られて、終点の先、Uターン場所で降りた。役場の職員を信じて、その言葉どおり二人は山道をひたすら登り始めた。

かれこれ三十分は黙々と歩いただろうか。しかし、いっこうに曲がるべき角の目印は現れない。始めは、まばらとはいえ、山間にいくつかの屋根が見え隠れしていたが、もはや全く民家はない。山道のカーブに木立の隙間から見ると、役場のあった高萩村が遥か下方に薄くかかった霞《かすみ》越しに見えている。

職員は言っていた。二十分も歩けば山道の途中にほとんど誰も来ることのない小さな滝があって、その案内の看板がひっそりと立っているから見落とすな。看板を過ぎたら、次の山道を右に入って少し行くと爺さんのいる農家がある。

二十分？　すでにバスを降りて三十分は経っている。きっとそれは山慣れした職員の足だからと、二人は逡巡せずに必死に歩き続けた。歩く速さも相当頑張って、息も上がって行く。

中村は、広告代理店時代から続いて来た運動不足と、昨日の深酒を後悔していた。頭の鈍痛がひどくなる。朝からの二日酔いがまだ続いているのだ。

昨日の夜は、自分の部屋に戻った記憶がまったくない。気づけば布団に入っていた。代理店時代は、それが毎日のように続く事もあった。

今朝、旅館で目覚めるとき、深酒のせいで、営業職時代の過剰《かじょう》な日々を身体が思い出したのか、フラッシュバックを起こし、まだ自分は広告の世界にいて、この遠山ヒカル探索の旅は全て眠りの中で見た夢ではないかと錯覚して、慌て、悲しくなり、意識がハッキリしたときにはホッとして、熱い涙までがその頰《ほお》を伝った。

「盛り上がってきたなあ」

加門は、昨日に引き続き、映画「ドラキュラ」の登場人物に自らを重ね、一人で盛り上がっている。気分は、吸血鬼を退治すべくその心臓に杭《くい》を打ち込みに行くヴァン・ヘルシング教授だ。

「必ず、俺がとどめを刺してやる！」

中村は、その設定に馴染めない。

「ヴァン？　ヴァン、なんですか？　そんな教授、知りません」激しい息切れの中、中村が必死に応える。

「有名だぞ。アムステルダム生まれの吸血鬼ハンターだ。ドラキュラから何度も痛めつけられるんだが、ヘルシングは死なない。そうそう、あのシリーズはまず死ぬのは同行している助手なんだ」

「えー、あたしってことですか？」

「違うよ、ドラキュラの話だよ」

「ひどいなあそれ。もう、一人で先に行ってください」

と言って、中村は笑ってみせるが、その笑いは引きつっていた。

バスを降りて四十分、さすがに目印を見落としたかと不安になりかけた頃、やっと役人の言っていた看板があった。

「千年の滝」

看板には、その由来が書かれていた。この地に棲《す》む天狗《てんぐ》が、その滝壺の水音があまりに心地良く、つい居眠りをしたらあっという間に千年が過ぎていた。

そして、さらに解説がある。滝の大きさと高さが程良く、滝壺は切り立った石に囲まれ、落ちた水音が反響しあい、気持ちの良いバイブレーションを伝える。

加門も中村も、疲れから看板についての言葉は一言も出なかった。鳴いている野鳥の声の清々《すがすが》しさに、二人の上がった息の音が静かに重なって行く。

中村は、看板の横に描かれた天狗が居眠りをするイラストに惹かれてそれをじっと見た。耳を澄ませば、遠く下方から滝壺の音が聞こえている。確かに想像しただけで最高の居眠りができそうだとうっとりしかけたが、「行くよ」という加門の声に再び現実に引き戻され、次に曲がるべき山道を目指して歩き出した。

山道はすぐにあった。森の中へと向かって車一台が通れるほどの幅で、舗装はしていない。脇には笹《ささ》が密生して、モーゼが割った海のように、その路面を際立たせている。二人は立ち止まって、道の先を見つめた。山を渡っていく強い風が木々の葉をざわめかす。

「とうとう来ましたね」

中村が、自分はいったいなんでこんなところにいるのかともう一度反芻しながら言った。

「だな」

加門が神妙な面持《おもも》ちでうなずいた。

加門は、ドラキュラならぬ、これから出会う怪物の感触をシミュレートしていた。そして「殺されることはない」とその胸の内で自分に言った。これまでも多くの怪物たちに追い詰められトンデモナイ目にもあって来たが殺されはしなかったのだ。ただ、昔のようにはいかないぞ。と、少し思う。劇作家の宝来真治だって、多少の無理をしても、まさか死ぬはずがないと思っていたに違いない。加門が聞いたところでは、宝来は、心臓に持病があったが、調子は良く、その他は、全く異常がなかったらしい。血圧が異常に高く、最近は血糖値も、肝臓の数値もギリギリでいる加門にすれば、ずっと危ない身のはずだ。

「行きましょうか」

逸る気持ちを抑えられないのか、先に中村が歩き出した。

水たまりを避けながら百メートルも歩いたろうか、森が開け畑となる。狭い土地一杯にジャガイモが植えられていた。半分はすでに掘り起こされている。

その先を見た中村が声をあげた。

「うそ」

なんと、畠の向こうは崖《がけ》にぶつかりもはや道は無い。立ちはだかった崖を見上げ加門が言った。

「どん詰まりだ」

崖は三十メートルはあろう高さで、ゴツゴツとした岩肌が見え、漏れ出した地下水がそれを濡《ぬ》らし、とても人が登れるような代物ではなかった。

一体どうなっているんだ。と、加門と中村はその立ちはだかる強敵を同じように口を開け、唖《あ》然《ぜん》と見上げた。さすがにここまで来て空振りはつらい。二人は、見上げたまま大きなため息をついた。

加門も中村も途方にくれ、すぐに戻る気力もうせ、側にあった木陰にある落石したのであろう大きな石に二人して腰掛けた。

ポケットから出した手ぬぐいで額《ひたい》をこすりながら加門が言った。

「ちょっと待つかね。畑があるってことは人がいるってことだ」

「ですね」中村がか細い声で答える。加門、時計を見て、

「今、三時だ。最終のバスは七時だから、これだけは忘れないようにしないとな」

とりあえず、歩かずに済む提案にホッとしたのか、中村は、鞄からペットボトルを出して一気に半分を飲む。喉が良い音を立てた。すでに、手持ちを飲み干していた加門がついうらやましそうにそれを見ていると、中村が水の残ったボトルを差し出した。加門、一瞬躊躇《ちゅうちょ》したが、がまんできずにそれを受け取り飲み干した。歩いた鼓動に別の鼓動も加わった。

呼吸が整い、中村が言った。

「ここ数日、こんなふうに二人でぼんやりする時間が多いですね」

「確かに」

「歳取った夫婦みたいな気持ちになって来ます」

加門、その喩《たと》えが少し嬉しく、照れたのをごまかすように、

「それ、想像だろ。年寄りが並んで座ってると、そこに心からの安心とキラキラしたノスタルジーと永遠の愛があるみたいな」

つい、早口になってしまった。言い方がおかしかったのか、中村は笑って、

「まあ、女の子の憧れみたいなものですから」と言って黙った。

加門、ここは昨夜に続き再び良いことを言うチャンスではないかと身構える。昨日は山下梓のトンデモ電話にじゃまをされ果たせなかった。やはりこの状況、「崖」をキーワードに、滝川大介のロケについて行ったノルウェー、シェラーグボルデンの「世界で最も危険な崖の石」、その、天上と地上の狭間で悟った、人生における二つの大事なことを語ろうとしたそのとき、

「オーイ、そこで何してんだあ」

と、まさに、天上からの声がこだました。二人が空を仰ぐと、崖の上に一人の男がすっくと立ってこちらをを見下ろしている。晴れ渡ったまぶしい空を背景に身じろぎもしない真っ黒に日焼けした精悍《せいかん》な男のシルエット。光を受け、伸びた白髪が風にたなびいていた。

「あー、このタイミングでなんで」とは思ったが、
加門が声を張り上げ、尋ねた。

「この辺に、遠山ヒカルさんのお宅があると聞いて来たのですがあ、ご存じありませんかあ」

すると、もったいぶることもなく「俺だあ」という応えが、良く通る、少し男にしては甲高い声で返って来た。

と、その男は、突然、側に立った樫の木に結ばれた荒縄《あらなわ》をガシッと摑み、そのまま空中にその身を投じた。

「ああ」

中村が、思わず声を上げる。

男は、岩を蹴《け》っては下りして崖を降り始める。畑仕事をしていたのか、身体はランニングシャツ一枚で包まれ、ロープを強く握る度に、その肩と腕の盛り上がった筋肉が山のように張って、吹き出した汗をキラキラとはじき飛ばした。

中村は、その波打つ筋肉の動きにドキドキと胸が高鳴った。その想像を超えた登場の様子と共に脳裏にしかと刻まれた。

そして、男は、気づけば、あっという間に中村と加門の隣にあたりまえのように立っていた。

加門が恐る恐る聞く。

「遠山ヒカルさんですか?」

「ああ、遠山だ」

加門、あっけない対面に力が抜け、その場にへなへなと座り込みそうになった。

加門たちが、隠せぬ動揺の中、道に迷っていたことを話すと、

「看板の一本先を曲がるだと？　あの小役人また適当なこと言ってんな」真っ黒に日焼けした顔に白い歯を見せてニカッと笑うと、「曲がるのは、看板の二本先だ」と呟いて、ついて来いとも言わずに加門たちが来た道を取って返し歩き出す。名刺を出そうとしていた加門は慌ててあとを追った。

後ろに続く二人を振り向きもせず、

「芝居屋臭えなあ二人とも」といきなり直球を投げて来た。

「な、なんですか」加門、驚き、声がうわずる。

遠山、背中で笑って、

「図星だな」

「あ」加門、先制パンチを受けたボクサーのように、試合の運び方、そのイメージトレーニングを全て砕かれてしまった。

「山かけたんだよ。昔っから、お前らみたいな芝居やってる人間は同じ臭いがすんだ。へちまの腐ったみてえなよ」

袖《そで》や脇を嗅ぎながら中村が聞き返す。

「へちまですか？」

「自由演技だろ」遠山が言う。

「はい！」加門がつい後輩口調で返事をしてしまう。

「自由演技の連中は特に臭えや。滝川なんて鼻つまんで話したさ」

背中を見せたまま大声で笑うと、歩くスピードを上げて上り坂を急いだ。

中村、その遠山の言いようについ吹き出して、加門に小声で言う。

「すみません。滝川さんの渋い顔が浮かんじゃって」

加門が、急いで遠山の前に回り名刺を出して自己紹介をすると、

「加門だあ？　おもしろい名前だな。役者やってたのか？　本名じゃねえだろ」と見事に当てられ「根本寛治《かんじ》さんに付けていただきました」と言うと、

「オー、根本さん！　大根だあ。でもそこがいいんだけどな」と根本寛治の本質を一言で見事に言い当てた。根本とは特別だったのか、その名を聞いた遠山は大きな笑顔となって、加門は亡くなったことをつい言いそびれた。

着いた家は随分と大きく、さすがにまだ屋根が藁葺《わらぶ》きということはないが、時代を経た風情《ふぜい》に溢れている。

作業の途中なのだろう、庭先に作りかけの小屋があり、まだ骨組みの途中で、大工道具と木材が広がっていた。

加門は昔見た戦争映画を思い出した。「地獄の黙示録」。ベトナム戦争の最中、アメリカ軍の工作員が、ジャングルの奥地に帝国を築く元グリーンベレーの狂った大佐を暗殺に向かう話だ。

「この小屋、一人で作られてるんですか？」加門は、恐る恐る遠山に尋ねた。

「地獄の黙示録」では、やっとの思いで大佐の本拠地にたどり着くと、大佐を神のように崇める脱走兵たちが大量に現れてくる。そして、主人公を恐怖のどん底に陥れる。加門の頭にはそんな光景が浮かんでいた。

「ひとり手伝いがいる」

「ひとり？」

「加奈子っていうんだ。マイラバー」

「ラバー？」

「さっきよ、加奈子が茶を入れてくれたんで、一休みして煙草吸ってたんさ、したら下から声がしたんで見に行ったのよ」

「すみません。お手を止めてしまって」

「覗いたら、アベックが仲良くしててよ、キスぐらいすんじゃねえかって見てたんだけど。何もしねえから声かけたんだ」

加門の顔がかあっと真っ赤になって、

「はあ、すみません。期待に添えなくて」

中村に悟られまいと顔を伏せた。

玄関を入ると、遠山のマイラバー、加奈子が迎えてくれた。

加門も中村も一瞬呆気《あっけ》に取られた。小さな人だった。大きな玄関がそう見せるのか、背の高い遠山が隣にいるせいなのか、ポツンと現れた姿が迷子になった童女のようで、つい見とれてしまう。

「はじめまして、劇団自由演技の加門慶多です」

「中村祥子です」

深々と頭を下げた二人を、加奈子は、小さな口を小さく開け、感心したように言った。

「ありゃ、見つかってしもうたのお」

加奈子は、遠山の過去を知っているようだった。

「ああ、見つかっちまった」

遠山は、妙に明るい声で応え、スタスタと廊下の奥に行ってしまった。

居間に座ると加奈子が酒を勧めてきた。帰りのバスの時間を思うとそうのんびりはできない。

二人は困ったが、加奈子の黒目がちな瞳で「まあ、飲んで行かれえ。てーしたもんはねんじゃけどな」と言われると、それは呪文のように心に響いた。


囲炉裏《いろり》に吊《つ》られた土瓶には徳利が浸かり、時々炭のはじける音がする。

ねじれのない、立派な松の梁《はり》に支えられたその居間は、木々の艶《つや》から長い年月が滲むように感じられ、その背後から差し込む西日が座した遠山の輪郭《りんかく》を際立たせている。

「もともと生まれは新橋の花街の外れでね、親父は西新橋で建具屋《たてぐ》をやってたんだ。子供の頃は、毎日空襲だ。夜になれば、警報鳴って穴入るのが日課でね。朝、ふわっとさ、焼夷弾《しょういだん》のガソリンのにおいが風に混じってするんだよ、そのにおいを嗅ぎながらそろそろ俺も丸焼けにされちまうのかって思ってた。同級生は埼玉の坂戸の方に疎開してた。俺はひどい喘息《ぜんそく》で身体が弱かったんだよ。皆忘れてっけど、そんな子供は足手まといになるってんで疎開には連れて行かれないんだ。丙種《へいしゅ》小学生だ。行った連中は連中で食うもんねえし、いじめと地元のやつらとの軋轢《あつれき》でへとへとだったらしいけどよ、まあ焼けて炭になっちまうなんて考えてなかったろうな。三月に、大川の方が焼けたときに、うちのあたりもハデにやられて、そんとき親とはぐれたんだ。あぶねえってんで家の防空壕《ぼうくうごう》から出て逃げた。いや、驚いたね、空が真っ赤でさ、赤い空から火の粉がチラチラ降っててよ、すげえきれいなんだ。一瞬見とれちまって足が止まった。てめえの生き死にっていうより、日本が終わると思ったな。日本中全部焼けてんじゃないかって思ったさ。気づいたら俺一人。はぐれちまった。妹もいたんだけどよ。それから会ってない。戻ったら、家も丸焼け。そういや、隣の一家はみんな庭の穴で焼けちまってた。赤ん坊も生焼けで重なって、あれは、抱き合ってたのかなあ。でもな、それまでもそんなのいっぱい見てっから、慣れちまって何とも思わなかったよ。焼け出されてからは、上野の地下道にいたんだ。あの年は三月になってもとんでもなく寒くって、焼け出された連中がみんな集まって中は押《お》し競饅頭《くらまんじゅう》よ。朝起きるとそのまんま逝《い》っちまって起き上がれねえやつがいて、そいつらは、大人たちが担いでどっかに持って行ったな。みんなその辺でションベンするし風呂なんかねえし、ひでえにおいだ。でもそんなことより食うもんのことで毎日頭がいっぱいだった。夏になって戦争に負けた頃はもう、上野には馴染みがいっぱいいてよ。色々やって食いつないでた。何かってえと、ぷらぷら歩いてついつい新橋の市場に行ってたな。闇市《やみいち》だ。行けばよ、ばったり親や妹に会えるんじゃねえかってな。今の駅前の新橋ビルのあたりとか、烏森《からすもり》の前もずっと市場が広がってたんだよ。どっからわいて来たんだか、戦争終わったらすぐに物がいっぱい溢れてさ。皆どうやって隠してたんだって話だな。でもな、物があるってすげえんだ。とにかく物があると、皆、変に明るくなって、うきうきするっていうか、自然に笑っちまうんだよ。冬にコート着て歩くみてえなもんで、人の気持ちは物で包んでやっと一息つくんさ。新橋を抜けて、赤坂の裏の方がちょっと青山に向けて上がってるだろ。あの小山に登ってさ、行きがけに拾ったしけもくを寝っ転がって吸ったもんさ。別に不良ってんじゃねえんだ。腹がすいたら煙も食い物っていうか、おやつみたいなもんだな。まあ、味がするもんは皆口に入れたんだ。あそこから見ると、皇居がよく見えた。ずうっと焼け跡で、気持ちいいぐらいに焼けちまってた。ほんと遠くまで、富津岬《ふっつみさき》が泳いで渡れそうに見えてた。しけもくの煙越しに広い青空をボンヤリ見てると、今が最高だって心底感じたな。親兄弟と離れ離れになってもよ、そんなときだけは、そんなふうに思えたさ」

遠山は、手酌《てじやく》で飲んで、漬け物を少し口にしただけで話し続けた。

「親がいないってえと施設に入れられる。ってもそこにはろくに食いもんもないし、ひどい扱いですぐに逃げ出す。とりあえず市場でヤクザの手伝いやって食いつないでたんだ。進駐軍のゴミみてえな残飯《ざんぱん》を手に入れて、市場の店に持って行って売るんだよ。何でも入ってる闇鍋だ、ひでえときはコンドームまで入ってた」

「うっ」

「うっ」

加門、中村、ともに我慢ならずつい声が漏れた。

「おっさんが、コンドームを箸《はし》でつまんだまま呆気に取られてた。あの顔は忘れらんねえなあ」

遠山は、二人の期待通りの反応に笑顔が大きくなる。

「ひでえもんさ。でもな、くず野菜や食い残しの肉、古くなって腐った卵なんかも入ってる。菓子に入ってたバターやクリームやそんなもんも混ざって、ぐつぐつ煮たった匂いが広がって行くと、腹が空いて倒れそうな連中には麻薬みてえに効いて夢心地の顔がうようよ集まって来る。いくらでも売れるんだ」

遠山が、隣に座る加奈子を向いて言った。

「こいつは田舎だったから、いっつもそれなりに食うもんはあったみたいで」

加奈子は、

「畑やりよったけえのう」

「グラマンが一回来たんだっけ」

「畑におったら急に機銃掃射《きじゆうそうしや》じゃ。すぐに飽きて行ってしもうたけどな」

「撃ってきたアメ公と目が合ったんだろ」

「うん」

「笑ってたんだろ」

「そうじゃ」

「ほんとかねえ」

言って笑った遠山に加奈子は応えず、加門のぐい呑みに日本酒を注ぎ、新たな熱燗《あつかん》を作ろうと小さな身体全身で一升《いつしよう》瓶を抱え上げた。

加門はもうあまり遠慮をしなかった。一口舌でころがし、上出来の吟醸《ぎんじよう》をさらにじっくり味わった。相手の懐に入るが勝ちと経験が言っている。ただ、バスの最終リミットが迫っている。落ち着いた態度の底には焦《あせ》りのマグマが沸々と湧《わ》き始めていた。

加門はなかなか、本題の「我が友、世界へ」のことを言い出せないでいた。タイミングをしくじると、全てがおじゃんになりかねない。ここぞという機会を狙うが、遠山の話に、まだ芝居のことは一つも出ていなかった。

遠山の、最近の東京はどう？という質問に加門と中村でいろいろ説明していたら、遠山の育った、新橋の話になったのだ。

遠山の子供時代、新橋はまだ大きな花街、演舞場もあって芸事の盛んな街だった。喘息があって、学校を休みがちだった遠山は、昼間布団に潜《もぐ》って、遠い三味線の音色の中で夢を見た。

そんな生い立ちの話をしていたら、いつの間にかガソリンのにおいがして、丸焼けの赤ん坊の話になっていた。

そして、焼け出されたあとの上野の地下トンネルの時代に話は移った。加門は、写真でしか知らなかった「浮浪児」の本物が、目の前で美味しそうに日本酒を飲んでいる事の不思議を感じていた。

中村は、珍しい動物でもみるように、いやハリウッドスターと同席した熱烈なファンのように遠山を見つめ、その話を一言も聞き逃さじと、唇の動きを追っている。ずっと正座で、まばたきの数も随分と減っている。

加奈子が熱燗を中村に注ごうとする。

「あ、ありがとうございます」恐縮する中村と目が合うと、加奈子は小さくうなずき微笑んだ。その微笑みは、大丈夫、安心して飲んでいいからと催眠術のように中村の心をほぐした。

中村が加奈子に見とれていると、遠山が、加奈子のことを話し出した。

加奈子は、結婚をしたことがなかった。まだ彼女が高校生の頃に母が亡くなって、父の世話をしながら畑仕事を手伝いずっと家にいた。二十年前にその父も亡くなると作る量を減らして一人で畑に出ている。

農協での待ち時間、ソファに座っている加奈子を遠山が「俺のタイプだ」と思い声をかけた。その日のうちにもう、遠山は家まで押しかけた。遠山はそれを自慢げに話した。加奈子は嫌がりもせず黙って聞いていた。

遠山が話し終わると、一升瓶を抱えたまま加奈子がポツンと言った。

「遠山がな、いつからか、けーらんよーになってしもうて」

それから女の中村に相づちを求めるように、

「しょうがねかったんじゃ、なっ」

そのときのちょっと照れて笑った顔を見た中村は、思わず「かわいい」と口に出しその身をよじらせた。その様子を嬉しそうに見た遠山が、

「まあ。俺も女好きだけは寄り道なしでここまで来たんだな。しけもく吸って、空を眺めてりゃそれで幸せなんてのも最初だけでな、飯が食えれば当然色気づいてくんのよ」と遠山の話は再び焼け跡に戻った。

「そういや、上野に集まってた家のないガキ連中と進駐軍相手のパンパンの姉ちゃんに抱きついたりしてたな」遠い目で思い出し、笑いをこらえつつ「ガキのふりして、まあ、ほんとにガキなんだけど、可愛い顔してみせてよ、ケツに顔埋めてぐりぐり甘えんだよ。香水の匂いがきつくてなあ。姉ちゃん、最初は可愛いねえとか言ってんだけど、しまいには変な声だしちまってよ、ハンドバッグを振り回して大騒ぎだ。まったくふてえガキどもだな」と大きく笑って二人を見た。

加門、つい下卑《げび》たネタに笑いそびれたら隣ではじけたように笑う中村がいた。すでに心摑まれて何でも笑える中村だった。

「おいおいおいおい」加門は胸の内で中村に突っ込みを入れた。と、加門、はたと気づいて、

「芝居は、もてようと思って始めたんですか?」と、強引に芝居に向けて舵を切ってみる。

「いやあ、その頃は、もてるんならやっぱりジャズがいいじゃねえかってさ、なんつっても女はやっぱりミュージシャンだろ」結局、加門はあっという間に舵を切り損《そこ》なった。

「ジャズってりゃ進駐軍で稼げるって知ってたし、ペットを二、三回貸してもらって吹いたんだけど、ちょっと面倒くせえってなってさ」

遠山、中村を見て、

「お姉さん、毎日練習とか面倒だろ」

さらにその目の奥を覗き込み、

「人生は、全て本番さ」と言ってぐいっと酒をあおった。

加門、「ああ、いい台詞だあ。しかもベストタイミング」と思う。

中村、キラキラした目でうなずき、そして、言った。

「あたし、好きですそういう人」と。

聞いた加門、胸中でうなだれ、

「おい、おい、おい、おい、そういうこと言ってるタイミングじゃないんだって」

中村の能天気もそうだが、そろそろ本題に入らないと帰れない。バスの時間は迫っていた。加門、焦りのマグマを押さえるのが難しくなっている。

そのときだ。遠山は、漬け物を口に放り込んでぱりぱり言わせながら、あたりまえのように言った。

「で、締め切りはいつなんだよ」

加門、幻聴かと思い一瞬自分を見失った。中村の目がしらふに戻って、

「加門さん、加門さん、締め切りって」

「え」

遠山、しらっとして、

「なんだい、書くんじゃないのかい」

「はい?」

「そんなんでもないと、わざわざ来ねえだろこんなとこまで。どうせ、滝川が思いつきで俺の名

前を出したとかそんなんだろ」

「まあ」加門、そう答えるのがやっとだ。

「まあって、なんだいそりゃ」

「いえいえいえいえ」

「とにかく、どうやって調べたのか、よくぞここまでたどり着いた。そんだけでもお前らはたいしたもんさ。時間かかったろ」

加門、荒船の新聞記事のおかげとは、加奈子の手前もあり言い出せないでいると、中村が静かに割って入った。広告代理店時代、クライアントとのミーティングの口調だった。

「滝川さんを含め、劇団自由演技の総意で、是非にお願いしたい案件があります。そのために参じました」

加門、体勢を立て直し、正座をすると遠山の目をしかと見つめ、

「遠山ヒカルの最高傑作にして、未完の大作『我が友、世界へ』をぜひとも完成させたい。そして、今の日本に直球でぶつけたい。何卒よろしくお願いします」

加門慶多は元役者、つい芝居がかって、深々とその背を曲げた。見た中村も元劇研の血が騒ぎそれに続いた。

「お願いします！」

遠山が呟く。

「三幕か」

「はい、三幕です」

二人の声が揃《そろ》った。

「急いでるのかい？」

加門が顔を上げ答える。

「そうです、とても」

加門、言い淀《よど》んだが、

「なんとか、二週間で」

加門、言いかけて、慌てて訂正した。

「いや、二週間とちょっとあります」

遠山、つい吹き出して、

「すごいこと言うね。四十年書けなかったもんをそれで」

加門、中村、再び頭をきっちりと下げ、

「ほんとうに申しわけありません」

「東京で書くのか？」

「何とかお願いします」

加門、押し切りたい、その切な気持ちがこもっている。

再び中村も頭を下げた。

「お願いします！」

遠山、横にいる加奈子の方を向く。加奈子はそれまでのやり取りを一升瓶を膝《ひざ》に抱えたままじっと聞いていた。

遠山は、静かに尋ねた。

「いいかい？　行って来て」

加門も、中村も加奈子を見た。加奈子、表情を変えずに、

「畑は、わしが一人でなんとかすらあ」

そう言って黙った。

遠山はそれを聞いても、まだ東京に行くとははっきり言わなかった。

遠山は、ギャラの交渉を始めた。

丁度今金がいるところだと金額の内訳《うちわけ》を説明し出した。雨漏りがひどい屋根の修繕費に百万。烏骨鶏《うこっけい》を飼って卵を街に卸《おろ》したい。まずは五十羽分、血筋のいいやつだと一羽一万五千で七十五万。書いてる間、自分でできない畑の損失分五十万。仕上げるまでひと月として日々の経費が三十万。合計二百五十五万。遠山は、五万はサービスして、二百五十万でどうだい？と言って、加門の顔を見た。再演料、書物になった際の印税は別途支払いだ。

「烏骨鶏？」

中村が尋ねた。

「知らねえのか？　鶏《にわとり》のキング。最高の卵を生む、うまいぞお」

加門にとってギャラの話は不意打ちだった。自分の中で勝手に膨らんだ、幻の作品が完成することへの熱い思いに気を取られ、金額をまだ想定していなかった。プロとして大きく反省しつつ、すでに締め切りが迫り選択肢のない自分たちに金額を検討する余地はないと決心して、「よろしくお願いします」とすぐに遠山の言う金額を呑んだ。

と、遠山がさらに言った。

「あと、ひとつ。外の作りかけの小屋、あれ、烏骨鶏を入れるんだ。完成させてからにさせてくれ」

「え」

加門、再びパンチをくらった。中村もまばたきが止まったまま遠山を見る。

「ペンキまでやっとかないと、雨ざらしで材木が傷むんだな」

「あと、どのくらい？」

「そうな、三日もあれば」そう言ってまた漬け物を口に放り込んで良い音をさせた。加門、中村、目を合わせ同時に言った。

「手伝います」

その一言がスタートの合図となった。

二人は感じていた、三幕完成に向け、まさにフラッグは振り下ろされたのだ。


結局、バスはなくなり、二人は遠山の家に泊まる。そして、早朝から鶏小屋作りと決まった。居間に加門、離れに中村が泊まった。

加門、部屋に一人となって社長の堂本に遠山確保の連絡をする。聞いた堂本は「うわっ」と意味不明の声を発すると、側の誰かにそれを告げる気配がした。と、いきなり滝川が出て「でかした加門！」と捕物帳の代官のような台詞を言った。さらに谷山が受話器を奪って「ありがとう加門さん。ほんとうにありがとう」としっかり丁寧《ていねい》に言われ悪い気はしなかった。そして、再び受話器を取った滝川が言った「安心しちゃダメだ。また逃げられるぞ。いつ消えるかわかんねえぞ」その言葉を口にする滝川の真剣な表情が握る携帯から強く迫った。

皆、夜明け前に起き出した。すぐに加奈子の作った朝飯を囲んだ。出汁の効いたうまいみそ汁と、山菜のおひたし、そして、試しに飼い始めていた烏骨鶏の卵がうまく、卵焼きの他に中村は卵かけ御飯まで食べてしまった。

加門は遠山の作業着を借りた。パンツのウエストボタンは止まらず、上着のボタンはピチピチで今にも弾け飛びそうだった。中村は加奈子のもんぺと割烹《かっぽう》着を着た。加奈子の小さなサイズも、中村であれば無理してなんとか入った。中村の、これぞ農家のおばさんといった定番の格好は、妙にはまって違和感がなく、ひとしきり皆で笑った。遠山は、今日もランニングシャツ一枚だった。外に出て随分と肌寒い風に向かって「清々して気持ちいいわ」と大きく伸びをした。


途中だった柱をすべて組んでしまう。さらに、そこに壁になる板を建て込んで行く。材木や、枠を打ちつけた壁板は重くなかなか腰に響く作業だが、加門も中村も真剣に打ち込んだ。この仕事の先に、夢にまで見た三幕が待っているかと思うと、慣れない作業、荒っぽい遠山の要求にも言われるがまま懸命に頑張れた。身体を動かせば、寒さも忘れ、しだいに汗をかいて、通り過ぎる風が気持ち良かった。

作業をしながら、遠山はよく喋った。畑や山の話が多かったが、たまに芝居の話もした。最近の芝居はどうだい?と聞かれ、中村が率先して現在の日本の演劇事情をいろいろ話してみたが、それほど興味がないようで乗ってくることはなかった。ただ、加門が話した、滝川大介のシェークスピア連続上演の件には「シェークスピア!」と大袈裟《おおげさ》に叫んで、

「滝川、あいかわらず辛気《しんき》くせえ芝居してんだろ。考えすぎなんだよ。自分勝手にやって、腹ん中の楽しさがもっと出ればあいつは良くなるんだ。東京行ったら俺ががつんと言ってやっからよ」そう言って白い歯をみせて笑い、白髪を掻《か》き上げた。

加門にしてみれば、滝川ほど自分勝手で楽しそうな人もないと思うが、あれでまだ足りないの

かと遠山のことが空恐ろしくなるのだった。

畑仕事から帰った加奈子がお茶とお茶菓子を出してくれる。お茶菓子はハーシーズのチョコレートだった。遠山がその包装を破って行く様は子供そのものだった。銀紙から現れる板チョコ、その姿に遠山は目を奪われ、

「ギブミーチョコレート！　ＧＩからもらって初めて食ってから、これ以外のチョコはチョコと思えねえんだ」そう言ってうまそうにかじった。

仕事の合間に食べるチョコは格別で、加門も中村もその甘さが身体全身に染み渡り、おかげで疲れた身体が随分と回復した。


うまくはまらない壁板がいくつかあって、その度に遠山が細かく修正をした。鉋《かんな》をかけるのだが、中村と加奈子の二人でそれを支えた。

中村は、どこか放心するように鉋をかける遠山の横顔を見つめていた。遠山ヒカルという伝説の作家を目の前に、何故か壁板を支えるという不思議な成り行きに身をまかせるのは心地良かった。遠く山から風に乗って郭公《かっこう》の声が聞こえていて、その繰り返す響きに、ここがどこでいったいいつなのかもしだいに薄れ、消えて行く。

中村は、ぼんやりとこの心地良さについて考えていた。その人が好きだとか嫌いだとかそんなことはどうでもいい、ただ共にいることがあたりまえと思える。無意味でありながら、それでいて必要なことにひたすら迷わず向かっているようなこの今をなんと呼べばいいのか？

中村の中で、それが「幸福」という言葉として腑《ふ》に落ちた頃、とうとう小屋に屋根も乗り、日も暮れ、その日はお開きとなった。

片付け終わり、加門と中村が家に戻りかけると、薄暮の山並、その稜線のシルエットが美しく、二人は、言葉もなく、光が消え暗くなるまで見つめていた。

夜になれば、また加奈子のうまい夕飯が待っていた。囲炉裏を囲んで、味噌《みそ》を使った鍋に、昨日の日本酒が再び登場した。味噌は加奈子の自家製だった。

加門は、動いたあとはやはり飯がうまいと思い、食しながら「順調に行ってるなあ」と呟いてみたりするが、ふと我に返れば、三幕は、まだ一枚も書けたわけではないのだと箸が止まった。順調なのはあくまで鶏小屋作りだ。そう思うとその滑稽さに一人笑った。

横にいる中村を見ると、すでに修学旅行の体《てい》でその席を楽しんでいた。遠山の馬鹿話に相づちを打ち、一緒になって大笑いしていた。

肝《きも》が据わっているのか？　加門は中村の衒《てら》いのない笑顔を見ながら、ふと違和感を覚える。ここまで無防備で大丈夫なのか？

加門は身に沁みている。自分を捨て、他人の思いに合わせていくしかないことが続き、いつしか、それが不思議な気持ち良さとなって中毒じみて来ることのあぶなさ。ふと気づくと、とんでもない場所に自分が立たされていて青ざめるのだ。

それが、仕事とはいえ、この職に就《つ》いた頃、きついアルコールのように慣れるのに随分と時間がかかった、何度も吐いてやっとのことだった。

中村は図太いのか？　まだ、気づいていないのか？

一時の「幸福」なんて怪物たちは何とも思っていない、いざとなれば生まれいずるもののために平気で悪魔にすらなれるのだ。

加門、一人、その胸の内で輪から外れ、苦い杯《さかずき》を呷《あお》った。

翌日は再び早朝からペンキ塗《ぬ》りだった。加門と中村は必死だった。一時も休むことなく、刷毛《はけ》を動かし続けた。その甲斐あって、気づけば思っていたよりずいぶんと早く作業が済んでいた。離れて見ると、それは見事に鶏小屋の体を成していて、顔を見合わせ、戦果を前に祝杯をあげたくなった。やったー、これで、一日巻いた！

にもかかわらず、遠山は、乾いたあと、翌日、二度塗りをしたいと言い出した。二度塗りをしていないと、木材は腐りやすく、その持ち具合が全然違うとあたりまえのように言った。「だから、初めから三日だって言ってんだ」。がっくり肩を落とした二人に同情したのか、それはあたしがやっておくからと加奈子が助け舟を出し、加門と中村をほっとさせた。

であればと、中村が携帯で時刻表を確認して、急げばまだ東京行きの新幹線に間に合うと言い出す。急なこととなったが、遠山の荷物はすでに加奈子がまとめていたので、慌てずに家を出ることができた。

急いで着替え、荷物を抱え、一時に出発のバスを目指し坂道を転がるように下った。中村は小走りの中で、一瞬遠く滝壺の音をとらえたが、思いを馳せる隙もなく、あっと言う間に遠去かった。

停留所に着いてもまだバスは来ておらず、加門と中村で、加奈子に世話になったお礼と、突然遠山を連れ出すことの非を詫《わ》びた。中村が、加奈子を真っ直ぐに見て言った。

「書き上がったら、すぐに、お返しに上がりますから」その言っている様子を、遠山が鼻で笑って見ていた。そして「あたりまえだわ、ここが俺の家だ」と言った。

中村は手に着いたままになっているペンキの跡を見た。それは、戦果を挙げた兵士の古傷のように中村の心を満たした。と、そのとき、加奈子がそっと中村の袖を引いた。

「はい？」

浸っていた中村が現実に引き戻されながら加奈子を見た。加奈子は、近づいて中村の顔を見上げる。そして、何かを言いかけて目を伏せた。中村がその口先にそっと耳を近づけると、加奈子がなにやらぼそぼそと呟いた。

「え」

中村、聞いた言葉が腑に落ちず、聞き返した。

加奈子が、今度は中村の耳に手を当てて再び呟いた。はっきり聞こえた中村は呆気に取られ、加奈子の顔をまじまじと見た。そして、加門と遠山がその様子を見ていなかったかを気にしたが、二人は東京への行き方について話し込んでいた。

「わかりました」

中村は、神妙な顔をしてうなずき、必死に動揺を抑え前を向いた。

バスがやって来た。「よおし、来たぞ」。加門が自らを叱咤《しった》するように声に出した。

「行ってくるわ」。遠山が加奈子を見て言った。

中村は、加奈子の言葉を何度も胸中で繰り返していた。

加奈子は言ったのだ。

「この人、まだええれえビンビンじゃけえ」

そして、

「あんたも気いつけられえ」

皆が乗り込んでバスは出発する。下って行き、大きくカーブを切るそのとき、中村が後方の窓からバス停を見ると、加奈子はまだこちらを見ていて、中村に気づいたのか大きく手を振った。カーブの向こうに加奈子が消え、程なくして、加門と共に前に座っていた遠山が突然中村を振り向いた。そして、じっとその顔を見た。先ほどの加奈子の言葉と相まって、中村は意味もなく身がすくんだ。

何を言うのかと待った中村を見る遠山の目には、バスに乗るまでとは違い、どこかに、あの新聞記事の写真にあった鋭さとにぶい光があった。

「何時、ホテル?」遠山が聞いた。

「え」

「着くの」

「ああ、九時には」

遠山は、ニカッと笑うと、前を向いた。

中村は、叫びそうだった。自然に膝を強く閉じていた。つま先に変に力が入り、膝上に重ねた手のひらが汗ばんでいた。遠山の目は、荒野を彷徨《さまよ》い獲物を追い続ける、血を、それもいっぱいの血を欲しがっている獣の目だと思った。

中村は、感じ始めた。

私たちは、眠れる怪物を無理に揺り動かし、遊び半分に連れ帰ろうとしているのではと。

そして、「我が友、世界へ」の言葉が蘇る。岡本世界が失踪した日に書き残していったあの言葉だ。

「『俺は、地獄で聞いて来たんだ。6000年目、世界は火によって焼き尽くされる』。その6000年目がもうすぐやって来ようとしている――。」

バスは、ガタガタと下りながら、そのスピードを加速して行った。

3

王者に安眠なし「我が友、世界へ」第三幕

What infinite heart's ease
Must kings neglect that private men enjoy!
庶民が享受する無限の心のやすらぎを、
王はどれほど捨てなければならないのか！
『ヘンリー五世』第４幕第１場

バスの乗り継ぎが良く、竹槍《たけやり》駅には随分《ずいぶん》と早く着いた。

次の列車に乗り、急いで岡山駅に向かえば、四時半の新幹線に滑《すべ》り込めそうな気配。「飯はゆっくり食おうや」、という遠山ヒカルを、加門《かもん》たちは、とりあえず駅弁で騙《だま》し騙し岡山駅まで連れて行こうとした。

竹槍駅のホームで中村が急ぎ買って来た幕の内弁当を見た遠山の顔色が変わった。大きく不機《ふき》嫌《げん》となり、人目があるにもかかわらず、中村に激しく当たった。

「幕の内みてえな八方美人なもん食ってもなんも楽しくねえんだな」

その言い方には、駅弁ひとつでそこまで声を荒らげるか、という激しさがあった。ちゃんと飯を食えなかった世代の食べ物への執着には加門も何度かひどい目に遭っていたが、血走った目で、口から泡を飛ばすほど本気なのははじめてだった。

人前で正面から怒鳴られ、中村は、しょげて肩を落とし、乗り込んだ岡山行きの急行でじっとしていたかと思うと急に立ち上がってトイレに行き、一時長く戻らなかった。加門は、泣いているかもしれないと気が気ではなかったが、戻った中村はどこかすっきりとした顔をしていて、さすが、元一流広告代理店、営業職で鍛《きた》えられただけのことはあるなとその復活の早さに感心した。

ギリギリ間に合い、岡山駅のホームで新幹線に飛び乗ろうとする寸前、遠山が「あれだ、あれ」と言って突然売店に向かって走り出した。付き従う二人を振り返り、駅弁売り場のショーケースを指差し、「岡山に来たらこれ食って帰れや」と言って、どれのことかと確認する間もなく

「えびめしとデミかつを二つ！」と大きな声で発注していた。

遠山が嬉しそうに言った。

「岡山名物の激突だ」

加門が、遠山の興奮を理解できたのは、車内でその弁当の蓋《ふた》を開いたときだ。

真っ黒な炒《いた》めた飯《めし》とデミグラスソースのかかったとんかつが一つの箱に一触即発の雰囲気で並んでいる。

えびめしとは、とんかつとデミグラス、二つのソースとトマトケチャップを混ぜ、それでむきえびと飯を炒めたもの。

加門は、えびめしとデミグラスソースのとんかつがともにあることで、お互いの味を引き立て合っているとはとても思えなかったが、妙な豪華さは感じた。

岡山名物二つが堂々と並び、キングコング対ゴジラを観るような、深みというより怪物が激突するその様を見て興奮を味わう楽しさを満喫した。よく言えば大胆、そのまま言えばおおざっぱな味は、昭和の男加門にはなんとも懐《なつ》かしく、その舌に馴染《なじ》むのだった。

加門は、食べながら中村を見た。中村は、えびめしを大きくすくって一口口に入れ、「この味は一体何⁉」などとその目を見開き驚いてみせた。幕の内は唾棄《だき》すべき弁当で、この得体の知れない組み合わせには妙に興奮する遠山のあり方には随分と不満だったと思うが、それをおくびにも出さずにいることに、加門は、またまた感心した。

岡山から四時間、遠山は、ハイピッチで飲んでハイテンションで喋《しゃべ》りっぱなしだった。話題は四方八方に飛んで、戦後の日本の混乱から、アボリジニの死生観、シジミの養殖の難しさから、テキサスに棲《す》む禿鷹《はげたか》の交尾、土星の輪が氷結してできていく過程。合間に入る強引な下ネタに自分で笑って、話は途切れない。とてつもないエネルギーに二人は囲炉裏《いろり》で話を聞いた一昨日《おととい》の夜に続いてまたもや圧倒されていた。ただ、いくら、加門や中村が大事な三幕の話に持って行こうとしても、遠山はうまくはぐらかして、肝心なことには一切触れなかった。

新横浜に到着、東京まであとわずかとなり、遠山がトイレに立った。

加門も中村も、やっと遠山台風から解放されるぞと思い、安堵《あんど》したまさにそのとき、とんでもないことが起きた。

「おう、なんでグリーンじゃねえんだ」聞き覚えのある声が不意に放たれた。

新幹線の車中、いきなり目の前に立っている本物の滝川大介。入社間もない中村は、ギャグ漫画のように口をあんぐりと開けて全ての動きが止まった。加門は、声を聞いて反射的に立ち上がった。持っていたペットボトルを強く握りしめ、中のお茶が溢《あふ》れ出している。

加門は、社長の堂本に品川到着の時間を連絡した。それを滝川は聞きつけたのだ。確かに新横浜は、滝川の家からは、東名高速で車を飛ばせば時間はかからない。だからといって、車内まで乗り込んで来るとは加門にも予想できなかったし、当然、新入社員の中村は微塵《みじん》も考えなかった。

滝川が尋ねた。

「遠山は？」

「トイレに」

答える加門の声はダメなロボットのように抑揚《よくよう》がない。

「遠山ももう若くないし、グリーンぐらい乗せて、機嫌とって早く書いてもらわねえと死んじまうぞ」

滝川の口調は本気で心配していた。

加門、我に返って、

「あ、あの、遠山さんが、グリーンに乗るなら指定にして差額分飲ませろって」

「相変わらず、戦中派は貧乏くせえなあ」

言って滝川が笑っていると、

「関係ねえよ、うるせえんだよ」

背中から声がする。

振り向いた滝川は、佇《たたず》む遠山の顔を見て声にならない声を出した。

「お」

そして黙った。血が凍ったように全てが停止して、今度は滝川がギャグ漫画のように開ききった目で遠山を見ている。

遠山はそんな様子を意に介さずどこか朝の挨拶《あいさつ》のように、

「なんだよ」と言った。滝川、目が覚めたのか、

「なんだよじゃねえよ。途中で投げ出していなくなるんじゃねえよもう」。何を今さらの遠いかつての怒りをぶつけるべく、滝川はいきなり遠山の二の腕を素早くパンチした。それは意外と強く、骨にあたる音がした。

「いてっ、やめろよ」

本気で痛がる遠山を見て、吐き捨てるように滝川が言った。

「まったくもう！」

四十年という長きにわたる空白が地続きとなって動き出す。でいながら、どこか中学生の昼休みのようなそのやりとりに加門も中村も唖然《あぜん》と見入ってしまう。

滝川は、加門と席を交代して遠山の隣に座った。

今度は、滝川が挨拶のように口にした。

「根本が死んだぞ」

「え」

遠山の声が上ずる。

「やっぱり、知らねえんだ。あれでも脇じゃまあまあ売れてたんだ。少しはニュースになった。あんた、見ないだろテレビ」

「そんなことないよ。野球は見てんだ」

「一人で死んだよ。マンションでさ、黙って、泣き言わねえで」

遠山はすぐに返事ができなかった。押し黙って、自分の膝《ひざ》に置いた手許を見つめ、

「そっか、俺ら、喧嘩《けんか》しにくいな」呟《つぶや》くように言った。

「ああ、誰も止めてくんねえな」

そして、その後、息をひそめ後ろで聞いていた加門と中村にとって、思いもよらぬこととなった。

「そうか、死んだんか、根本さん」

言って、遠山が、めそめそと泣き始めたのだ。それはしだいにはっきり声となって、嗚咽《おえつ》となり、鼻をすする大きな音も聞こえて来た。

中村が、あり得ない成り行きに、出ない答えを求めるように加門を見たが、加門も同じような面持《おもも》ちで中村を見返すしかなかった。

加門にとっては名付け親、根本寛治《ねもとかんじ》という男が遠山にとっても特別な何者かだということだけ

ははっきりとわかった。

品川駅で降りるときには、滝川が遠山の肩を抱いて支えた。そうでもしないと歩けないくらい激しく遠山は泣き続けた。

東京駅からタクシーに乗り、渋谷のホテルに向かった。

遠山は車窓に流れる夜景を黙って見つめていた。その濡《ぬ》れた目に、街の灯が虚ろに流れ去っていく。

東京へ戻ることの緊張が新幹線でのあのハイテンションを生んでいたのか?と加門は思う。根本の訃報《ふほう》で一気にその緊張が解けてしまった? いや、そんなんじゃない、そんなに簡単じゃない、とも思う。まだ、遠山ヒカルという人物を加門は摑《つか》みかねていた。

高樹町を過ぎ、渋谷に近づくあたりから、遠山の様子が少し変わり始めた。戦後すぐの渋谷の闇市《やみいち》、そこを仕切った愚連隊《ぐれんたい》、その喧嘩殺法《さっぽう》について話し始めたのだ。凄惨《せいさん》を極めたヤクザとの抗争をおもしろおかしく話し始める。

「愚連隊はヤクザと違って、素人《しろうと》だからよ、躊躇《ちゅうちょ》しないんだ」。もはや泣きくずれたことが嘘のように、遠山の声が再び生き生きと弾《はず》み始めた。

ホテルのエントランスに近づくと、プロデューサーの谷山、社長の堂本、最高責任者二人が粛然と並び立っているのが見えた。近くから中村が連絡していたのだ。

遠山は車を降りながら、「こんなふうにするんだよ」と言って加門の手首を簡単に捩《ねじ》り上げてみせた。喧嘩殺法の実演だ。愚連隊にいた友達に教わったと得意顔だった。楽しそうな遠山と「いてててて」と声をあげる加門、そんな二人を、堂本と谷山はまず見ることになった。谷山が

とまどいながら、おじぎして、

「谷山です。今回のプロデュースをさせていただきます。自分も三年程自由演技にいました。ギリギリお会いできませんでしたが後輩です」

遠山は加門の手を離し、「ああ、あんたが谷山さんか。あんな化石みたいな台本に目を付けるなんて、よっぽどネタがねえんだな」と悪戯《いたずら》な目で笑って、握手しようと右手を差し出した。谷山は、一瞬自分も捩じ上げられるのではと、さっと手を引く。と、遠山は気にせず強引に谷山の手を握った。

堂本も恐る恐る手を出す。「劇団自由演技の堂本です。社長をさせていただいてます」。遠山、はっとして、堂本の顔を見ると、うやうやしくその手を握った。珍しく誠実な面持ちで、

「おやじさんが亡くなったんは新聞の記事で見たよ。ごめんなあ葬式にも出んで」先代の社長のことを偲《しの》んで、静かに言葉を紡《つむ》いだ。

「いえ、いえ、いえ、いえ、そんな」

遠山は、一歩近づくと、どこか懐かしいものを愛《め》でるように、堂本を足許からその顔の細部まで確認した。

「よう、似とるなあ。ずいぶん細っこいけど。オヤジさんに俺はいっぱい迷惑かけてよ。息子にはしっかり恩返しのつもりでやるさ」

「なにとぞよろしくおねがいします。執筆中、できるだけのことはさせていただきます」。堂本は行きすぎた低姿勢でお辞儀した。

遠山は、堂本の言葉に敏感に反応した。偲ぶ雰囲気は一気に消えて、

「そう？　じゃ、鉄板焼き食わせてくれや。昔、ラジオドラマやったとき、このホテルで局の連

中にうまい牛を食わせてもらったんだ」。遠山、堂本を見つめる親しみに満ちた目の輝きは消え、加門の肩を抱いて「すっげえぞお」と言って、さっさと二人で自動ドアに向かった。

「『我が友、世界へ』、その成功を祝して、違う、まだ祝せない、祈って、乾杯！」

堂本が、緊張のせいで声を震わせ、ありきたりな、でありながら誠意のこもった堂本らしい音頭をとった。乾杯の瞬間、普段は冷静な滝川も興奮したのか、店内に響く大きな声で一緒に乾杯の声を上げた。

「加門、中村、ありがとう」

乾杯に続いたその滝川の言葉に加門の笑顔も破格だったが、中村は、あの名優滝川大介が自分の名前を覚えていてくれたこと、その「中村」という響きにここまでの苦労も全て報われたような気がした。劇団自由演技の人間にほんとうになれるかもしれない、その血までが仲間と同じになって行く恍惚《こうこつ》を感じた。

遠山は、「三百グラム、ウエルダン」と頼みながら、一九六八年アポロ月面着陸計画のアームストロング船長が、月に向かう直前、地球での最後の食事がステーキ三百グラム、焼き加減がウエルダンだったという蘊蓄《うんちく》を話しだした。それをきっかけにして、話がアポロ計画全体の概要からアメリカ、ソビエトの宇宙開発競争の背景にあったスパイ戦に至る頃には、サラダと前菜が済んで鉄板にステーキが並んでいた。

遠山はステーキの大きさを見て、「三百って、こんなもんだっけな」と不満そうに言うと、アワビを追加して、加門と中村の分も、断る二人を差し置き「遠慮するな。アワビを丸ごと食うなんざ次はいつになるかわかんねえぞ。おれは四十年もあいちまった」と強引にオーダーをした。

自分が言えば誰も断れないのをわかって、後輩にうまいものを食わせてやろうという先輩風がそこにはあった。いつのまにか、劇団自由演技の遠山に戻っていたのだ。

アワビを口にした中村が思わず「美味《おい》しい」と言うと、「お姉ちゃん、次は金のある男に食わせてもらいな」そして、「ねえちゃんのアワビは食わせちゃだめだぞお。食い逃げ御免‼」店中に聞こえる大声で言って楽しそうに笑った。中村は、もはやこの程度で動じる気配もなく一緒になって笑った。

遠山は、滝川の分のアワビも頼もうとしたのだが、滝川は「もうそんなに食える歳じゃねえんだよ」と静かにナイフを動かしている。

「なんだよ、俺より五つも若えのに」

滝川が、一瞥《いちべつ》もせず、憮然《ぶぜん》と言った。

「いや、六つ若い」

遠山はその顔を見て、

「お前、昔、ここで俺だけアワビを追加したら、帰り道、なんで一緒に俺の分も頼まないんだって嫌みたらたらだったよな」と、四十年以上も前のことを持ち出して、「気を遣わねえと、またむくれちまうからよ」と、追加したワインのテイスティングを始めた。

滝川はただ聞いて、どこか笑ったような、当たり前のような顔をして無言のまま新しく注がれたワインを口にした。

滝川は遠山の行く果てのわからぬ言葉や行動を慣れっことしか言いようがない落ち着きでやり過ごしていた。加門は思った。これが、かつて、同じ劇団にいた頃の二人の呼吸だったのかもしれない。

加門は、堂本と谷山が遠山とどう向き合うのかも気にしていた。

堂本は、遠山の野蛮《やばん》な気配を察してとにかくここは刺激しないようにとひたすら大人しくしていたが、谷山は、やはり、数日前の加門のようにあわよくば話を芝居に持って行き今後の執筆の感触を探ろうと、その言葉全てに耳を傾け、ときどき話に加わり楽しそうにしてみせた。

だが、糸口となるきっかけが遠山の話にはまったく登場せず、結局、自分の浅はかなやりくちがこの遠山という人物にはまったく通用せずと気づいたのか、ステーキがニンニクの匂いとともに鉄板で良い音をたて、アポロが月に到着するあたりで根が尽き、押し黙って焼けたステーキを黙々と食べ始めた。

食事は十一時の閉店時間を随分と過ぎて、支配人の笑顔が引きつりきって動かなくなるまで続いた。その頃、遠山の話題は自分の畑のことになっていた。畑の土が自分の思うものになるまでの悪戦苦闘の日々を仔細《しさい》に語り、話が高原レタスの甘さに及ぶと、まるで極上の果実かのようにその旨味を語った。そのときの遠山はひとに聞かせるというよりその日々を思い出し自分で楽しみ慈《いつく》しんでいるように見えた。ただ、そんな丹精を込めた土地も今は打ち捨て、遠山は加奈子と一緒にいる。加門は、遠山の持つ情熱、その行き先の見えなさに大きな不安を覚えるのだった。

ほとんどの店員が消え、静まった店内、支配人一人に慇懃《いんぎん》無礼に送られ「我が友、世界へ」の主要メンバーによる初の会合は終わった。

遠山の部屋は十二階、その階で、遠山とともにエレベータを降りたのは加門と中村だけだった。三人が降りると、堂本の「お疲れさまでした」の声とともに滝川も谷山も閉まる扉の向こうに消えた。と、思ったら再び開いて、谷山がエレベータから廊下に出て、行きかけた遠山の背に声をかけた。

「遠山さん！」

その声に廊下を行きかけた三人が、ふと振り返る。谷山は、「稽古場は十一月の九日から入ることにしてあります」と言って微笑むと「失礼します」の言葉とともに再び扉の向こうに引っ込んだ。

それは、その日が台本の締め切りだと、人あたり良く、ただ、実は有無を言わさずはっきりと伝えたのだった。谷山の、戸が開き、廊下に一歩出て、一言決めて戻るその間合いが鮮やかで、さすが元役者だと加門は唸《うな》った。遠山も不意を突かれ「あ、そう。ありがとう」とそのまま素直に受け入れた。そして、それははっきり加門や中村にもデッドラインが告げられたということだった。

加門は過酷な現実に引き戻された。執筆にはあと十四日しかないのだ。ただ、十四日もあるという考え方もある。書くのは三幕だけなのだから。加門は、自らにそう言い聞かせた。

部屋は、廊下の一番奥、エレベータから三十メートル程先の角部屋だった。遠山は、歩きながら、鼻歌を呟くように口ずさんでいた。加門はそのメロディに聞き覚えがあった。ドキュメント映像で、戦後すぐの焼け跡の風景といえば定番のようにかかる歌だった。

♪　歌も楽しや　東京キッド
　　いきで　おしゃれで　ほがらかで

遠山はご機嫌だった。気持ち良く酔っていた。

その部屋は、スイートルームだった。ベッドはダブル。入ってすぐの部屋には、堂本の手配で大きめの重量感あるマホガニー製の机、そして、人間工学の英知を結集した最新のハイパーチェアが置かれていた。

机の上には「劇団自由演技」のネームが入った四百字詰め原稿用紙が五百枚ずつ三束置かれていた。昔会社で使っていたものを堂本が急いでリメイクしたのだ。昔と同じものの方が書きやすいだろうという心遣いだ。三幕は普通に考えれば、百枚以内だろうと加門は思う。多くても百五十枚。堂本は、随分と書き損じ、書き直しを見込んだものだと、その心配性が少し可笑しかった。ともかく、できるだけのことはしようという堂本の気持ちは加門には伝わった。

遠山は、その用紙の束を見ると鼻で笑って、「まいったな」といって靴を履いたままベッドに身を投げ出した。どこかウエスタンのワンシーンのようだ。そして、受話器を取ると岡山の加奈子に電話をし始めた。時間は十二時になろうとしていた。早朝から、畑仕事のある加奈子はすでに床に入っているはずだが、遠山はおかまいなしで、その日あった出来事を楽しそうに話し始めた。加門と中村は、ボンヤリとその様子を見るしかない。

遠山は話の途中でその口許から受話器を外して、「あとはまた明日な」と声をかけた。二人は、今日はここまでとあきらめ、頭を下げ部屋を出た。

中村は、遠山から目を離さないように同じホテルに別の部屋を取っていたが、とりあえず一度自宅に戻り、着替えを持って戻るべく加門のタクシーに同乗した。

加門は、座席に身を預けると、どっと疲れが出て、シートに果てなく沈み込んで行くような感覚に襲われた。そして、目を閉じたまま言った。

「長かったな」

それは、今日一日のことだった。

「はい」

中村にはすぐに伝わった。

「朝は鶏小屋にペンキ塗《ぬ》ってたんだよな」

「はい」

中村は、吹き出して、

「朝のことは、もう、いい思い出になりました」

加門も笑って、中村を見る。

中村は少し薄くなった手の甲にある白いペンキの跡を見た。愛おしそうにその跡を指先で触れる。

「明日から、頼むな」

「はい」

答える中村の声には、まだ生気があった。加門は、その響きに、もはや自分にはない「若さ」を感じた。それはあたりの良い風のように加門の身体をすり抜けて行く。


翌朝、加門は、堂本と今後の打ち合わせをするべく会社に向かった。

いつもの路、いつもの駅、いつもの電車。ただ、新作の舞台を抱えていることで心がざわつき、それはいつものものではなくなる。新聞に目を通そうにも頭に入らなくなり、車窓からの風景はどこか絵空事となって、加門の心を和《なご》ませてくれない。物語の中がリアルとして立ち上がり、リアルの世界が人ごとのように遠去かって行く。

加門は、これまでも何度も会社が制作する舞台の担当になって来た。今回はそのときとは違う緊張が加門を縛《しば》り付ける。今までは、出来の良さの心配はしても、できるかどうかの心配をしたことはなかったのだ。たとえ不出来でも、初日には何かがそこに現れる。それがあたりまえだった。

初日までに台本ができず、舞台がとんで返金している劇団があったりすると、あり得ない、それは、アマチュアのやることとどこかで思っていた。だが、遅筆の作家を抱えた劇団では常にその恐怖を抱えている。

今の自分の状況を思うと加門は毎回それを続けている者たちへのシンパシーと深い尊敬の念が湧いて来た。そこには、そうまでしても世に差し出したい何かがあるということなのだ。

素直にそう思えたとき、加門は、静かな気持ちになり、やっと新聞に目を落とすことができた。

会社につくとすぐに堂本から呼び出された。加門たちがいない間に進んだスタッフ案、キャスティング案についての確認、伝達が行なわれた。

まず、演出は大室誠《おおむろまこと》。遠山ヒカルに多大な影響を受けた、巨匠内藤裕二《ないとうゆうじ》のところで研鑽《けんさん》を積み、ここ最近頭角を現して来ている。内藤演出の特徴である、照明、美術、衣装、音楽、そして、全てのスタッフの力を結集させ、舞台に絵画的な分厚い虚構を作り出す手法を今最も受け継いでいる。台本を読んで、この時期にあった休暇を急遽《きゅうきょ》取りやめて参加するという。

自由演技からは老教授酒井に滝川大介。

主役の大学生高橋には、亡くなった宝来《ほうらい》の「レベッカの夜」に出演するはずだった人気アイドルグループの一人、友枝洋平《ともえだようへい》がそのままスライドした。その演技力には定評があり、加門も納得の決定だった。事務所も話題作になるだろうととても乗り気だった。そして、神妙な顔で堂本は言った。

「で、岡本世界、宮本世界、二人の『世界』役には、谷山さんのアイデアで、亡くなった宝来真治の秘蔵っ子、田川康正《たがわやすまさ》で行こうと思います」

加門、田川康正の分厚い唇といつもの眠そうな目が浮かぶ。宝来の舞台で田川が脱ぐと、色白の身体は華奢《きやしや》でありながら筋肉質で、男の加門から見ても美しく、セックスそのものだった。それはどこか、伝説のバレエダンサー、ヌレエフの全盛期を思わせた。

どこか投げやりで、無防備なその佇まい、演劇ファンの間ではすでにカリスマ的な人気を得ながら本人が映像の仕事をしたがらないため、誰もがその存在を知るわけではない。堂本たちも、人気アイドルの友枝がマスコミを摑んでくれれば動員は充分に補えるという計算の上でのキャスティングだった。

それに、秘蔵っ子田川が出演すれば、宝来を弔《とむら》う芝居として興行を世に押し出せる。そう思えば見事な選択だ。さすが、谷山さんだ、と、加門はそのアイデアに感心した。

「ただ」堂本は、かけていた老眼鏡を外し、目をしょぼつかせながら、

「事務所に打診したがまだ返事がないんです」と渋い顔をしてみせた。

本来、今回の新作フェスには田川は出演するはずではなかった。

田川と宝来は三十歳以上歳が離れていながら恋愛関係にあった。しかし、最近二人の間ではトラブルが続いていて、その多くは修羅場を伴う色恋沙汰《ざた》だった。それが原因で田川は今回の新作からはずされていた。

宝来がゲイであることは演劇関係者の間では周知のことだったし、田川との関係も劇団内で知らぬ者はなく公然の事実として扱われていた。宝来が通っていた新宿の店で、田川を見初め劇団

に誘ったという話もまことしやかに広がっていた。

「宝来さん、若い田川さんの浮気癖には相当まいっていたらしいです。精神的に追い込まれて。それも台本執筆が遅れた原因の一つだったみたいです」。堂本が谷山から聞いた話をした。

加門は、かつて自由演技の若手俳優数人が宝来の芝居に参加して、夏場の稽古に立ち会ったときのことを思い出した。据《す》わった目、熱い口調、よく動く手。その場の口立て、即興で台本を直し、俳優出身らしく自ら動いて芝居をつける宝来は化粧をしていて、それはうっすらと汗で浮いていた、終わる頃はマスカラまでが流れ、その頰《ほお》に黒いラインができた。

田川は、お別れの会に出席せず、傷心旅行なのか、海外に行ったという情報だけがあって、事務所もその行方を確認できていなかった。

「あと二、三日中に連絡がつかなければ、谷山さんも次の候補の中田弘であきらめるみたいです。彼のスケジュールは空《あ》いていますす」

中田弘は、新作フェスの宝来の芝居に出るためにスケジュールを空けていたのだ。

「中田君は、あの役には」

加門が不満そうに言った。

「わかっています。ただもう時間がない。スケジュールの調整がきく者は限られています」

加門は思う。中田は手堅く、うまい役者だが、役が大人しくなり台本の魅力である猥雑《わいざつ》さ、野蛮さが損《そこ》なわれる気がした。

「それから、小野冴子《おのさえこ》役に山下さんを起用する件ですが、昨夜山下さん本人とも話しました。その段階ではまだ不透明だったのですが」

山下の出演に関しては、「落日の狼《おおかみ》」降板の件で、自分を無下にされたことへの堂本なりの思いもあるはずだ、はじかれてもしょうがない。ただ、そうなったら、加門は今一度、山下のことを考慮して欲しいと説得するつもりでいた。山下をここ自由演技に連れて来たのは自分だ、見捨てることはできない。そんな、強い気持ちがあった。

「今朝、局の増尾プロデューサーと話しました。山下さんは『落日の狼』には出演しないことで局内の調整がつきつつあるようです。『我が友、世界へ』の出演を内定として伝えても良いと思います」

加門、肩の力が抜けた。

「そうですか」

「ええ、何よりだと思います」

堂本は涼しい顔をしている。加門はホッとしながらも、すんなりと山下の「我が友、世界へ」の出演が決まって行くことに、何か裏を感じて、どこか釈然《しゃくぜん》としないものがあった。

加門は、自分の席に戻り、メインどころではない細かなキャストのアイデア出しと、その具体のスケジュールを確認するため、各事務所と連絡を取り始めた。が、すぐに、携帯に着信がある。

中村からだった。

「社内ですか?」

声が震えている。

「ああ、自分のデスクにいるけど」

「すみません。誰もいないところにお願いします」

「え」

「お願いします」

またまた、加門の胸中に真っ黒な暗雲が広がっていく。

「あーあ、なんか、あったんだろ、きっと」

駄々っ子のようにあえて口にしてみせる。冗談めかして中村をほぐそうとしたのだが、

「早くお願いします！」

その声は、さらに切羽《せっぱ》詰まったものになった。

加門、オフィスを抜けエレベータホールへと向かう。

「今日は一日、色々溜《た》まった作業をしようと思ってたんだけど、無理かね？」

「たぶん」

「精算もしないと」

「すみません。それも無理かもしれません」

「経理もさ、必ず一週間ずつ出せなんて、そんなのただの夢物語だろ」

「すみません」

うわずった声に、涙目の気配がした。

「それは、中村のせいじゃないよ」

「はい、ありがとうございます」

その声がさらに上ずる。

「いいよ、廊下に出た。何？」

中村、息を呑んで、消え入るような声で言った。

「遠山さんがいません」

「ええ!!」

加門、腰が抜けて廊下に座り込みそうになった。

「すみません！」

加門は、中村の心遣いに感謝した。確かに、このときの声をオフィスで出していたら、いったい何があったのかと、無駄にことを大きくされかねない。

「いつから？」

「出たのは昨日の夜中で、しかも」

「何」

「女性と一緒に出たみたいです」

加門の脳が、一瞬フリーズした。そして、吐き捨てた。

「まったくっ」

すべての思いがこもった一言だった。

朝、中村が部屋に電話しても繋がらない。寝ているのだろうと待ったが、十時を過ぎて心配になり、フロントに確認すると鍵はすでに預けられている。聞くと、昨晩、深夜十二時過ぎに部屋に電話があり、外に出たという。加門たちが帰ってすぐだ。一緒にホテルを出た相手は女性で、正面入り口付近で遠山を待っていた。そこは、フロントから遠く、その人物の仔細まではわからないということだった。

「まずいな」中村への心配を放棄して、加門が呟いた。

「すみません！」電話の向こう、中村が深々と頭を下げる気配がした。

加門は、一緒に女性がいたという言葉に動揺した。そして、言わずともそれは中村も一緒で、もし、二人の想像どおりなら、とんでもなく大事となって行く。

加門も中村も一番気にしたのは、それが荒船美佐《あらふねみさ》ではないかということだ。彼女は現在土屋美佐であり、官房長官夫人なのだ。

どこかで情報が漏《も》れている。まさか、関係者が口を滑らせていないか。遠山が渋谷のホテルにいることを知る者は少ないのだ。加門は不安になる。遠山と荒船との間に何かあって、それが表沙汰にでもなったら大スキャンダルだ。各方面に多大な影響が出る。良い意味でたかが芝居ということはできるが、どんな場合も、たかが政治ということにはならないのだ。

とにかく、ホテルに行って、情報を集めるしかない。加門にしては珍しく、迷わずタクシーを捕まえ乗り込む。「運転手さん、急いでください」などと刑事ドラマにも最近ない台詞《せりふ》を口にして、画に描いたように腕時計を見て、赤信号に止まると、心が急いて舌打ちをする。そして、中村からの連絡はないかと、携帯を何度も確認した。

神宮外苑の銀杏《いちょう》並木、これぞオシャレなアーバンライフ全開といった趣のオープンカフェ、加門がその前を通過したとき、そこに場違いな一人の男が目についた。「運転手さん、止めて！」と、緊迫感のある台詞で車を止め、倒れるように車から降りると、今見た顔が幻ではないかと確認に急いだ。この国の幸せをすべて享受したように笑う子連れの主婦、サラリーマン、OL、その大きく咲いたいくつもの笑顔の向こうに、サングラスをかけ、かけても眩《まぶ》しそうに眉間《みけん》に皺《しわ》を寄せた一人の老人が黙り、への字に口を結んでいる。

「遠山、さん？」加門が確信なく呟いた。

さらに、近くに行って、まじまじと見れば、それは、まごうことなく遠山ヒカルだった。そして、その遠山の前に、一人の女がいる。その横顔を確認するべく、加門は横へ横へと位置を変えて行く。

「はあ⁉」その顔を見た途端、加門は、空気が抜けるような不思議な声を発した。

店は禁煙なのだろう。女は、火のついていない煙草を口に咥《くわ》え、イライラと膝を揺らしている。

それは、山下梓《あずさ》だった。加門の胸中に怒りと、安堵が同時に波となって押し寄せる。

確かに、山下ならやりかねない。きっと昨日の夜、堂本と映画からの降板について話した際、遠山が渋谷のホテルにいると聞いて、誰よりも早く自分を印象づけたい欲望に抗えなかったのだ。そして、計算もある、遠山ヒカルがこの芝居のキーマンで、彼の言葉は絶対だとわかっているのだ。遠山の懐《ふところ》にうまく飛び込めば、ことは自分にとって良い方に転がって行く。山下本人の勘《かん》がそう言っている。


ホテルに戻ると、遠山は寝るというので、部屋まで中村が付き添って行った。加門と山下は一階のラウンジに向かった。従業員に一番奥のソファー席に案内され、山下は、大きなその革張りの椅子に埋もれるように前から突っ伏した。

「ああ、もう限界」

遠山は山下と遊び回っていたのだ。山下は眠そうな目で加門を見つめ、そして、悪びれることなく、

「昨日の夜、堂本さんと映画を降りる件で話して、聞いたら遠山さんがホテルにいるって言うし、まだ十二時前だったから」

「まだって、来ないだろ普通、その時間」

加門にしては珍しく言葉に険《けん》があった。

「誰か事務所の人もいると思って」

「中村は、着替えを取りに帰ってたんだよ」

「ああ」

「中村は悪くないよ。そんな時間に来るのがおかしいんだ」

「でも、まだ、十二時だし」

「充分深夜だろ。普通寝てるよ」

山下、不満そうに、

「十二時に？」

「俺は、もっと早く寝たいよ。なんなら九時には寝たい。売り込みにも程があるだろ」

「だって、社長に頼んでも、このキャスティングは自分では決められないって、素っ気ないんだもん」

山下は本気なのだ。遠山の台本の魅力に憑《つ》かれている。加門は、若い山下の執着に、この公演の可能性を強く感じ始めていた。

中村が遠山の部屋から戻って来て、

「遠山さん、ベッドに入りました。二秒で鼾《いびき》かいてました」

「そりゃあそうだろ、あの人の歳考えたら」

中村の表情は随分と明るい。

加門は、遠山と山下の二人をカフェで発見したあと、タクシーに乗せ、車中から遠山発見の連絡を中村にした。中村は、何も言わなかった。安堵して言葉が浮かばず、携帯を胸に抱き、ホテルのロビーにしゃがみ込んでしまったのだ。

山下のカップにウエイターが珈琲を注ぐと、山下は、ソファからその身をゆっくりと起こしてそれを口にした。苦そうに顔を歪《ゆが》めながら言った。

「昨日の夜は、挨拶だけのつもりだったけど、爺《じい》さん、どっか連れてけ、ついて行くってうるさいんだもん。で、友達が中目でオールやってるっていうから」

「オール？」

「昨日は朝まで、アイドルの松田裕也《まつだゆうや》の誕生会をクラブでやってて。誕生会とかって、ま、小学生みたいだけどね」

「そんなとこに、八十近い爺さん連れて行ってどうすんだよ」

「あの人全然平気。ほとんど半世紀以上歳離れてんのに平気でナンパしてた。たまたま誰かが連れて来た歌手の坂巻由香《さかまきゆか》にずっとつきまとって」

中村が敏感に反応した。

「え、坂巻由香が来てたんですか？」

「みんな、大物すぎて行けないのに、べったりくっついて」

「遠山さん、すごおい」

山下、言いながら思い出したのか、笑い出した。

「爺さんに、坂巻さんがどんな人か知ってるの？って聞いたら、あっさり本人の前で知らないって。良い女だから口説いて当然だろって、側で聞いてた坂巻さん、意外と嬉しそうだったよ」

「純粋に、女として評価されてるってことですもんね」

キラキラした目で中村が言う。中村はほんとにこういう話が好きだな、と加門は再確認した。

「すごいよあの人、ずっとパンパンでフルスロットル。由香さんが帰ったら。チキショーって本気で悔しそうにしててさ。笑った。そのあとも、喋って、踊って、歌って、飲んでナンパしてた。さっきまで坂巻由香だったのに、急に、俺はやっぱりうぶな子がいいって言い出して、うぶって日本語を口にしてる人に初めて会ったよ。そんな女は夜中にこんなとこにいないっての。したら、じゃあ、とりあえずって、あたしにめんどくさそうにキスしようとするんだもん」

「え」

加門、目が点になった。

「させてないよ。だってさ、すげえ脂《やに》臭くて、煙草吸いすぎ。ま、人のこと言えないけどさ。あれはないよ。昔は煙草吸ってた方がもてたって爺さん言うんだけど、ほんと？　加門さん」

加門、それには答えず、

「なにやってんだかな、もう」

「あ、なんか本気で怒ったでしょ今」

加門、それにも答えない。

「今夜は、今の若い子をたくさん見られて、すごく三幕を書く参考になったって」

「どうかな。そんな誕生会で」

加門は、素っ気ない。しょせん、遠山のでまかせだと思ったのだ。

「でも、三幕は時代が飛んで、現代になってるんでしょ。それで、参考にしたいって言うから連れて出たんだよ」

「え」加門、気持ちが跳《は》ねた。

「うそ」中村のまばたきが止まった。

「聞いてないぞ」

山下驚いて、

「えっ、知らなかったの」

加門が意味なく立ち上がった。中村が意気込んで、

「ほんとにそんなこと言ったんですか？　三幕で描く時代を現代にする？」

二人の、いきなり上がったテンションに山下は怯《ひる》んで、

「嘘なんかつかないよ」声が小さくなった。

加門、やっと見いだせた希望を受け、天からの光を浴びた聖人のように晴れやかな顔になって行く。

「たしかに、その手はある。こっちの予想を遥かに超えてるなあ」加門の声がワントーン上がった。中村も立ち上がり、

「台本の中だけでも、あるべきだった未来を描こうとしてるんですかね？」

加門の興奮も納まらない。

「いや、もっと考えもつかない何かをしようとしているのかもしれない」

「そうですよね、きっと」

加門、ついに意味なく笑いがこぼれ始め、

「なんか見えて来たな」

「はい」

中村も、変な達成感に気持ちが大きくなって、

「再演もありえますね、これ」

気の早い、遠い未来の展望までを口にした。

二人のテンションについて行けなくなった山下は喫煙室に行くと言って立ち上がり、二人の間を抜けて行く。

加門、行きかけた山下の背中を見て、やっと堂本の言葉を思い出した。

「あ、山下」

山下、面倒くさそうにイライラと振り返った。

「すぐ戻るからさ、一本だけ」

「いけそうだよ」

「何が」

「小野冴子、山下で内定だって」

山下、握りしめた煙草をテーブルに投げ出し、走るように席に戻った。

「ほんとに」

「ああ」

山下の顔色が別人のように生気を取り戻し、上気したのか、肌までが輝き出した。

「やったー、もう、加門さん早く言ってくださいよお。いやだなあ、焦《じ》らしちゃってえ」口調が妙に親しみに満ちた。

「あと、他のキャストは決まった？」

加門は、手短に、老教授酒井に滝川大介、翻弄《ほんろう》される主人公の高橋には宝来の芝居からスライドしたアイドルの友枝、この二人は決定し、そして、一方の主役、岡本、宮本二人の世界を田川康正に依頼中だということを話した。

「え、あいつまだ返事してないの」

山下が、呆《あき》れたように言った。

「は？」

「田川だよ。だって、岡山にいた加門さんに電話したとき、もう手許に谷山事務所から台本来てたよ」

「なんで、そんなこと知ってるんだ」

「だって、あたし、田川のところで台本読んだんだよ。それで絶対出たいって思って加門さんに電話したんだもん」

岡山の加門に、いきなり映画から降板したいという爆弾を落としたあの電話のことだ。まさかと思う場所で運命は動き出していたのだ。

加門の表情は、再演まで膨《ふく》らんでいた妄想が消え、きっちり仕事モードへと戻った。言葉が抑《おさ》えたトーンへといきなり変わる。

「田川康正の居場所を、知ってるの？」

「なんで」

「自宅にいなくて連絡がつかないらしいんだよ。事務所は海外に行ってるんじゃないかって」

「いや、東京にいるよ」

「どこに」

「ここ」

「え」

「ここのホテルに最近ずっとこもってるの」

世間が狭いのか、神の思《おぼ》し召しか、流れが一気に加速する。

「今日も、帰りにあいつの部屋に寄るつもりだったの。鍵も預かってる」

山下が、部屋にいるかの確認のため、田川の携帯に連絡したがすぐに留守電になってしまう。中村が、フロントへと走った。直接田川の部屋に内線をかけるためだ。

山下は田川と夜遊び仲間で、しかも、最も気が合う一人だった。宝来との逢瀬にいつも使っていたこのホテルは田川にとっては思い出の場所で、宝来の死後、自ら、愛のジュニアスイートと呼ぶ部屋にこもりきりになっている。山下は、田川が一人でいて寂しくなるとしつこく電話され、幾度も部屋に呼び出されていた。山下は言った。

「友達少ないから、お互い」

「だろうな」

「ひどおい」

中村が戻る。田川が、フロントからの電話にも出ないため、直接部屋に赴くこととなった。

部屋は、遠山のいる六階上、十八階だった。

昇るエレベータの窓からは嘘のように晴れ渡った真っ青な空が見え、東京の街が果てまで広がり、加門の前に立った山下に、防護壁の影がシャッターを切るように上から下へと次々に落ち続けた。寝ていない山下には随分と眩しい景色のはずだが、目を細め、じっと、その青い空を見つめている。

山下が、言った。

「あいつ、捨てられた子供なんだ」

中村も、山下を見た。

「親がおかしな連中で、とんでもなくひでえ目に遭ってる。だから、人を信用できないんだ。拾ってくれた宝来さんの気持ちもときどき信じられなくなって、確かめたくて、つい他の男と会っちゃうんだよ」

中村が深いため息をついた。

「馬鹿だからさ、簡単な言葉だけだと信じられないんだよ。あいつ、将来設計ないし」

部屋に着くと、ノックをして声もかけたが反応がなく、山下が田川からいつでも入れるように渡されたセカンドキーを使って中に入った。

部屋はカーテンが閉められ、常夜灯のフットライトがついているだけで薄暗い。まず、加門たちを襲ったのは、鼻を突く、甘い、咽《む》せるような匂いだった。その匂いが部屋に充満している。

フットライトの光を受け、ガラス板のローテーブルの上にぼんやりと銀の皿が見える。その上に、いびつなカタチをした暗い影が見える。それは、変形した食べかけのフルーツだった。ルームサービスで頼んだリンゴや、皮の厚い柑橘《かんきつ》類が剝かれたまま乾涸《ひから》びているのだ。かけっぱなしのエアコンのせいで、部屋は乾燥しきっていた。

ベッドの上に誰かが横たわっている。一人だ。男か、女か、暗闇の中で、はっきりその顔は確認できない。それは、多分田川なのだろう、白いシャツ一枚で、真っ直ぐに身体を延ばし、まるで安置所の死体のようだ。まったく動かないその様子に、加門も中村も、事件現場に迷い込んだような錯覚を覚え不安になった。

ザッという大きな音とともにいきなり差し込む光。山下が、カーテンを勢いよく開いたのだ。午前中の強い斜光がベッドの上を照らし出す。

光を浴びて、浮かび上がったのは紛れもなく田川康正だった。落ちかけた化粧は肌から浮き上がり、多分シャワーも使っていないのだろう、ウエーブのかかったべとついた髪はそのカタチの良い頭で固まっている。光のせいで田川の顔が激しく歪んだ。

「生きてる⁉」

思わず、中村が言った。

「おら、起きろ田川」

山下が、ソファにあった大きなクッションを田川の顔に投げつけた。

「うう」

そのヌレエフを思わせる厚い唇からうめくような声が漏れ、小さな言葉がこぼれ落ちた。

「止めて、梓ちゃん」

「梓ちゃんとか言って甘えてんじゃねえよ」

山下が、ベッドに上がり、田川に馬乗りになる。そして、笑いながら激しく身体を揺すった。

田川は、下着は穿《は》かずに白いシャツを一枚身に着けているだけだ。下半身の性器はむき出しになり、中村は目のやり場に困った。

「梓ちゃん、ごめん、止めて、わかった、起きるから」

田川の言葉が、少しずつ、はっきりして来て、やっと側にいる加門たちに気づいた。ただ、驚くということはなく、山下が身体の上から降りるとベッドの縁《ふち》にゆっくりと腰掛けた。そして、少しおびえたような目で、

「おはようございます。田川です」と言った。

そんな、無様な格好に悪びれるでもなく、静かな、小さな声で、とても丁寧《ていねい》な挨拶だった。果物だけではない、田川の体臭も甘い匂いがする。大量の香水をつけているのだ。田川が、側にい

る中村にゆっくりと右手を差し出し握手を求めた。山下がそれを見て、

「それ、宝来さんのシャツでしょ。この人、好きな人のシャツを着て、マスターベーションする
から、気をつけた方が良いよ」と言った。

「え」

中村は、差し出した手を一瞬躊躇したが、田川が、

「そんなこと、たまにしかしないよ」と言ったので、その「たまに」という言葉を信じたのか、
中村はその手を恐る恐る握り返した。加門も、その眉間にできそうになる皺を懸命《けんめい》に抑えその手
を握った。山下が二人を紹介して、すぐ本題に入った。

「あんた、まだ出演の件返事してないんだって？」

「ああ」田川は、どこか遠い出来事のように返事をした。

そして、山下は、ローテーブルの上、乾涸びたフルーツと並んだ酒瓶《さかびん》の間に置かれた封筒を手
に取った。表には、「谷山事務所」と印刷されている。

「あんた、まだ、この台本読んでないでしょ。言ったじゃん、すごいから絶対読めって」言いな
がら、持っていた封筒を田川に押し付けた。

「やった方が良いって、宝来さんのことをいっとき忘れられるかもしれないから」

「無理だよ。忘れられない」田川がその厚い唇を尖《とが》らせた。

「いつまでもさ、酒飲んで、オナっててもしょうがねえだろ」

田川、その言葉に悪びれるでもなく、

「まあ」と呟いた。

山下吹き出して、

「まあって、すごい返事だね。言いわけしないからあんた好きだよ」

そう言って、冷蔵庫からペットボトルに入った水を出すと、キャップを開けて田川に渡した。田川は一口飲むと、水というものの存在を急に思い出したのか、残りを一気に飲み干す。良い音がして、口から漏れた水が、勢い良く動く喉仏《のどぼとけ》をキラキラと伝って行った。


山下は、「田川には、できるだけ早く、必ず、台本を読ませる」だから「もう少しだけ二人の『世界』の役を他で決めるのは待って欲しい」と言った。加門はその言葉を信じて、その旨を堂本他関係者に伝えると約束した。二人を残し、加門と中村は部屋を出た。

加門も中村も、エレベータに乗っても押し黙ったまま何も言わず、わずかの間にガスが出て、ぼんやりと霞《かす》んだ東京の街を見つめた。

二人とも、道を踏み外して堕《お》ちてもいいと思わせる田川の気配にあてられていた。中村が言った。

「何かが、溢れ出てましたね」

「ああ」

加門は、宝来の抱えた喜びとしんどさがほんの少し理解できた気がした。

中村は、田川の存在をどう言葉にして良いかをずっと考えていた。その単語が見つかったのは、加門と別れ、遠山が起きるまではとホテルの自分の部屋に戻り、カーテンを開けたそのときだった。中村が見つけた単語、それは「innocent」だった。


翌日、加門が事務所に行くと、入り口脇の打ち合わせテーブルの周りに社員たちが集まっている。加門がやって来たことに気づくと、避けるように皆が散った。加門は、慌《あわ》てて棚《たな》に戻された新聞を開き、その不審な態度の理由がわかった。映画「落日の狼」が神崎龍一《かんざきりゅういち》主演で製作されると発表されたのだ。

神崎龍一は若手でありながら、人気だけではなくその実力も認められた存在。神崎主演ということであれば、支持層が拡がり興行成績も大きく期待を持てる。

加門には、主演決定に至るまでのドタバタがすぐに想像できた。製作側が監督や脚本家、原作の関係者を急いで説得、小説では山下が演じるはずだった主人公の夫となる若い侍《さむらい》の役を大きく膨らませ、神崎用の脚本を用意すると約束、一気に神崎主演作へとスイッチしたのだ。でなければ出演をＯＫするはずがない。

加門は以前から堂本に聞かされていた。局の増尾プロデューサーは、山下の相手役を神崎で行きたいと申し入れしてきた。神崎が主演するはずだった映画作品が突然流れ、神崎に時間ができたのだ。堂本は、自由演技としても山下の相手役に人気上昇中の神崎というのは願ってもないこととそれを呑んだ。だが、一抹の不安があった。神崎と山下の関係はわけありなのだ。結果、堂本の不安は的中して、神崎は依頼を断って来た。

そのわけとは？　山下がまだ前の事務所のとき、ある小規模な少女漫画の映画化作品が神崎、山下コンビで進行していて、撮影開始直前に山下が降りてしまい作品が中止になる出来事があった。山下に、急遽、ある巨匠監督作品からの出演依頼があり、山下のマネージャー、石田聡子《いしださとこ》が、それを断るのが惜しくなりそちらに乗り替えたのだ。

一方神崎は、中止になった作品の原作や監督に強い思い入れがあった。後に製作中止の原因が山下の身勝手と知り、それ以来山下を敵視していた。だから、今回、増尾プロデューサーがいくら説得しても、山下が相手ではまた同じ事態になりかねないと出演を拒んだのだった。

そして、結果、神崎の勘は見事に的中した。山下、石田コンビは再び同じ行為に出たわけだ。局は局で、神崎のうなぎ上りの人気が惜しく、山下からの降板申し入れは願ってもないチャンスととらえた。

山下は、一切降板を誰からも止められることなく、脚本も変更され、あっさりはずされていたということだ。自ら望んだとはいえどこか寂しいものだと思わされた。

堂本の部屋を加門が尋ねる。ノックをしても返事がない。

ドアを開けると、ヘッドフォンをかけた堂本が目を閉じ、薄ら笑いを浮かべている。落語だ。大音量のせいで漏れ聞こえるのは、柳家志ん太郎《やなぎやしんたろう》師匠の声だった。

加門は思う。ああ、また堂本の逃避行だ。不味《まず》いことがおきると、遠い夢の町、下町長屋の人情世界へと逃げて行くのだ。

「社長‼」

加門が叫んだ。

「社長！！！」

さらに大きな声になる。

堂本、はっとして開いた眼で加門を確認すると、加門にしてみれば心外だが、微妙にがっかりした顔を見せ、ゆっくりとヘッドフォンを外しCDプレイヤーのスイッチを切った。何かを悟ったような静かな動きだった。そして、言った。

「そうです。加門さんの仰る《おつしや》通りです」

「まだ、何も言ってないですよ」

堂本は、加門の顔色から、新聞の発表を見てやって来たことがすぐにわかったのだ。

「まずですね、局の増尾プロデューサーから、やはり社内的に神崎を出すことは絶必だから、昔、山下が理不尽に降板した件で本人から詫《わ》びを入れさせてくれという話が来たわけです」

いきなり、核心に話が入った。加門には隠しようがないと踏んでいるのだ。加門には、これで、岡山から山下降板の意思を伝えたときの堂本の妙に落ち着き払った態度が理解できた。山下が降りることはあの時点ですでに「あり」なことだったのだ。

「社長、山下にあやまれってのは無理ですよ。マネージメントをする石田としてはあの映画を降りた理由は脚本がうまく直らなかったということにしてるんです。巨匠の作る美味しい話題作に出たいから降りたなんて認めるわけにも行かないし、でも認めないと謝罪にはならない。増尾さんも何でそんなわかりきったことを」

「それだけ、増尾さんも必死なんですよ。映画部から外されることはすでに決まっていても、この映画の大ヒットで、いずれは復活という夢は捨ててません」

「なるほど」

「加門さんが読んでも、石田と同じように、あの脚本は内容が地味だと仰ってましたよね。皆がそう思っていたわけです。神崎龍一を手に入れて、大事な女性客にもアピールしつつ、原作を男性キャラクター中心にシフトすれば、チャンバラも増やして話も派手にできる。局としては、ある時期から山下より神崎の方が大事だったんです」

「それじゃ、原作と全然違う内容じゃないですか。農民出身の女が戦国時代を生き抜き、男顔負けの存在へと大きく成長していく女版太閤記《たいこうき》です。狼と呼ばれる存在が実は女性であるからおもしろいわけですよね。夫の侍は、ある時期を共に過ごしただけで本筋ではありません」

「まあ、背に腹は代えられずですな」

加門が遠山の捜索に出る以前から、事態は動いていたのだ。

加門は、さらに気になることを口にした。

「この感じだと、まだ、新聞では発表されていませんでしたが、山下の代役も決まってますね」

「白川真美《しらかわまみ》」

「え」

「そんな顔をしないでください」

「まずい」

「ええ、自業自得というわけです」

注目の新人として注目を浴び始めた白川真美。内藤裕二演出の芝居にここ最近二度続けざまに主演して話題になった。高校演劇から始めた、舞台出身の役者だ。山下梓も一時期内藤作品に連続して出演した。白川は内藤が山下のあとに選んだまさに旬《しゅん》の女優というわけだ。このままだと、映画まで山下が白川に役を譲ることになってしまう。

そして、この白川を担当しているのが最近まで自由演技にいた鈴木武彦なのだ。鈴木は自ら退職願を出し辞《や》めていった。その大きなきっかけは、鈴木が山下梓のために必死に摑んで来たマキタ銀行のCMへ、石田が強引に介入し続けたことだった。劇団が、そのときに取った石田への甘い対応も不満だった。

鈴木は、新しい事務所に移籍してすぐに、伸び盛りの白川の担当に抜擢されていた。長年、共に頑張った鈴木を引き止められなかったことを加門は悔いていた。

鈴木は山下降板の件を局の内部から聞きつけ、すぐに動いたのかもしれない。

「白川の件は、まだ、局の映画部の中に、新人では興行が不安だ、やはり山下で何とかならないのかという意見が残っていて、ぎりぎり今日の発表は保留にしたんです。まあ、今さらなんともならないんですがね」

一度、保留にして、カタチだけでも山下の翻意に向け努力したことにする。社内調整の常道を行ったわけだ。

山下自らが蒔いたとはいえ、ざわざわとした欲望や勝手な思惑で動く者たちを「我が友、世界へ」の演技で屈服させて欲しい、その演技が稀有《けう》なものであって欲しい、加門は心からそう願うのだった。

その頃、中村は、ホテル近くのCDショップにいた。遠山から、頼まれたある音源を探しに来ていた。美空ひばりはすぐにあったが、高倉健は、別の店に行ってやっと見つかった。

「昔、根本さんと聞いてたんだよ。この二人の歌は、血が、かあってなんだ。そんで書くんだよ」

それで執筆が進むならと、中村のショップへ向かうその足は自然と早足になりいつの間にか走っていた。

中村は、かつて遠山の舞台を観た回想記をいくつかネットで読んでいた。

「舞台で、ピンクフロイドとかTレックスとか海外のロックをすごく使ってたんですよね」

「そういうカッコいいのは俺より若い滝川の趣味だよ。それで毎回もめたんだ。あいつは埼玉の田舎もんだから、すぐ流行《はやり》に行くんだ」

ヘッドフォンをして、美空、高倉、二人の歌を聞く遠山は至福の表情で、とくに、高倉健の

「唐獅子牡丹《からじしぼたん》」は声に出して一緒に歌った。

♪　義理と人情を　秤にかけりゃ
　義理が重たい　男の世界
　幼なじみの　観音様にゃ
　俺の心は　お見通し
　背中《せな》で吠えてる　唐獅子牡丹

原稿用紙を前に瞳を閉じて、自分の中の何かを呼び覚まそうというのかその声はしだいに大きくなって行く。

中村は、それからの数日、部屋から出て来ない遠山をそっとして「三幕は今の時代が舞台になる」という、山下から聞いた言葉をどこかすがるように信じて、最近の若者を扱ったノンフィクションの本を探したり、マスコミ向けの資料館に行き雑誌の記事をコピーしたり、できるだけ自分でも読んで、気になるところには付箋《ふせん》を貼り、その行動や、志向、希望、不安などについて少しでも遠山が摑めればと寝ずの作業をした。そして、それをまとめると、そっと遠山の部屋にあるローテーブルに置いた。

三日が経った。その日は、原宿警察の裏にある谷山の事務所に滝川、堂本、加門という主要メンバーが集まり、スタッフ、キャスト他、これまでの決定事項の整理、そして、今後についてのミーティングが行なわれた。

加門は随分と早く到着したのだが、事務所に入ると、すでに滝川がソファで珈琲を飲んでいた。

「おはようございます」

「おう、おはよう」

滝川の声には張りがあった。喉を作り始めているのだ。長いつき合いの加門にはそれがわかった。加門は、稽古が近づいて来たことをひしと感じ、少し緊張した。

座った滝川の背後で、長髪の男がニカッと歯を見せ笑っている。奥の壁一面に四十年前の「我が友、世界へ」のポスターが拡大され貼られているのだ。男は、出航する船の甲板上、前方を見つめる背中たちの中で一人こちらを見て笑っている。

加門がポスターに近づいて見ていると、背中から滝川が言った。

「この時代、ポスターのイラストはみんな根本が描いてたんだ」

「ああ」

根本は加門の名付け親だった。遠い昔、加門慶多という芸名を根本に付けられた。その命名の祝いにコスモスの絵を貰《もら》っていた。

「私も一枚、水彩をいただきました。とてもかわいい花の絵でした」

「まあ、もともとたいしてうまい絵じゃない。いや、どこかピントはずれだ。けどな。見ているうちに妙に惹かれてくる。ポスターもそうだ。リハーサルを積み、公演が近づくと、しだいに台本の核心を突いているような気もして来る。でもな、自由演技が芝居を打つ劇場もしだいにでかくなって、根本の画は使わなくなった」

「私が入ってからは、一度もないです」

「谷山は、今回の宣材は、昔のままのデザインでデジタル修正して、スタッフ、キャストだけ入れ替えるつもりだ」

「良いですね。時代の気分が伝わります。根本さんも喜ぶだろうな」

「墓ん中で、びっくりしてるな」

加門は、この絵を使うと決まったらあることが急に気になってきた。

「滝川さん、ご存じですか？」

「ん」

「この船の意味」

加門は、気づいたのだ。なんとなく見ていたが、そういえば、そんな出航の場面は、二幕まで読むかぎり、台本の中にないのだ。

滝川も思い出そうとしたが、特に記憶がなく、

「根本に聞くしかない。まあ、あいつのことだから、なんとなくな気もするが」そう言って懐かしそうに笑った。

加門は、すでにこのポスター以外は考えられなくなっていた。じっと見つめると、こんな場面はなくとも、まさに「我が友、世界へ」だと思える。この画を見ていると心が躍《おど》り始める。

谷山と堂本も到着して会議が始まり、加門がまず皆に知らせたのは、山下梓が夜遊びの中で聞いた情報だった。

「遠山さんは、三幕をいきなり現代にするというアイデアで書かれています」

「ほんとか」

間髪《かんはつ》を容《い》れずに滝川の声が出た。響きに不信感があった。喜んでくれると思った加門には意外だった。

滝川が続ける。

「なんか、堂々としてねえな。変にひねってる」

「ひねってる？　まあそうですかね」

加門、懸命に隠した不満がどうしてもその顔に出た。滝川の言いようが、せっかくの希望の光にわざわざ影を落としているように思えたのだ。

加門の不満そうな顔を見た堂本が即座に、

「私は新鮮なアイデアかなと思いました」と加門をフォローした。

滝川は、言葉を選びながら、遠山の台本について話し出した。

「あいつのいいところは、馬鹿みたいに堂々と攻めていくところなんだよ」

「はあ」

加門は、意味を測りかねた。

「やってる身からすりゃ、銃弾が飛び交う中を、背もかがめずゆっくり前に進んでるみたいな気持ちになるんだ。あぶねえんだ。でもな、確かにその方が自分が撃たなきゃいけねえ敵は良く見えるんだよ」

「ああ」加門は、ウエスタン映画で、名ガンマンが同じようなことを言っていたのを思い出した。

「たまに、まともに弾を受けてひでえ目にも遭うんだがな。それも、芝居のおもしろさにしちまう。それが遠山だ」

わからないこともないが、そう言われても、と加門は思った。

「遠山さん、この三日、部屋にこもって出て来ないそうです。もう少しである程度のものが読める気はします」などと、加門の中での勝手な希望を口にするしかなかった。まだ、カタチになった原稿を一枚も手にしていないのだ。

谷山は、やはり何はともあれ執筆が進んでいることを良しとして、

「まあ、今の東京を見て、何か感じるところがあったのかもしれませんね。期待しています。楽しみですねえ」

そう言って、加門をねぎらった。

「ただ、三幕で突然新しいキャストに登場されると、慌てますがね」と笑顔で言った。それは、言葉とは逆に、そんなことは気にせず書いていい、新たなキャストが必要となれば自分がなんとかする、と加門に伝えているのだ。

それから、加門は会議前に山下から連絡があり、田川康正に台本を読ませることに成功して、出演をOKして来た件も伝えた。

「それは、良かった。ホッとしました」

谷山は大きく破顔した。谷山の田川への期待の大きさが伝わった。

「これで、メインキャストは全て揃《そろ》ったことになります。加門さん、あとは、台本だけです。どんなことがあっても、一週間後には完成した台本が欲しいです」

そうだ、気づけば、稽古まであと一週間なのだ。谷山は、決して締め切りを延ばす気がない。それが加門には伝わった。谷山が、ノートから、挟《はさ》んであったメモを取り出す。

「十一月四日、明後日のスポーツ紙でとりあえず、「幻の傑作『我が友、世界へ』四十年をへて完結!!」という記事を出します。記者の方とは話がついています」

「しかし、台本が、まだ」

弱気な加門を、遮《さえぎ》るように、滝川が言った。

「いいんだ、とにかく遠山を信じて進める。あいつは、信じないとだめなんだ」谷山が続けて、「稽古の初日、稽古場で記者会見を開き、そこで、スタッフ、キャストも発表します。当日は、全員顔を揃え、盛り上げましょう。遠山さんにも知らせておいてください」

谷山の目は、もう全く笑っていなかった。

加門は、谷山の言うスケジュールを受けて、必ず今日中にここまでに書かれた遠山の原稿を確認しようと決心した。一枚でも良い。なんとしても。

もはや、希望的観測だけでは立ち行かない時期に差し掛かって来たのだ。そう思うと、また、焦《あせ》りのマグマが動き出す。その熱は、じりじりと上がって行く。

部屋を出ると、加門はすぐにホテルに向かった。加門らしく、逸《はや》る気持ちを抑えるように、ゆっくり歩いた。ここぞという時ほど加門は慌てない。とにかく、歩きながら、遠山から一枚でもいいから原稿を見せてもらう手だてを考えた。考えているうちに、全てがうまくいって公演が大成功、小躍りする自分と中村の姿まで浮かんでしまい、慌てて冷静になろうとすると、今度は全てがおじゃんになり、途方に暮れる自分と中村の姿が浮かぶ。どうにもうまく冷静でいることができない。

そんな加門の前に、いきなり人影が立ちはだかる。

「あ」

一気に街の喧噪《けんそう》が戻って来る。その影が声をかけて来た。

「すみません、ちょっといいですか」

気づけば、後ろにも一人いる。それは、警官だった。加門、久しぶりに受ける職質だ。

「もう、そこのホテルまでですから」

加門、まさに、あと十メートルでホテル。今は無意味な時間がとんでもなく惜しい。さすがに、温厚な加門も、イラっとして警官を見た。それが良くなかったのか、

「お名前は」警官が一歩前に出た。加門、その一歩が癪《しゃく》にさわる。

「何かおかしなことをしてましたか？」

と、警官があたりまえのように、

「なんで、そんなにゆっくり歩いておられるんですか？」

「はあ？」加門、次の句が出ない。

たしかに、渋谷の街でゆっくり歩くと悪目立ちするだろう。しかし、それがどうしたと加門は思うが、

「表情も、ちょっとおかしな感じでしたし」

それも言われれば確かに一喜一憂していたと思う、だが、それが罪とはとても思えず、早く解決するにはこれだろうと、加門は、ホテルから中村を呼ぶことにした。なにせ、すぐそこにいるのだ。

「今、ホテルから同僚を呼びますから」

そういって、中村に携帯で連絡を取る。中村、すぐに携帯を受けるが、

「…………」何も言わない。

「ごめん、今ホテルの前で、警官に職質受けちゃって、来てくれないか」

「…………」

携帯を通して、中村の不穏な気配が伝わり加門を不安にさせる。

「中村」とまた呼びかけた。

「わかりました」中村は、一言言って携帯を切った。

加門、その素っ気ないリアクションに動揺して、もはや警官への義憤どころではない。加門の中で良くない想像が大きく膨らんで行く。「ああ、またまた遠山ヒカルが、いったい何を」。すぐに、中村がホテルを出て、こちらにやってくる姿が見えた。

加門、これは想像以上に不味いと浮き足立つ。中村はぼろぼろだった。化粧ははげ、マスカラは泣いたのか、目の下の隈《くま》をさらに強調し、髪は無造作《むぞうさ》に束ねたままで、ほつれ毛が風にたなびいている。スーツは着っぱなしなのか皺だらけで、ブラウスの襟《えり》は曲がって跳ねていた。一歩前の地面をじっと見つめたままこちらに近づく様は、何を聞かれても絶対答えないぞといった頑《かたく》なさが透けて見える。これは、警官の職質魂を強く刺激しかねない。加門は思った「中村、笑顔だ」。中村、たどり着き、案《あん》の定《じょう》にこりともせず、何も言わず、じっと三人の出方を待った。いや、待つというより、疲れきって何も言えないのだ。

警官の一言目は、加門の予想に反して、中村の姿を目の前に、とても素直なものだった。「大丈夫ですか?」その声には、真実、心から心配する響きがあった。それぐらい、中村の表情には思い詰めた何かがあった。


白飯が山型に固められ、その裾野《すその》の湖のようにカレールーが皿の縁すれすれまである。浮島を思わせるスライスされたゆで卵、その回りには航跡のように紅いケチャップが彩りとなっている。渋谷のカレーと言えば加門はここだ。名店、ムルギーカレー。かつていたあの懐かしいウエイターの爺さんはもういない。いつも白いコックコートを着たその爺さんは、客がメニューを見つめているといつの間にか隣にいて「うちは玉子カレーが名物だから」と呟く。それでも他のカレーへの欲望が消えないでいると、ワントーン声をあげて「うちは玉子カレーだから」と、その迷いを打ち消すように繰り返し、玉子カレーへと誘導した。もう、あの爺さんはいない。だが、もはや加門は玉子カレー以外を選択する勇気も、チャレンジ魂もなく、通い始めて四十年、それしか食べたことがない。

「昔から来てるんだ、この店」

加門が声をかけても、中村はスプーンを持つことはなく、下がった肩、思い詰めた顔で、まるで本物の湖面かのようにじっとルーを見つめている。

「おい、とりあえず、食えよ」

もうすぐ三時になろうとしていたが、二人とも昼食を食べていなかった。

せっかくだからと、ホテルに入らず、国道を渡り、道玄坂も渡り、円山町《まるやまちょう》のこの店に来た。

加門、中村に反応がないので、一人スプーンを持って白い山肌を切り崩し裾野の湖に浸すと浮島を一切れ載せ口にした。

「ああ」

カオスとしか言いようがない複雑な風味が口の中で爆発した、その振動が脳神経を直撃する。カレーイリュージョンの始まりだ。皿からルーが消えるまで、汗とともにカレーの生み出す夢の空間にその身を預けるのだ。

と、中村が、目を合わせることもなく不意に呟いた。

「デリヘルを呼んでるんです」

「は?」

加門のスプーンが空で止まる。これは、更なるイリュージョンの始まりか？

「デリ、だったら普通ピザとかですよね、なんでヘルスなんだ？って思いません？」

加門、その意味をうまく摑めず、答えられない。

「ねえ、なんでですか？」

「なんでって言われても、それ、どういうこと」

「一回だったらそういうこともって思えるけど、もう三人目なんです」

「三人目⁉」

中村、そこまで話して、言葉が続かなくなる。

加門、事情が呑み込めて、

「何で黙ってたんだ」

「今日で止めるからって言うんです」

「ああ」

「なのに、また平気で女の子と一緒にあたしの部屋にバンスだってお金を取りにくるんです」

「まったく」

「男の人って、そんなに我慢できないんですか？」

加門、それには答えず、

「あの人、八十の声、聞いてるよな」

「だから、なんですか？　岡山を出るとき、加奈子さんにバス停で言われました」

「何を」

「まだ、ビン」

「え」

「ビン、ビン」

「え」

「もう聞き返さないでください！」

「ああ」

一拍遅れて加門もその言葉が腑《ふ》に落ちた。

「女の子にお金を渡したあと、ネットで調べたら、すごく値段の高いお店から呼んでて。領収書切れないし、だから安いところにしてくださいって頼みました」

「え、止めさせろよ」

「だって、遠山さんが帰っちゃったらどうするんですか？　あの台本を完成させる二度とないチャンスなんですよ。あたしが代わりに部屋に行きますか？」

「そういうことを言っちゃだめだ」

「あたし、加奈子さんにどんな顔して会えば良いんですか？　遠山さんを無事岡山に連れて帰って約束したんです。ほんとは、ちゃんと止めなきゃ行けないのに、書いてもらおうと思うと強く言えないし。加奈子さんみたいな良い人に毎日一緒になって嘘をついてるみたいで、女として申しわけなくて」

加門、言いながら中村が泣き出しかねないと身構えたが、中村は憤りがエネルギーへと変換したのか、スプーンを握り締め、カレーを勢いよく食べ始めた。

肩すかしを食った加門は、その焼け跡の子供のようながっつき方を見て、

「中村、お替わりしてもいいぞ」としか言えなかった。

加門も、食べ始めた。だが、もはやイリュージョンが戻ることはなかった。ただカレーのせいなのか、聞いた話のせいなのかわからぬ汗が額《ひたい》にどっと吹き出した。そして、忘れかけた今日の重要なテーマを思い出す。

「そういえば」

「はい」

「稽古開始まで、あと一週間だろ」

「はい」

「そろそろ、遠山さんに、ここまでの原稿を見せてもらおうと思って来たんだよ」

中村、スプーンで残ったカレーを集めながら、

「無理です」

どこかあたりまえのように言った。

「なんで」

「まだ、一枚も書いてないんです」きっぱりとした口調だった。

加門、かいた汗に冷たい風が吹き抜ける。

「なんで」

中村、顔をあげた。

「書けなくていらいらしてつい女の子を呼んだって言うから、書けないって、いつから書けないんですかって聞いたら、ずっとだって」

「ずっと?」

「ええ、ずっと」

中村、揺るぎない。

「そんな話、いつ」

「さっき、ここに来る前に言われたんです」

中村は、もはや悟りの境地に入ったかのように、ただ静かに加門の目を見つめ返した。

「わかった、俺が話すわ」

加門、コップの水を飲み干すと伝票を手に取った。


加門はホテルの最上階にあるバーに向かった。中村から、ここ数日、開店から店にいると聞いたのだ。

遠山はカウンターに一人腰掛け、ウイスキーのロックを傾けていた。

その背中に、加門はゆっくりと近づき、隣に腰を下ろす。加門は、まず言ってみた。

「おつかれさまです」

遠山、一瞥して、一言吐き捨てた。

「書けてねえよ」

あっという間に結論が出てしまい、加門、いきなり、迷路にはまり込む。

加門は、いくら言葉を尽くしても、自分が遠山を説得できるとは思えなかった。才ある者が納得するまでは筆を執《と》らぬと自らに課したことで、四十年以上書けないでいるのだ、その、事の重さが今さらながら伝わり、自分がそれほどの事と向かい合える生き方をした自信がなかった。

だからと言って、本人が書くと約束したのだし、あの約束したときの遠山は本気で書こうとしていたとしか思えない。その金で買う烏骨鶏《うこっけい》の羽数まで口にしていたのだ。

加門、ビールを注文すると、

「山下梓に、三幕は設定を現代にすると仰ったとか」世間話のように聞いてみた。遠山、聞いて、吹き出す。

「夜遊びの言いわけさ」

「そうですか」

加門は、山下からその設定を聞いて興奮した自分をいたく滑稽《こっけい》に感じた。遠山と一緒に笑ってしまいそうになる。朝の会議で滝川は言った「なんか、堂々としてねえな。変にひねってる」。その直感は間違っていなかったのだ。

遠山が、空《から》になったグラスを差し出す。バーテンが次の一杯を黙って注ぐ。

そのウイスキーボトルを見て、加門はスツールから転げ落ちそうになった。ボウモアの三十年。

「三十年!」加門は、つい、声が出てしまいそうになる。いったい、一杯いくらするんだ？　一瞬そのことだけで頭がいっぱいになる。

随分と歳の行った白髪のバーテンが、ちらっと加門を見て、その表情から思いを察したのか、申しわけなさそうに顔を伏せた。ああ、遠山は、この酒をいったいこれまでに何杯飲んだのか？　めまいを堪《こら》える加門に遠山が言った。

「金のために書いてっからだめなんだな」

もう何でも良いから書いて欲しいと、切羽詰まった加門にすれば、随分能天気に聞こえる言葉だった。「そうですかね」言う加門の言葉には少し険があった。

「女なんか呼んでる暇があったら、書けって話だろ。でもよ、書くことが見つかんねえ」

遠山はグラスを置き、バーテンにうなずくと、また次の三十年が注がれる。

「ああ」加門、心の中で深いため息をついた。

「たいがいの良い酒も、がぶがぶ人の金で飲んでると、しだいに馬の小便みてえになって来る」

加門、「それは馬の小便ではない！」と立ち上がりそうになるが、

「馬の小便、飲んだことあるんですか？」と呟き、小さな皮肉で気持ちを抑えた。

遠山、その言葉を聞いて、どこか楽しそうに笑い、そのグラスを口にした。

「でもよ、この酒は、何杯飲んでもうまい。飲み終わりに潮の味がして、海が見える」

と言って遠山は、瞳を閉じて、グラスの中に耳を傾けた。

加門は思い出した。ボウモアは大西洋に面した海岸沿いの蒸留所で作られている。その荒々しい岩場に立つ白い漆喰《しっくい》の壁、その屈強な建物の姿が浮かんだ。

「悪酔いしてえんだ。悪酔いして、頭の底に何か罰当《ばちあ》たりなものがねえかと探してえんだ、でも、そう思ってもよ。もう、歳だ。酔う前に眠っちまう。しかも能天気に意外と良い夢を見ちまう。何もひっかかってこねえ」

そう言って、スツールを降りた。

「愚痴だ。悪いな」

一言言うと、あとは黙ってふらふらと出口へ向かった。

見送るしかない。加門は忸怩《じくじ》たる思いで遠山の背中を送った。と、遠山が立ち止まる。そして振り向き、加門に何か言いかけた、やぶにらみの目が加門をじっと見つめる。加門も言葉を待った、が、結局またふらふらと行ってしまった。

加門は、その夜眠れなかった。ベッドの縁に座って、自分の力では施《ほどこ》しようのない出来事をボ

ンヤリ抱えるしかなくなった。「書いて欲しい」その言葉だけが、ぶらんと胸の内にぶら下がっている。

加門は、祈りの谷に落ちてしまった。自分が選んだ仕事の宿命だとわかっていても、その谷底から見上げた空の遠さは、かつてなく身に堪《こた》えた。

滝川大介の妻美都子《みつこ》は珈琲を淹《い》れ、ポットに注ぐと夫のいる書斎に運んだ。自分は温かいウーロン茶にして、ダイニングテーブルで一人ぼんやりとしていた。庭の向こう、塀《へい》の外の路は、子供たちの通学時間が終わり、住宅街にしんとしたエアーポケットのような時間がおとずれていた。

門のチャイムが鳴った。モニターをチェックすると、加門が静かに佇んでいる。ロックを外し玄関に急いだ。開けた戸の向こう、現れた加門の顔を見て、美都子は一瞬言葉を失った。モニター越しには気づかなかった。一週間前に現れたときとは別人のようにくすんだ顔色、強《こわ》ばった笑顔、挨拶の声も消え入るように小さい。

美都子は、いつものように加門に言葉をかけるのは控《ひか》え、笑顔で会釈《えしやく》し黙ってスリッパを用意した。書斎に向かうその背中は、積み重なってきた混迷が隠しきれずに滲《にじ》み出ていた。

加門は、眠れぬまま夜をすごし、朝、うとうとしかけたところを滝川の電話で起こされたのだった。

書斎に入ると、滝川への挨拶を懸命の笑顔で臨《のぞ》んだ。順調にいけているとのアピールのつもりだったが、それは、引きつり、行きすぎた笑顔となった。

「昨日、遠山から連絡があった」滝川が、義務で報告するように話し出した。

「そうですか」加門は笑顔だ。

「根本の墓に行きたいから場所を教えてくれってさ」

「ああ」

「ただな、電話が来たのは、夜中の三時だ。美都子が取った」加門、さすがに、あまり笑っても
いられなくなる。

「墓の場所を教えてやったら、それから、遠い昔、あの人が初めて書いた芝居の話をしだした。

アトリエでやった短い、台本はガリ版刷りだったな。そんな小さな芝居だよ。でな、話の途中で
いきなり寝ちまった。それっきり電話口で鼾をかいて何も言わねえ。しょうがねえからこっちが
切った」

「そうですか、すみません」

「お前があやまることじゃない」

「はい」

確かにそうかもしれないと、加門は黙った。

滝川は、まっすぐに加門を見て、

「飲みすぎてねえかあいつ」

「まあ、ときどきバーで一休みされてます」

微笑む加門。あくまで、執筆の休憩で飲んでいることにしたかった。

「遠山は、終わった芝居のことを、自分から話すような男じゃないんだ。しかも、良い芝居だっ
たよなって、自分で出来を褒《ほ》めてやがった」

「はあ」加門の返事は、すでにため息でしかない。

滝川、当然のように、

「書いてねえだろ」そういってポットの珈琲を注ぎ足した。

加門、もはや笑顔でいることはできない。全てを受け入れ、「はい」と素直に応えた。

その頃、中村は、遠山に案内を頼まれ、根本寛治の墓の前にいた。根本は、住んでいた郊外のマンションから程近い霊園に自分で墓を買っていた。独り身ゆえ、いつ倒れても良いようにしていたのだ。

まだ新しい。それほど大きいとは言えない、いや、とても小さな墓だった。

中村は遠山と一緒に手を合わせたあと、その後ろに控えた。

遠山は、じっと墓を見つめていた。何か根本と話しているのだろうと中村はじっと待った。秋とはいえ、日差しが強く、滲む汗をハンカチで拭いた。

ふいに遠山の呟きが聞こえた。

「がっかりしたでしょ、根本さん」その一言だけだった。


加門は今さら何も言えず、滝川の次の言葉を待った。窓の外を見ていた滝川が不意に言った。

「あの人は、捨てられた子供なんだ」

加門、言葉を見失って、

「捨てられた子供?」

「家も親も焼かれちまって、焼け跡に投げ出されて、一人で生きてきた」

「はい」

「ガキの時分は、進駐軍から残飯《ざんぱん》を仕入れて、闇市に卸《おろ》していたらしい」

「ええ、先日、遠山さんから聞きました」

「遠山が劇団で書き始めた頃、酒の席でなんとなく聞いたんだ。年端も行かないガキが、よく、進駐軍相手にうまいことやれたなってさ。あの人言ったよ。好きもんのＧＩに一発やらせりゃ、顔になって出入り自由、安く買い叩《たた》けるんだって。あたりまえみたいな顔して言いやがった」

加門、バーカウンターで見た遠山の横顔が浮かんだ。酔って瞳を閉じ、ウイスキーグラスに耳を傾けるその顔。

「それから、俺は、あの人の過去を聞くのは止めた」

加門の胸の内から熱いものが溢れた。足に置いた手が必死に膝を掴んだ。そうしないと、どうしようもなくなってしまいそうだった。

「遠山は、オリンピックの頃にはヤクザがやってる産廃工場で良い顔になってた。日雇いを仕切ってたんだ。それで、芝居がないときその工場に通ってた根本と知り合ったんだよ。その頃にはもう遠山は詩を書いてた。俺は、根本から、やけに沁《し》みる変な詩を書くチンピラがいるから会わねえかって言われて、初めて遠山のことを知ったんだよ」

霊園から駅に戻るバス、一番後ろの席に中村と遠山が座っている。天気のいい住宅街の光景が車窓を流れて行く。

「根本さん、初めて会った日によ、俺の現場の仕切りが気持ち良いって褒めて来た。すげえ笑顔でよ。悪い気はしないな。で、あんたは金がありそうだ、飲ませてくれって言う。あたりまえみたいに言うんだ。で、近所の店で飲ませた。したら、今度は、流れてアパートまでついて来る。で、勝手に人の酒漁《あさ》って飲むんだ。そんときに、俺がいろいろ暇つぶしに書いてたノートを読んでくれたのよ」

　遠山、ふいに言葉が詰まった、

「それまで、そんなもの読んでくれるようなやつは周りにいねえ。根本さん、役者やってるって言うしよ。なんか、この人ならって思ったんだ。ノートを渡したら、根本さん、飲みながら読んでよ、しばらく静かに読んで、したら、根本さん、突然、泣きだした。読みながら涙が溢れて、鼻水がノートに落ちた。でさ」

　中村は、まさにその瞬間に自分が立ち会っているかのようにその言葉を聞いた。

「これは詩だって言った」

　中村は、その遠山のノートを根本と一緒にめくっているような気持ちになって、書かれた文字の感触が指先から痺《しび》れるように伝わって来た。

「俺は、それが詩かどうかなんてわかってねえし、そのつもりもなかった。昼飯にダンプの配車を考えてるふりしてちょこちょこ書いて、家で飲みながら眠っちまうまで書いてた。書かねえと眠れねえからよ」

　中村は、何も言えなかった。しばらくして、正直な気持ちが言葉になった。

「お話を聞いて、とっても根本さんに会いたくなりました」

　中村が知る根本は、テレビの脇役で出てくる、人の良さそうなおじさんでしかなかった。今、初めて、生きた根本が、同じ自由演技の仲間の姿が、中村の中に立ち上がった。

　滝川は、昨晩電話で話した、遠山が初めて書いた台本の話を始めた。

「根本は、遠山の書くものはいつでも、何でも読んでやってた。ノートには、その日の気持ちが汚え字でぶつかるように並んでる。でな、ときどき、宝石みたいに光ってるやつが転がってるんだ。そんなのがあると、俺や他の劇団員に見せて、あいつを仲間にしようって言うんだ。遠山は、そのうち誰よりも本の虫になったが、その頃は、てんで本になんか興味ねえし、戯曲なんて何も知らない。ただの手配師の兄ちゃんだ。でも、確かに書くものはおもしろいし、根本がずっとしつこく言うし、アトリエ公演の台本でも書かせようってことになったんだ」

加門は、滝川の言葉に乗ってかつての自由演技アトリエへとタイムスリップし始めた。

「自分と同じ、手配師が主人公だった。オリンピックの会場建設で出た産廃を捨てる埋め立て地が舞台でな」滝川は話しながら、堪えきれずに笑い出した。

「その地面から、突然、人が生まれて来るんだ。しかも、そいつがな、ブロンドのすげえ美人だ。ゴミの中にあった、GIの使ったコンドームが産廃と化学反応して生まれて来たって設定だ。日雇いで働いてる連中が見つけて、喜んで飯場《はんば》に連れ帰ってくるんだが、一つ問題がある。そのブロンド、洗っても洗ってもとんでもなく臭い。吐きそうなにおいが全然消えないんだ」

「ああ」うめく加門。

「最高にいい女だが、皆、どう扱っていいか困っちまう。で、そこに根本扮するチンピラの若い手配師が登場するんだ。こいつは運良くひどく鼻が悪い。手配師は心置きなくこの女に恋をする。ブロンドもまんざらじゃない。お互い初めての本気の恋だ。二人は月明かりで浮かび上がるゴミの山の中で語り合い、抱き合い、恋は高まって行く。でもな、ここからがとんでもない。その美女は何日かすると少しずつ腐って土に戻って行くんだ」

「え」

「飯場の男たちは、ホッとするんだが、手配師の男は、崩れるブロンドの身体を止め置こうと必死に抱きしめる、だが、止まらないんだ。ドンドン崩れて行く。男たちは、その姿が怖くて皆逃げ出して行く。最後は、一塊《いっかい》の土になった女を手配師が抱きしめようとするんだが、その両腕から土がこぼれ、抱きしめることができない。それでも、何度も何度も必死に抱きしめようとする。その繰り返しの中で芝居は終わっていく」

加門、立ち昇る臭いと破天荒《はてんこう》な筋に酔ってしまった。ため息と共に加門が言った。

「まいったな」

滝川がいるのも忘れ、素で呟いてしまった。

「手配師をやった根本の芝居は良かった、言葉にできない哀切が胸を打った。俺はまあ、飯場の男でたいした役じゃねえ」

滝川は、ふいに思い出した。

「そうだ、そのときの演出家が言ったよ。ブロンドはアメリカで、抱きしめようとする土は日本という国で、どちらも、必死に愛そうとして、それがどうにもうまくできない俺たちの時代を描いてるってな」

「ああ」

「でもな、それを聞いた遠山も、根本もぽかんとして何も言わなかった」

そのときの二人の顔を思い出したのか、滝川はほんとうに嬉しそうだった。

滝川の話はまだ続いた。

「でな、タイトルがすごいんだ」

滝川、感じ入る加門を見ながら、もったいつけて言った。

「土の女」

「え」

「安部公房の『砂の女』なんて当然遠山は読んでない。でもな、劇団としては、盗作みたいに思われるのもやだし、上演タイトルは変えた」

「なんて、変えたんですか？」

加門は、心から知りたかった。珍しく滝川が言い淀んで、

「手配師の恋」小さい声で言った。

「うーん」

加門の口から、思わず大きな不満の声が漏れる。

「まあ、五十年近く前の話だ、許せ」

滝川は、ほんとうに申しわけなさそうに言った。

滝川は、遠山が書けていないことで加門を責めなかった。

「信じるんだ。あと五日ある」

あと五日という言葉は、再び加門をどん底に突き落としたが、

「はい」素直に返事をした。

「谷山には俺から話しておく」

滝川が静かに言った。

「最後まで、あきらめるな加門」


その日、遠山は酔って、夜中にヘッドフォンのジャックを外し大音量で唐獅子牡丹をかけ、自らも歌い出した。

中村はホテルのベルマンに呼び出された。行くと、十二階の廊下には宿泊客が寝間着のまま何人も立ちつくしていた。中村は、ベルマンと一緒に部屋に入った。遠山はすでに、はだけた寝間着でベッドに突っ伏して、鼾をかいていた。ループしてかかる、大音量の唐獅子牡丹。そのスイッチを切ったとき、時計の針は午前三時を回っていた。

黙って加門を見つめる中村の目に表情はなかった。加門は、朝になって中村から連絡を受け、ホテルの一階ラウンジで落ち合っていた。

「で、明け方、部屋に戻って、着替えもしないでベッドに座り込んでいたら、遠山さんがふらっと部屋に来たんです」

「あやまりに来たのか？」

中村は、静かに頭を振った。

「一発」中村、言い淀んだ。

「一発？」

「一発やらせたら絶対書くって、あたしのために書くって言うんです」

加門、胸の奥がきりきりと痛んだ、息を呑んで、言葉の続きを待つしかなかった。

「あたし、どうかしてたんです。自分から黙ってベッドに横になって」

「え」加門、目を閉じて次の言葉を待った。

「そしたら、遠山さん、笑って出て行ったんです」

加門、肩の力が抜け、ほっとして、ため息をついた。遠山にも、中村にも、怒る気にはなれなかった。加門にひしと伝わったのは、どちらもぎりぎりということだ。

中村は静かに淡々と話しているが、珈琲カップを握る指先のマニキュアははがれて斑《まだら》となったままで、目の下の隈もすでに痣《あざ》のようになって、すべてが限界だと言っている。

「わるかった」

加門、頭を下げた。

「こんなことに君を巻き込んで。ほんとうにひどい目に遭《あ》わせた」

「大丈夫です。あたしがいけなかったんです。ホテルから追い出されそうになって、もう疲れきって、なんでもいいってなっちゃって」

「ごめん。ほんとに、遠山さんを庇《かば》うわけじゃないが、きっと、どれだけ本気で書いて欲しいかを誰かに確かめたかったんだ」

「そうです。あとでそう思いました。悲しかったです」

中村は、顔を伏せた。そして、何か逡巡《しゅんじゅん》しているようだった。

「あたし、思うんですけど」

中村が、加門の目を見て、そのこと以外何も思いつかない、その言葉以外世界に存在しないかのごとく口にした。

「荒船さんに会ってもらったら」

加門、間髪容れずに言った。

「だめだろ、そんな危険なことはできないだろ」

「でも」

「土屋官房長官夫人だぞ。彼女は昔の彼女じゃない、今は土屋美佐なんだ。何かあったらどうする」

「関係ないと思う。二人の正直な気持ちが会うことを希《のぞ》むなら、それで三幕が書けたら」

中村の抱えていたものが一気に溢れ出て来る。

「もう、止めろ中村」

「でも」

「絶対にダメだ」

「だって、荒船さんに会えば、遠山さんもあの頃に戻れるかも知れないじゃないですか」

「なにをやってもいいってことじゃないだろ。わかるだろ」

「でも、書けなかったら、遠山さん、もう」

「なんだよ」

「一生書く機会ないかもしれないんですよ」

加門、中村の目を覗《のぞ》き込んでじっと見た。そして言った。

「嘘をつくな」

中村、意味がわからない。

「自分が読みたいんだろ。人のことを思いやってるふりをするな。自分が三幕を読んでみたいんだろ。見てみたいんだろ。自分が手を施した芝居が世界に放たれるのを見届けたいんだろ。自分がここにいる理由を確かめたいんだろ。お前の欲望だろ」

そして、強く言った。

「人のせいにするな」

中村は、加門をにらみつけ、必死に言い返そうとしたが、結局、加門の言うことに抗える言葉はどこにも見つけられなかったのか、黙って、テーブルの上で結んだ自分の指先を見つめた。露骨な膨れっ面《つら》、どこか子供染みたその態度が加門を少し和ませた。

「昨日、滝川さんと話した。遠山さんが書けてないことを滝川さんも気づいてた」

滝川の「もうやめよう」という一言で、全てが終わりかねない。中村の顔が強ばる。

「滝川さんは、何か仰ってましたか？」

「それが、怒鳴られるかと思ったが、遠山さんのことを信じろって言われたよ」

「信じろ」中村はホッとして、その言葉を嚙み締めた。

「あと、昔のことを話してくれた。あの人は捨てられた子供なんだ。そう言ってたよ」

「捨てられた子供？」

「遠山さんは、焼け出され、親も兄妹も失い街に放り出された」

「ああ」

中村は、岡山で遠山の語っていた、しけもくを吸って見上げた抜けるような青空を思い出した。と、続けてある場面が、ふいに浮かんだ。中村が思い出したのは、「世界」役に決まった田川康正の部屋に向かうときにエレベータの中で見た、果てまで続く東京の青い空だ。

「前に、山下さんも言ってましたね。捨てられた子供って」

「梓が？　そうだっけ」

「山下さんが言ってたのは、田川さんのことですけど、田川さんの部屋に向かうエレベータの中で」

加門にもその記憶がわずかに蘇《よみがえ》る。そして、そのまま黙って、急に何も言わなくなった。

中村が尋ねた。

「どうしたんですか？」

「田川か、田川ね」

加門、甘い果実の匂いとともに、田川の眩しそうな目、厚い唇を思い出した。それをきっかけに、自然と笑顔になって行く。

「シェークスピアは、みんな当て書きだった」

加門が突然口にした。中村が怪訝《けげん》な顔をする。

「シェークスピアは、どの台本も自分の劇団の役者を想定した当て書きだったんだよ。国王一座の座付き作者だったんだ。おかげで、数々の名作をものにできた。役者の肉体がその想像を手助けしたんだ。役者という存在が台本の中に息づいてるんだよ」

その言葉を聞いても、中村は、まだ加門の真意を汲《く》み取れなかった。


ホテルのロビーは朝のチェックアウト客でごった返していた。

田川がふらりと現れた。約束の時間より二十分も早かった。加門は驚いた。先日会った勝手なイメージで、きっと田川は朝起きられずに、部屋へ迎えにいくことになると思い込んでいたのだ。

田川は、加門を見つけると、相変わらずの眠そうな目で「お早うございます」と呟くように言った。ジーンズに緩《ゆる》い白のカットソーを着ていた。中村は、ベッドの上で全裸に白いシャツ一枚で寝ていた姿を思い出し、少し頬が熱くなった。

ラウンジも混んでいて席がなく、田川はロビーの一番目立たない椅子に所在無さげに座った。

「二幕まで、台詞は全て入ってます。でも、まだ三幕を読んでないので、役を固めたくありません。一幕の冒頭だけ、試しにやってみます。山下もつき合ってくれます」

そう言うと、もう、全てに興味を失ったようにうつむいて黙った。

加門は、遠山が常に当て書きをしてきた作家だということに気づいたのだ。昔は、在籍した劇団自由演技のメンバーを思い浮かべ役を書いた。映画もそうだ。当時、映画スターは会社に所属して、常に脚本を書き始める前に主演が決まっていた。荒船美佐の場合もそうだった。

今、遠山は、当てて書こうと思っても、かつての劇団メンバーはいない。「世界」を演じるはずだった滝川も老人となり、高橋役の根本はすでに亡くなっている。小野冴子役の荒船美佐に至っては今や土屋美佐、官房長官夫人だ。時間が、遠山から全ての役者を奪ってしまった。

加門は考えた、だったら、今回演じることになる肉体を直接見せて遠山を刺激しようと。締め切りぎりぎりとなっても進んでいない三幕の執筆。その現状を山下梓に正直に話し、田川に遠山の前で演じてくれるよう頼んでもらったのだ。

田川なら、捨てられた子供同士、大きくスパークして、遠山の欲しがっている「罰当たりな」何かを引っ張り出してくれるかもしれない。これが最後のチャンスと、加門も中村も緊張はピークに達していた。

五分前になって、慌てた様子で山下が来て、挨拶も草々に四人で遠山の部屋に向かった。山下のマネージャー、石田は来なかった。山下はこの件を石田に話したのか？　加門は、今は余計なことと、あえて聞かなかった。

部屋に入ると、遠山は、髭《ひげ》も綺麗に剃《そ》って、糊《のり》の利いたシャツに着替え、ソファに座り、ぼんやりと窓を見つめている。目が合うと、静かに立ち上がり四人を迎えた。山下が、屈託のない笑顔で田川を遠山に紹介する。遠山も、田川も微笑んで挨拶を交《か》わした。遠山はいつもと違って小さな声だった。田川も消え入るように小さな声だ。その交わす挨拶は、何か、ずっと昔からの知り合いのような感触があった。親子のような、それが言いすぎであれば、血のつながっていない親子のようだった。

窓からの日差しで部屋は明るく、そこは、何も問題のない、気持ちのいい場所のように見えていた。ただ、よく見れば、遠山は疲れきっているのが手に取るようにわかった。指先は震え、眉間の皺が驚くほど深くなり、白髪に艶《つや》はなく、目の下は垂《た》れ下がって、できた隈が深い影のようにそこにある。加門と中村が、崖《がけ》の上を見上げたときにいた颯爽《さっそう》とした遠山とは別人だった。加門は、初めて、この人は老人なのだと心から思った。

田川と山下は、準備を始めた。机の椅子を外してベッドルームに運んだ。それから、手持ちのものを小道具として配置して行く。ローテーブルの上にホテルのメモ帳とボールペンを置き、その足許には、山下が持っていた大きめのハンドバッグを置いた。田川はしばらく部屋の中を見回すと、入り口にあった花瓶を持って来て、それもテーブルの上に置いた。暗く赤い薔薇《ばら》が中心に置かれ、部屋はほんの少しそれまでと違う場所として存在し始めた。山下はベッドからシーツをはずして持って来た。窓際の机の上に横になりそれを被ってベッドに見立てた。堂本が遠山の執筆のために用意した大きなマホガニー製の机が初めて役に立ったと加門は少し嬉しくなる。

遠山は隣のベッドルームで椅子に腰掛け、開いたドア越しに二人の様子を見ていた。加門はその横に立った。

中村が窓のカーテンを閉める。それから、フロアライトをつけ、ポケットから薄い青色のハンカチを取り出し笠の上に掛けた。天井のライトを消すと、部屋はうすボンヤリと青くなった。勢い良く田川がカットソーとジーンズを脱ぎ捨て、部屋の隅に投げた。細く、白い筋肉質の身体が青い早朝に見立てた光に浮かび上がる。

田川も、山下も動かない。二人の呼吸音だけが聞こえている。窓外の渋谷の街はその音の向こうに遠去かり、その場所はどこともいえないどこかへと変わった。

田川は山下の寝る机の足を背もたれにして、両膝を抱え顔を埋めた。

一幕の冒頭が始まったのだ。


共に夜を過ごした恋人同士の二人、岡本世界と小野冴子。岡本はベッドを出て、床にいる。止まった時間が続いて、ふと田川が動いた。右手を膝から外し、床につく、そしてヨロヨロと立ち上がる。絵画が不意に動き出すような驚きがそこにはあった。実際の台本では、このとき闘争の際にできた背中の大きな傷跡が観客に見えるとト書きにあった。岡本世界も、小野冴子も終わりなき闘いにぼろぼろとなっている設定だ。

田川が冒頭のブレイクの詩を口にし始める。

「しかして人間の頭の上には　神秘の木が影を広げ
毛虫やらハエどもが　神秘をえさに繁殖する」

田川は、傷だらけの身体を支えるように懸命に部屋の隅に行き、床に落ちている服を拾い上げ、それを身に着けて行く。山下が目を開けた。小野冴子はこのときの全てを聞き、見ている設定だ。岡本世界はそのことに気づいていない。

田川は、ローテーブルにふらふらと行き、ペンを手にする。

中村は、息を呑んでその始まりを見つめた。肉体のつらさはしっかり伝えながら、田川の動きが早いことに心を奪われた。

加門も、その動きの思い切りの良さに感心していた。意味ありげで、もったいぶったところがない。早いリズムに、エレガントなメロディがある。

座ろうとしたところで、田川は不意に止まり、何かに気づいたようにテーブル上の花瓶の花に目をやった、その手はボールペンを置き、立ったまま、吸い込まれるように一本のバラを手にした。詩の続きを呟きながら一枚ずつ、大事そうにその花びらをちぎって下に落として行く。

「神秘の木には欺《あざむ》きの実がなる
　赤々として甘い実だ」

中村は、あっと思った。田川は、即興で花びらを赤い実に見立てたのだ。自然だが、それは今まさに田川が発見して、あたりまえのようにやっていることなのだ。

「すると大ガラスが木の陰に
　巣を作って子を育てる」

田川は花のなくなったバラの先を一瞥すると、座り込み、ペンを手に取り、見つめ、思いを込めるように呟き始めた。

「地上や海の神々は　自然の中にこの木を探すが
　どこにも見つけることはできぬ

人間の頭の中にあるからだ」

言葉が尽きると、赤い花びら溢れるテーブルの上で、メモに何かを書き込んで行く。終わると、蹴るように立ち上がり、テーブルの下にあった山下のバッグを重そうに手にする。動きに澱《よど》みはない。そして、ドアに向かった。中村は気づいた。そのときに微妙に足を引きずっていることに。その動きに岡本の過去が浮かび上がる。そして、振り向きもせず、ドアを開けると出て行ってしまった。鮮やかな去り方だ。

一瞬の間のあと、気づかれることなくその様子を見ていた山下がマントを翻《ひるがえ》すかのごとくシーツをはがし、ベッドの縁に腰掛ける。その風で、テーブルの赤い花びらが舞い上がり、メモも飛んだ。加門は、あっと思った。山下は下着姿になっていた。いつの間にかシーツの中で服を脱ぎ捨てていたのだ。

カーテンを開ける山下。部屋の中が、眩しいほど明るくなり、ボンヤリと田川が去ったあとの残骸《ざんがい》のような光景が浮かび上がる。部屋の隅に落ちたメモを見つけた山下は、拾おうと立ち上がる。しゃがんで取ろうとして、膝が花瓶にぶつかり倒れ、水がテーブルの下へと流れ落ちた。あっと思い、つい手を貸そうと立ち上がりかけた中村だが、山下は気にせずメモを拾う。そして、山下が、そのメモを目にした途端、廊下から田川の大きな声が聞こえてくる。

「『俺は、地獄で聞いて来たんだ。6000年目、世界は火によって焼き尽くされる』。その6000年目がもうすぐやって来ようとしている――。」

声が消えると、山下は、メモを降ろし、真っ直ぐに前を見つめる。何かを問いかけるようなその眼差し。

しだいに、渋谷の喧噪が立ち上がり、現実が戻って来る。


間があって、山下が、「きゃっ」と声をあげ、恥ずかしそうにシーツを摑んでその身に纏《まと》った。中村も我に返り、山下の着替えを手伝い始める。

いつの間にか部屋に戻った田川は、遠山の側のベッドに腰掛け、膝の間に手を挟み、恥ずかしそうにはにかんでいる。その姿は今まさに見たナイフのような岡本世界とは到底思えない。遠山は笑顔で、田川をねぎらうようにその手を取り、何度か強く握りしめた。着替え終わった山下が来ると、やはりその手を握った。

「良かった。すごく良かったな」遠山が好々爺となって口にした。

田川も山下も嬉しそうだった。

「ありがとう」何度も遠山が言った。

「花瓶はおもしろかったな」

遠山が言うと、二人はうなずいた。

田川は直前に、入り口にあった花瓶をバラごとローテーブルに置いた。どう使うかというよりただ、その場所を愛そうとするためにしたのだった。それが即興で赤い実となった。

最後も花瓶に救われた。詩を書き終わると田川はつい勢いで廊下まで出てしまった。ト書きでは小野冴子がメモを見たところで、「去って行く岡本世界の声が遠くから聞こえる」と書かれている、廊下は、ドアが締まると舞台袖と違って、山下の動きが見えず、詩を大声で読むタイミングがわからなくなった。気づいた山下はとっさに花瓶を倒しその音でタイミングを知らせようとしたのだ。田川はすぐにそれを理解しブレイクの詩を読んだ。山下の機転が場面を救ったのだ。中村はその見事なコンビネーションに驚き、加門も二人の存在感に想像以上の手応えを感じ本番へ向けての大きな可能性を感じた。

加門は演技の最中、遠山の様子を窺《うかが》った。遠山の見つめる眼差しは真剣で、食い入るように田川と山下の動きを見つめていた。その目の輝きを見たとき、加門は思った、遠山は間違いなく二人に魂を握られている。

遠山は、加門や中村の熱の入った感想の言葉をじっと聞いていた。笑顔だが、その表情は曖昧で、何かを考えているのか読み取り難く、あまり、自分から話そうとはしなかった。

「悪いな、ちょっと一人にさせてくれ」遠山はそう言って、一人、開いたばかりのバーへと向かった。

加門たち四人は、一階へと降り、ラウンジの一番奥、大きなソファ席へと向かう。皆、黙ってその身体をクッションに深々と沈めた。まさに沈めたという言葉がふさわしい。

田川が天井を見上げながら、

「この台本好き」静かに言った。心がこもった一言だった。山下が、

「だね。自分を守ってなくて良いよね。あの爺さん」言って目を閉じた。

とりあえず、できることはした。加門は、そう思うしかなかった。二人の演技が終わった瞬間に、遠山が「いける！」と叫んで、いきなり机に向かってバリバリ書き出すなんてことがあるとは思えない。思えないが、どこかでそれを期待していたところがあった。

中村が、言った。

「あとは祈るしかできないんですかね」少し不安気な声だった。

「俺は毎日祈ってるよ」加門が、まさに祈りながら言った。

田川は、シャンパンを、あとの者はビールを頼んだ。と、そのときだ、オーダーを取っているウェイトレスの向こうから、一人の女がものすごい勢いでテーブルに向かってやってくる。注文を取り終わったウェイトレスを押しのけるように現れ、四人を見下ろしたのは、山下のマネージャー石田聡子だった。

「あたしはジンジャーエールにして、ドライなやつね」一瞥もくれずそうウェイトレスに告げると、勢い良く加門の前の席を陣取った。そして、会釈して「おはようございます」と言うと、間をあけずに、本題に入った。

「うまくいきましたか？」

「え」

「遠山さんに見せたんですよね、演技を」

やはり、山下はこの件を石田に話していた。加門は思う。担当マネージャーに話すのは本筋だし、それに不満はない。ただ、だとしたら、何故石田は一緒に来ないで今頃やってくるのか？

「ああ、うまくいったと思う」

「思うって、それ、確信はないんですか」石田、皮肉な笑いを浮かべた。山下に向き直り、

「梓、どうだった？」

「大丈夫、田川がさ、すっごい良かった」

石田、再び加門を見て、

「梓に聞きました、遠山さん、まだ一枚も書けてないってほんとですか？」

加門、やはり山下はそこまで話したかと、額に汗がどっと出た。

「ああ」

「どうするんですか」

「待つんだ。二人の芝居を受けた遠山さんのリアクションを待つ」

「待つ？」

鼻で笑って
「いつまで待つんですか」

加門は、答えられなかった。

石田が捲《まく》し立てる。

「あと四日で記者発表なんですよ。稽古が始まるんです。まあ、こんな大層なイベントまで組んだのですから、明日までは待つとして、でも、すぐにでも、三幕の代筆をする別の書き手を探しておかないと」

加門、あまりな正論にうんざりして、

「オレだって、今まで何度も手を汚して来た。だけど、これはそういう作品じゃないんだ。それじゃあ意味がないんだよ」

「意味がないって、どういうことですか？　ごまかさずにちゃんと説明してください」

聞いていた田川が堪えきれずに笑い出した。

「台本は読んだの、石田さん」

「読みました」

「だったら、わかるんじゃない」

「わかりません」

「だって、セザンヌが描いた絵が途中だからって、その先を誰かが完成させたりしないでしょ」

「え」

「そういう替えの聞かない台本と出会えたら最高に幸せなの。梓もきっと同じだよ。だって、三幕をあの人以外の誰かが無理に完成させて、それを演じても」

田川、次の言葉を充分に味わって、それから言った。

「楽しくないよ」

中村は、めまいがした。このときの田川の言葉に、これから先、この仕事を続ける限りずっと縛られて行くような気がした。

石田は、田川の言葉に臆することなくさらにヒートアップする。

「田川さん、そんな悠長なこと言ってる場合じゃないの。山下は映画を降りてこっちに来たのよ」

田川は、そんな石田の言い分には興味がなく、目をそらして何も言わなかった。

加門が皮肉まじりに言った。

「『落日の狼』の株が石田の中で随分あがってるな。まあ、昔と違って、今の神崎人気は惜しいよな」

石田の目がつりあがり、何かを言いかけたが、山下が割って入った。

「石田さん、もういいよ。あの爺さんが書かなかったら、私もやりたくない。他の人が書いたんじゃ、やってて客を真っ直ぐに見れないよ」

「もう、あなたは黙ってて」

石田が、すでに遠山が書けないと決まったかのように言った。

「遠山さんが書けないんだったら、とりあえず、映画の話を戻します」

「無理だ。こっちがダメになったからあっちに行こうなんて簡単にはできない」

「山下から書けてない話を聞いて、すぐに局に行って来ました。増尾プロデューサーは来週までは待っても良いって」

その根回しをしていて、山下と一緒に来なかったのだ。加門は腑に落ちた。

「石田、わかってるだろ。相手役の神崎が嫌だって言ってるぞ」

石田が不敵な微笑みをたたえ得意げに言った。

「増尾さんが、説得してくれるそうです」

何か取引したな。加門はそのにおいを嗅《か》いだ。

山下が前のめりになった。

「石田さん、なんか違う。もう止めようよ」

石田、振り向くと山下の手を握り、

「今のあなたは、今残さないとすぐに消えちゃうの。わかってる?」

「しょうがないじゃん。あたし、あの爺さんなら裏切られても良いと思える。あの人が書けなかったってことは、本気でちゃんとしたものを書こうとしたからだよ。あの人の場合はそうだって思えるから」

中村は、田川康正に続き、山下梓にまで、またしても忘れられない言葉をぶつけられ、ふらついた。

山下、加門を見て言った。

「でもさ。加門さん、あの爺さんに絶対書かせるって約束して。じゃないと小野冴子が死んじゃうよ」

その切実な声に反応して立ち上がったのは何故か中村だった。

「約束します！」

思わず大きな声で応えた。

それに続いて石田も立ち上がった。皆を見回し、

「約束してねほんとに！」店中に響く大きな声で吐き捨て、中村の身体を押しのけると、来たときと同じ勢いで去って行った。


その日の夜も、加門は眠れなかった。ベッドの縁、祈りの谷で空を見上げた。が、相変わらずそれは遠く青々と広がって、それは人の思いや願いを到底受け付けるとは思えなかった。まさに、「天涯」、圧倒的な存在としてそこにあった。

祈りの言葉を見つけようとしても、ため息しか出ない。祈ることが一体何になるんだと思いそうになり、それを懸命に拒む。それこそが、悪魔の囁《ささや》きだと加門はすでに知っている。この職業は、どこまで祈り続けられるか、そこにかかっているのだ。

横になり、携帯の着信をチェックする。しながら、「遠山さんがすごい勢いで書いてます！」という中村の声が何度もループするが、着信はなく、その声はしだいに伸びた磁気テープのように音がゆがみ止まってしまう。

いつの間にかうとうととして、気づけば寝てしまい、朝はいつもの時間に起きそこなった。疲れ

がピークを超え、すでに体調の程が自分ではわからなくなっているのだ。

会社に向かった。まだできてもいない台本の芝居だが、初日は目の前だ。宣伝担当、チケット営業とのミーティングが朝からあり、そのあと、劇場関係者と稽古場で行なう記者発表の段取りが続いた。台本ができていないことなど夢のまた夢とばかりに、ひたすら笑顔でいる加門だが、よく見ると、その笑顔は張りついた面のようだ。

加門、渋谷のホテルへと移動する電車の中、睡眠不足も限界にきて、大きく揺れた瞬間に膝が抜け、両手でつり革にしがみついた。

やっとのことで空いた席を見つけ、ホッとして、ひと息つこうとしたその時、それが目に飛び込んできた。心臓が口から飛び出しかねない勢いでバウンドした。

「うわああ」加門の放った小さな悲鳴に、車内の人間が何事かと一斉に振り向く。

「幻の傑作『わが友、世界へ』、40年をへて完結!!」その見出しが目の前にあった。前の席、スーツ姿の中年男性の読むスポーツ紙に三段抜きだ。その隣には若き滝川大介の写真がある。

前のミーティングのとき、谷山が記事にしてもらうと言っていた日が今日だったのだ。加門は、まるっきりそれを忘れていた。

心臓の鼓動が治らない。加門、頭を抱えそうになる両手を人目を気にして必死に抑え、額に溢れ出た妙に脂っぽい汗をハンカチで拭《ぬぐ》った。

ホテルに着いたのは午後二時を回っていた。まず、中村の部屋に行ってみる。が、中から返事はない。携帯から連絡するが、すぐ留守電になる。

十二階の遠山の部屋に行ってみる。が、やはり、返事はない。一階のラウンジは上がる前に見たのだが、見落としたのかもしれないと戻って二人を捜す、が、やはりいない。一緒に外で食事をしているのかもしれない。とりあえずロビーで待った。腰を下ろし、寝不足でうとうとと仕掛けたが、どこか身体の芯《しん》は緊張していて、うまく居眠りもできなかった。

しだいに、まさか、駆け落ち?などという馬鹿な妄想が浮かんできて、胃がきりきりしだした。健康に良くない時間が過ぎて行く。何度か二人の携帯にかけるが、やはり繋がらない。

行き詰まった。三時を回り、もう、いったいどうすれば良いんだ!と叫び出しそうになる。とりあえず、堂本の助けを借りるため、連絡をしようとしたそのとき、堂本本人から着信がある。

「加門さん? 堂本です」

「今、ちょうど私も連絡しようと思ってました」

「すみません。加門さんも色々大変だと思いますが、まず、ちょっとこちらからいいですか?」

堂本の声は小さく、張りつめ、緊張していた。周りを気にしているのがはっきりとわかった。

「現実に起きていることとして、なかなか認めがたいのですが」

「はい、何か問題が」

「今、私の目の先十メートルぐらいのところで、どう見ても荒船さんらしき人と、遠山さんが二人で話をしてるんです」

「え」

「やはり、ご存じないんだ」

「どこですかそこは」

「まあ、なんと言いますか、浅草にあるホテルのラウンジです」

ああ、社長は浅草演芸ホールに行ってたんだ。と加門は呆《あき》れる。帰りにビューホテルのラウンジで今日の演目に浸る。いつものサボタージュだ。

「社長、落語ですか？」

「まあ」

「まあって。記者発表まであと三日ですよ！」

「谷山さんから、聞きました。遠山さんが書けてないって」

加門、それは素直にあやまるしかない。

「すみません」

加門、携帯を握ったまま深々と頭を下げた。応える堂本の声も申しわけなさに満ちた。

「もう、落語でも聞かないとやってらんなくて。昼席のトリで志ん太郎師匠が〝芝浜〟やるって言うから、がまんできなくてもう」

きれいな涙でストレスを解消したいのは一緒だと加門も名人の〝芝浜〟に思いを馳《は》せる。

堂本の声がさらに小さくなって、

「加門さんは今どこですか？」

「渋谷のホテルです。すぐ行きます。荒船さんと二人で部屋にでも行かれたら、不味いです」

「ええ、まったく何でこんなことに」

「ましてや、誰かマスコミ関係者に見られたら。官房長官夫人ですよ」

「わかってます」

「もし二人がそこを動いたら、すぐに社長が止めてください」

「え」

「ばったり会ったふりで」

「はあ⁉　何言ってるんですか。ふりって？　演技は無理」

「明るく、笑顔で、さも何事もなかったかのように」

「無理」

「騒ぎになったら本末転倒ですから。気をつけてください」

「ちょっと、待ってください」

「社長、芝居ですよ。今まで、子供の頃から親父さんに連れられていっぱい良い芝居や名優を見て来たんですから、お願いしますよ」

「それ、関係ないって。才能ないんだから。加門さんも、芝居はいっぱい見たからできるわけじゃないって、わかってるでしょ。あっ」

言い終わる前に加門は携帯を切った。

中村が裏で動いたな。これではっきりした。と、加門は思う。朝になっても原稿に向かえない遠山を見て、中村が独断で最後の手段に訴えたのだ。浅草のホテルとはよく考えた。確かに浅草なら、政界、マスコミ関係者がいる確率は少ない。


堂本は、気持ちを落ち着けようと溶けてしまったアイスをすくって舐めた。血糖値をまず上げようと思ったのだ。そして、遠山と荒船の二人が席を立ち、それを自分が止める場面のシミュレーションを始めた。目を閉じて、今までに、楽屋や現場で聞いた名優たちの数々の名言を反芻《はんすう》する。

「演技は、観客へのラブレターだ」「もう一人の自分が、常に自分を見つめていなければだめだ」「熱くありながら、全てを冷たく突き放せ」「型だけで全ては表現できる」「どう演じるかではなく、そこにどう存在するかだ」。

あ、そう言えば、仕方なくつき合いで行ったアメリカから来日した演技コーチの講演。スタニスラフスキーメソッドの大家《たいか》が言っていた。「何もないところからは何も生まれない。まずは感情ありきだ」「リラックスして身体の記憶を探れ」。

あれ、行っといて良かったなあ。と思いながら、堂本は、リラックスすべく肩を回し始めた。

演技の金科玉条《きんかぎょくじょう》が次々に浮かび、満更《まんざら》でもない堂本。もしかしたら、俺もいけるかもと悦に入っていると、

「ありがとうございました」ウェイトレスの声が聞こえた。目を開けると、遠山と荒船の二人はすでにコートを手にエレベータへと向かっていた。

「!!」

堂本、慌てて現金をテーブルに置くと、つんのめるように立ち上がった。その脳裏に、さらにもうひとつ金科玉条が浮かんだ。

「演技はリアクションだ。相手から貰え」

とにかく行くんだ。天才劇作家とかつての名女優、相手にとって不足なし。

ラウンジのテーブルをすり抜け、ロビーに飛び出す。奥のエレベータホールに消える荒船の背中が見えた。堂本、乗らせまじとダッシュをかけた。ホールの壁でロビーにいる客の目から隠れたそのとき、堂本は突然その腕を強い力で引き寄せられ、いきなり正面から激しく床に叩き付けられた。腕はねじ上げられ、顔は床に押しつけられ身動きができない。堂本が、窒息しかけた豚のようなうなり声を上げる。

ねじ上げているのはスーツ姿の屈強な男だった。

「名前は⁉」

それは、刃《やいば》を突きつけるような殺気があった。

堂本、意味がわからず、焦って言葉が乱れる。

「いや、何、君たち、ああ、不味いんだよ今、急いでるから」

そこに、もう一人、スーツの男が現れた。

「要人警護の者だ」

「警護？　どういうこと？」

「ＳＰだ」

堂本、顔の痛みを必死に我慢しながら、

「ＳＰ？　何言っちゃってんの、撮影？」

「ふざけるな！」

男たちの声が怒気を含んだ。

「あ、ああ」

動転して、わけもわからず、激しくなる顔の痛みの中で、忸怩たる思いが堂本の胸中に溢れ始める。

堂本は泣きたくなって来た。なんで、こう、何もかも思いどおりにならないんだ。出演したくないとか、書けないとか、社会人としてありえないだろ。なんなんだ劇団って。ああ、ほんとうは、普通のサラリーマンとしてときどき落語でも聞きながら勤め上げればそれで充分楽しかったんだ。入社した家電メーカーで転勤話が出たときに、寄席のないところはどうしてもいやだと、父親の仕事を意識し始めた。あのとき、地方に行っても、五年もすればきっとまた本社に戻れたはずだ。ああ、しかも、兄貴がうまく逃げちゃったせいで、ついつい俺一人が背負い込むことになって……。と堰《せき》を切って止まらなくなった愚痴の洪水がピークになったそのとき、声が聞こえた。

「社長！」

それは中村だった。さらに続けて遠くから声がする、「社長‼」加門が到着したのだ。

そうだ、俺は社長だ！と堂本は思い直し、必死に振り絞った大きな声でSPたちに告げた。

「私は劇団自由演技の社長、堂本公平だ！」

SPが手を緩めると、中村と加門がその肩を支え堂本を抱え起こした。着いたばかりの加門が状況を理解できず、

「誰ですかこの人たち？」

「SP、だって」堂本の言葉はまだ上ずっている。

「SP？　え、撮影？」

と、加門も同じく業界人の反応だった。そこに、

「ほんものよ、加門さん」と、声がする。

荒船美佐が堂本の大きな声に気づき、エレベータホールから戻って来たのだ。その後ろに離れ、遠山もいる。

荒船が、SPたちに説明した。

「大丈夫よ、私のお友達だから」

SPは直立不動となって、

「すみません、すごい形相《ぎょうそう》で走って来られたので、とっさに」そう言って深く頭を下げた。

堂本も、確かにさっきの自分は間違いなく変だったとSPの行動を理解して、

「もう、いいです」と事を収めた。言いながら、その腰を摩《さす》っている。

「堂本さん、ごめんなさいね。先週、党本部にうちの旦那宛に変な小包が届いて」

中村は、堂本の突飛な行動の真意を理解していた。

「社長、すみません。今、お二人の話が終わって、最後に東京の街を見て帰ろうって、二十八階のバーを開けてもらったんです。それでエレベータに」

「え、部屋に行くんじゃないの」

荒船が、一瞬何のことかわからず堂本の顔を眺めたが、

「あら、堂本さん、なんか誤解されたの？　もうやだあ」

と笑った。意外に嬉しそうな荒船の表情に堂本は不思議な色気を感じて、うつむき、目をそらした。

昇るエレベータの中で、荒船は加門たちに今朝のことを話した。昼前に中村から連絡があったとき、夫はまだ家にいた。逡巡せずに、すぐに事情を話した、遠山との過去も遠山の今の状況も正直に話した。そして言った、「一日だけ、土屋美佐から劇団自由演技の荒船美佐に戻っていい？」。土屋光太郎は、理解して、行かせてくれた。

「あの人、台本が書けたら、その芝居、一緒に観に行こうって言うのよ」

これに中村が反応した。

「カッコイイですね」

「でもね、無理してんのよ、きっと」荒船はそう言って笑った。

窓際に立つと、曇《くも》り空の中、隅田川を隔てスカイツリーがボンヤリと霞んで見えた。浅草は高い建物がないせいで、浅草寺《せんそうじ》や花やしき遊園地も見える。大川の鉄橋をゆっくりと渡って行く東武電車はどこか鉄道模型のようで、窓越しに音が消え静謐《せいひつ》そのものの風景は身体に沁み入る優し

さがあった。

荒船は、劇団員であることと離れ難かった。遠山と話して、言葉が途切れ、帰ろうとなったそのとき、とっさに東京の街を見てからにしましょうと誘って終わりのときを引き延ばした。今見るこの景色が、二人で見る最後のものになるのかと思うと特別な愛おしさがこみ上げる。

荒船が、横に並ぶ遠山を肩で感じながら言った。

「今日は楽しかったわ。昔の話をいっぱいできて、覚えてることがお互い違ってるし、同じことも違って覚えてたり、おもしろいわね」

「あんたの方がずっと細かく覚えてんな」

「だって、あなたと違って、何度も思い返してるから」

遠山、その言葉が堪えた。

「あなた、二幕まではあっという間に書いたのに、三幕になって突然苦しみ出して、四十年経って未だに苦しんでる」

「うん」

「書いていたら、急に何かが変わってしまったのよね」

「そうだったかな」

「七二年て、今思えばそんなときだった」

加門も中村も、二人の四十年を経た別れの気配に呑まれ、胸の内に熱いものが溢れた、が、この場を壊さじと必死に耐えた。堂本も同じだった。

そのとき、雲が割れ、スカイツリーに陽があたった。しだいに広がる光に東京の街が姿を変え、生き生きと迫って来た。

「もう、今日で荒船美佐とはお別れ、楽しかった。ありがとう」

「うん、ありがとうな」

中村は、思った。東京の街が、二人を祝福している。強く握った握りこぶしの中に必死に涙を閉じこめた。

と、そんな、中村の決意を無視するように嗚咽する声がする。誰かが、感極まり、我慢できずに泣き出したのだ。

中村は呆れた。まったくもう、きっと、涙もろい加門か社長だろうとその声の方を確認する。

「⁉」

と、それは、少し離れて立っていたＳＰだった。堂本を押さえ込んだあの屈強な大男だ。警護するものとして懸命に周りを気にしながら、それでもしゃくり上げるように声を出し溢れる涙を抑えられずにいる。その姿に、皆が見入ってしまう。堂本が言った。

「あんた、いい人だな」


夜、加門は、とうとう谷山からあずかった代案の台本を読んだ。

作　塚田《つかだ》卓也《たくや》。タイトルは「SCOPE」と、表紙にある。

それは、未来の少年院を舞台に、そこに入院している若者たちを描いていた。門は開いたまま、門番もいない、にもかかわらずそこから逃げ出すことができない。それが全体の大きな設定だった。

門の向こうに果てしなく広がる何もないまっさらに整地された土地が、逆に出るものを阻《はば》む。良く晴れた、陽のあたるその土地を前に主人公の少年が言う。

「あそこに何か少しでもあれば、その影に隠れることができるのに」

しかも、彼らは何故自分たちがその少年院にいるのかを誰も知らない。記憶を消されたのか？　もしや、そこにいることだけが役割として生まれて来たのではないか？

ある日、恋人同士となった男と女、二人が三日後に門を出ると仲間たちに告げる。

「子供を、この場所に閉じ込めたくないんだ」

女のお腹には子供が出来ていた――。


作者の創作意図の中にタイトルの意味が書かれていた。「SCOPE」は範囲、余地という意味。現代の若者が、自分で自分のいる範囲を決めつけてしまっている姿と、門の向こうにある広がった土地をいつも、双眼鏡で見ているだけの登場人物たちをタイトルにダブらせた。

滝川大介の役は、その院の地下室に幽閉されている狂った老人。この老人が何故そこにいるのか？　その謎解きが物語のクライマックスを盛り上げる。

実は、この老人こそ、これから子供のために門を出ようとする男の未来の姿で、その院はタイムパラドックスに陥《おちい》っていることがしだいに判明して来る。

加門は、読み終わり、まず〝良くできている〟と思った。時代をクールに見つめ、若者の今を見事にとらえている。読後、胸の内に残るのは小さな痛みだ。細部を大事に積み上げることで、大きな成果を上げている。突っ込みどころは全くない。出てくるのは皆褒め言葉ばかりだ。ただ、問題は、その褒め言葉に熱が入らない。どこか、遠い世界のことでしかなかった。自分は今、「我が友、世界へ」のせいで、血と炎と街に響き渡る怒声を欲している、だからこの台本に距離を感じるのだと思おうとした。この舞台を自分が担当しかねない今、簡単に否定はできない。そのときはどうあっても愛さなければならないのだ。

明け方に読み終わり、ひととき遠山についての連絡を待ったが、やはり中村からの着信はなかった。

瞳を閉じると、渋谷のホテル、机の上に積まれたままの原稿用紙の束が浮かぶ。真っ白なそれは、悪魔の冷笑のように加門のプライドを踏みにじった。


結局、加門はほとんど寝ることができなかった。

朝九時に谷山事務所に到着した。谷山の秘書にうながされ、会議室に入る。続けて中村もやって来た。その姿から、自分と同じように眠れなかったことが容易に想像できた。隠しきれない疲労が身体に、持って行き場のない絶望がその顔にはしっかり見えていた。事情を知らなければ、加門は、上司として帰宅するか、病院に行くよう告げるだろう。そして、他の人間から見れば自分もそう見えているのだろうと思った。二人はぼんやりとした朝の挨拶を交わし、中村が昨夜の遠山の様子を説明しようとしたが、加門は、力のない笑顔で止めた。中村も素直にそれに従った。

谷山と滝川は八時過ぎから別室に集まり、結論を出すべく話し合いを始めているはずだった。結論とは、「我が友、世界へ」をここまででであきらめるか、もう少しだけ締め切りの設定を延長して遠山の可能性に賭けるか？ということだ。

わざわざ一時間ずらして呼ぶところが谷山らしいと加門は思う。待たせないように気を遣い、ジェントルであろうとする。逆境の最中でもそうあろうとするところに谷山のダンディズムを感じた。

部屋の隅には、印刷の上がって来た、ポスターやチラシが大きくスペースを取って置かれている。チラシが二十万枚。ポスターは二千。前売りチケットは一万。担当者と打ち合わせをして決めた刷数が加門の頭に浮かんだ。

中村が、テーブルに広げ見本刷をチェックし始めた。四十年前のポスターと同じイラスト、デザインだ。どれにも、出航しようとする船、行く先を見つめる乗客たちの背中、一人だけこちらを向き佇む笑顔の男が印刷されていた。かつてのポスターから上手に名前をデジタル修正で消して、新たなスタッフ、キャストと入れ替えてあった。制作として、加門と中村の名前もあった。

中村は、ポスターに名前が入ると知ったとき、加門に心からの礼を告げた。今、ポスターに自分の名を見ると、誇らしさより、愛おしさがあった。それは、自らのカケラを見つめるような気持ちだった。

中村は今、風前の灯《ともしび》となった自分の名前にそっと手を触れた。

加門も、中村の側に立ち一緒に確認し始めた。

加門は、もはや、谷山が遠山の筆を待つとは思えなかった。あと二日で締め切りなのに、一枚も書けていないのだ。この二週間でしたことと言えば、夜遊びと、デリヘルと、酔って暴れて、密会。そこに完成への可能性は全く見えない。

これ以上待ち続けること、それはあまりにリスキーだ。そして、加門も心の底から疲れきって、遠山に悪いと思いながらも、終わることを望んでいる自分を感じていた。

程なくして、谷山と滝川、そして堂本が入って来た。堂本は何故か、左腕を吊っていた。加門、挨拶も草々に、

「社長、どうしたんですか?」

「左の鎖骨《さこつ》にひびが入ってます」

「え」

中村の目が大きく開いた。

「浅草から帰って、夜中になって痛み出して、呼んじゃいました、救急車」

「なんと」

加門、組み敷かれていた、堂本の姿が浮かぶ。

「救急車は大袈裟かと思ったのですが、奥さんが、腕も大事だけど、頭に強い衝撃があると間をおいて脳が出血、急に亡くなったりする人がいるって脅されて、怖くなって」

中村が、申し訳なさいっぱいで、

「たしかに、相当ひどく叩き付けられてました」

「まったくです」堂本がため息をついた。

「すみません！」中村が自分を責めた。

「いや、まあ、いいです。脳は無事でしたから。切羽詰まっていたのは私も同じです。その中であなたは荒船さんに頼ってみた、落語に逃げた私よりはましです。まあ、天罰ですね」

「すみません！」再び角度深く中村が頭を下げた。

堂本は、笑顔で「気にしないでください」と言って椅子に座ろうとして、机の角に左肘《ひじ》をぶつけ小さな悲鳴をあげた。

加門は、いきなり本題に入りたくなかった。悪い結果を先延ばしにしたかった。だが、もう世間話をするそんなゆとりはない。

谷山が席に付き静かに言った。

「加門さん、座ってください」

皆が、ミーティング用のテーブルにつく、加門が目を落とすと、横で、中村が膝の上でスカートを握りしめているのが見えた。自分以上に中村の方がつらいだろうと思った。中村にとって、今回のこの仕事は、ずっと探し、見つけ、望んでいた場所だ。初めて本気で手がけた仕事が、きっと、これからゼロに帰《き》すのだ。

谷山があっさりと言った。

「もう、理由はいらないと思います。『我が友、世界へ』は中止です。いますぐに『SCOPE』へ頭の中をスイッチしてください」

静かに、あたりまえのように、全てが終わり、次の命題へとことは移った。中村の肩が小さく跳ねた。不思議と加門はあまりショックを受けなかった。傷を作らないヴェテランの処世術、聞く前からそういうものだと、次の仕事へと気持ちを移し始めていた。

「明後日の記者発表は、私と滝川さんだけでやります。『我が友、世界へ』から『SCOPE』への変更を発表して、とりあえず、作家であり、演出も担当する塚田さんのコメントを出す。キャストは塚田さんの劇団に滝川さんや今回の出演メンバー数名が入るカタチにします。明後日までには細かく決定します」

滝川が受け取って、

「加門、悪かった。遠山は昔もギリギリまで書けないで、ただ、何かを掴めば、怒濤《どとう》のように書き始め、綱渡りみたいにやっていたやつなんだ。今回も、三幕だけだし、きっと何とかなると、心配する谷山を俺が抑えていた。さすがに、もうリミットは超えたと思う」その言葉には、ねぎらいが籠《こも》っていた。

谷山も、怒りを二人にぶつけたりはしなかった。

「加門さんも、中村さんもやれる限りのことを尽くしたよ。今のあなたがたの姿を見ただけで充分理解できます」

加門は、二人の優しさに感謝した。自分はいい、中村をこの件に引き込んだ身としては、その働きを責めることだけはして欲しくなかった。そして、谷山は言った。

「とりあえず、事故現場をそのまま見せましょう、ちゃんと晒《さら》して行きましょう。それが生な世界のおもしろさってことです。ただ、ひとつだけ大嘘をつく。新作の台本は今から書き始めることにします」

加門は理解しかねて、話の行き先を一瞬見失ったが、

「マスコミも観客も、ほんとに今から書き始めてまともなものができるのかと興味津々になるはずです。うまくいかなかったときの嘲笑《ちょうしょう》が大好きな連中も失敗を期待して大勢やって来ます」

谷山の言葉はしだいに明るさをおびて来た。「我が友、世界へ」の公演を言い出したのは他の誰でもない、谷山自身なのに、その言葉に悔恨や逡巡はなかった。加門は、谷山の割り切りの良さ、先しか見ないそのあり方に感心した。

「実は、すでに先週、塚田さんには事情を説明して、『SCOPE』の最終稿を仕上げてくれるように頼んであります」

加門、さすが谷山と感心していたが、この言葉には違和感を覚え、胸の中に異物が残った。谷山は、遠山の締め切り前から新たな台本へと動き始めていたのだ。

「遠山さんには、僕と滝川さんの二人で話しに行きます。きっと滝川さんがいてくれることは遠山さんにとっても良いことと思います」

加門は、中止という残酷な告知に、自分が行かずに済むと思うと正直ホッとした。と、そんな

加門の気持ちを無視するように、うつむいたまま、中村が言った。

「あの、もう一日待ってもらえませんか？」

「え」加門、思わず声が出た。

言い出した、中村の声は震えていた。

「もう一日だけ、遠山さんにチャンスをください、いえ、私にチャンスをください」

繰り返し中村が訴えた。

「中村、もういい」

遮るように加門が言った。

「もう充分ですよ、中村さん」

社員の反抗に慌てた堂本も割って入った。

「気持ちはわかります。ただ、もはやここまでにしないと、新作フェスそのものが危うく」

中村は止めなかった。

「お願いします。本人にちゃんと話してから、終わらせるなら、遠山さんの意志で、ちゃんと決心して終わらせないと」

それは、消え入るような小ささだったが、地の底から、時間をかけ、やっと表に出て来たような、頑《かたく》なな響きがあった。

「わたし、ずっと側で、一緒にいたんです。遠山さん、必死でした。自分の全てを注ぎ込んでいました。思い出したくないことも怖がらずに手に取って眺めて、必死に言葉を探していました」

谷山は少し慌てた。どう見ても身体も気持ちもぼろぼろとなっている中村が、まさか、まだ続けたいなどと言い出すとは。

「中村さん、聞いてください」

谷山が、優しく続けた。

「きっと、滝川さんから話せば遠山さんも納得しますよ。滝川さんは、四十年前からの友人なんです」

しかし、その言葉は滝川が、あっさり否定した。

「俺は、友人じゃない」

滝川の目が何か言葉を探し、空を泳いだ。そして言った。

「仲間だ。劇団の」

中村が続いた。

「私も劇団員です。仲間のつもりで側にいました」

谷山は、言葉を見失い黙った。

中村は、引く気がない。加門は、上司としては止めるべきタイミングだとわかっている。ただ、それができなくなっていた。中村の三幕を観たいという強い欲望に、再び加門も揺さぶられていた。早く楽になろうとしていた自分が恥ずかしくなっていた。中村が続けた。

「遠山さんの首を切るんですよね」

谷山、首という容赦《ようしゃ》ない言葉に慌てた。

「首というか、今回はあきらめるということです。もし、いつか書けたら僕が必ずなんとかします」

中村が、顔を上げ谷山を真っ直ぐに見つめた。

「いつかはないです。終わらせるなら、ちゃんと終わらせましょう。遠山さんが書けないというなら、はっきり首にしましょう。苦しんでる遠山さんをずっと見て来ました。できればもう、あんなことにはなって欲しくないです。もう、簡単に東京に呼び出したりしないでください」

「この三幕は」中村、一瞬の逡巡のあとに言った。

「今回限り、だめだったら、なかったことにして上げてください。だから、最後にもう一日チャンスをください」

その言葉には、遠い青空を突き抜ける、強い祈りの響きがあった。

じっと聞いていた滝川が言った。

「わかった、中村。遠山がやれるか、もう一度だけ聞いて来い」

間があって谷山もうなずいた。そして、中村に言った。

「加門さんと二人で行ってください。ただ、遠山さんが書けないと言ったら、そこで、あの台本は終わり、今後待つこともしません。お二人で遠山さんを首にしてください。書けなかった以上、ギャラもなしです」静かに伝えた。


エレベータに乗って、二人きりになった途端、中村は加門に深々と何度も頭を下げた。

「すみません。ほんと、すみません。あんなことを言うつもりなかったんです。もう、今日で終われるかもと思うとほんとはどこかホッとしていたんです。でも、谷山さんが、先週から塚田さんに台本直させてるっていうのを聞いたら、なんか、急に裏切られたような気になっちゃって。腹が立ってしまって、谷山さんの立場なら当然と思っても、我慢できなくて。ほんとすみません」

加門は、中村が眩しかった。あやまる中村を眺めながら、その若さに敬意を抱いていた。自分にはないものが、彼女にはあって、それはかけがえのないもので、それに救われた喜びを感じていた。

遠山の、将来設計のない、今に正直に生きる姿に自分も中村もやられているのだ。加門は思った。俺たちは今おかしなことになっている。が、それでいい。

「よし、あと、もうひと踏ん張りだ、やりきろう」

何の展望もないのに、気持ちに日が射した。二人は、わずかな光で行く先を見つめ、遠山のもとへと向かった。


中村は出がけに紙袋にポスターやチラシ、できたばかりの宣材を入れ、それを持って出た。遠山が書くと言ったら見せようと思った。でも、もしダメだったら見せるのか？ 全てが無駄に終わったとき、宣材の存在は遠山に負担をかけるような気もして、そのときに決めようと思った。

谷山の事務所から、ホテルまでは大通りを真っ直ぐ歩いて十分もかからない。加門と中村はそれぞれの思いを抱え黙って歩いた。早足でどこか競うように歩いた。

中村は、あの、酔って歌ってどうしても書けない明け方、遠山が中村の部屋にやって来たときのことを思い出していた。

加門には言わなかったが、遠山に「一発やらせろ」と言われ自らベッドに入ったとき、どこか冷静な自分がいた。遠山とだったらそうなっても良いかなと思わされたのだ。

不埒《ふらち》と言うのだろうか？ 今、自分がどうなっても最後まで遠山のことを思い続けようと思う行為も、その不埒さの先にある気がした。そうだ、遠山のことが抗いがたく好きなのだ。と今さら自分で思った。本気で生きている人から溢れ出る匂いや、将来を生きない、今に取り憑かれた人の言葉の響きに呼応する身体を自分は持っている。

「ふらち」と小さく口にしてみた。中村は、そのえも言われぬ語感に、ちょっと吹き出してしまった。

十二階でエレベータを降りる。加門も、中村もすぐには歩き出さなかった。中村が、大きく深呼吸をした。

向かうのは、廊下の奥の角部屋。何度も歩いたその廊下が、今までになく、随分と長く見える。

中村、廊下の奥を見据えたまま言った。

「加門さん」

「ん」

「ドキドキします」

「ああ」

「爆発しそうです。心臓」

「ああ、俺もだ。いい感じだ。行こう」

二人は、並んで、ゆっくりと歩き出した。

加門、ドアの前で呼吸を整え、ドアノブを回した。中に入ると、カーテンは開けられ、部屋は明るい。ベッドの上に、さながら即身仏《そくしんぶつ》のように、じっと座る遠山が見えた。下着の上にバスローブを引っ掛け、剃っていない真っ白な髭が顔を覆っている。

じっと考える哲学者のようでもあり、何もしないままただ座っているホームレスのようでもある。

部屋に入って、立ち尽くしている二人に、いともあっさりと、「首かい？」と遠山が聞いた。

またも繰り出された先制攻撃に加門は屈しなかった。

「ええ、このままなら」そう応えた。

行き場のない時間が流れ、随分と間があって、遠山が口を開く。

「俺は、書き始めたとき、街に火をつけようとしていた。あの、遠い昔、焼夷弾《しょういだん》の炎に焼かれたそのときからすべて出直そうとする話を考えてたんだ」

言い終わるや、中村が、勢い込んで話し出す。

「素晴らしいと思います。あと一日半あります。遠山さんが書き上げてくれればどんなものでも必ず上演されます」

遠山、それには応えず、続けた。

「四十年前、書いている最中に書いていることが馬鹿らしくなる時代になって、筆が止まった」

中村は、遠山への思いを込め、言葉を探した。

「書かなきゃ、何も生まれないんです。このままだと、二人の『世界』も、高橋も、小野冴子も、皆、宙ぶらりんのまま、紙の中に閉じ込められて、どこへも向かえず消えて行くんです」

「しょうがない」遠山はあたりまえのように言った。

中村は、大事な友人たちがばっさり打ち捨てられたような気持ちになった。

「しょうがない？　しょうがないって？」

中村は幾つもの言葉が胸いっぱいになって、

「いつまでも甘えたこと言わないでよ！」

その声が跳ね上がった。慌てて加門が割って入った。

「遠山さん、人間を信じてください。クソッタレな世界かもしれませんがあきらめずに愛してください」

聞いた遠山は、じっと考え、そして応えた。

「加門……俺は、いつだって、本気で、世界を変えられるんじゃないかと思って書いてきた。俺の台本の力で、まさに、今、世界が変わり始めると思い込まないとダメなんだ」

そして、息を継いで言った。

「今、ここにいても、何度ペンを握り直しても、そんな風に思えないんだよ」

中村は、もう駄々っ子のように、とにかく書かせようと必死だった。

「書かなかったら、ギャラも出ないんです。せっかく作った鶏小屋の烏骨鶏はどうするんですか？　あたしたちも一生懸命ペンキを塗りました。加奈子さんがしてくれた二度塗りもしっかり乾いてるはずです。ちゃんと使ってください鶏小屋。屋根の雨漏りはどうするんです？　そのままでいいんですか？　加奈子さんがかわいそうじゃないですか！」

必死の中村を、その息切れした肩の揺れを、遠山はじっと見ていた。そして、言った。

「終わりにしようや。三幕はない」

自ら宣言した。

中村の肩から力が抜けた。もう、何の言葉も出ない。深い息を吐いて中村は加門を見た。加門、うなずいて遠山を見た。そして、静かに言った。

「遠山さん。首です」

遠山はその目を閉じた。

「劇団自由演技は、もう二度と『我が友、世界へ』を上演することはありません」

三人とも、その加門の決別の言葉が部屋に染み込み、消えて二度と戻って来ないのを確かめるようにじっと黙った。

目を閉じてベッドに座ったままの遠山を見て、加門は、中村に目配せをした。遠山を一人にしようという合図だった。中村はすぐに理解して、

「遠山さん、谷山さんと滝川さんが答えを待っています。お二人のところに行って報告してきます」

それから、中村は決心して床に置いていた紙袋をベッド脇の椅子に置き、

「これ、今日上がって来た宣材です。もはや記念にしかなりませんが」と言った。遠山は、小さくうなずくだけだった。


遠山の部屋を出た二人は、エレベータに向かう廊下も、エレベータの中も、ロビーのソファに座り込んでからも、何も喋らなかった。もう、日本語が解けて消えたかのように頭の中が空っぽだった。こんなにもことごとく何もかも実を結ばず、ただただ無為に終わってしまったことを理解しかねていた。

一枚も書いていないのだ。始まる前に終わってしまった体たらく。慰めあうことも憚《はばか》られた。ロビーには、そんな二人のことなど全く目に入らず、気にもとめずに行き交う人々が溢れていた。海外の団体客がチェックアウトをしようとやって来たのだ。

中村は、その身をソファに預け目を閉じた。中村はこんなときに一人ではなく、側に加門がいてくれることに心から感謝した。今まで、この仕事の世界をサヴァイヴしてきた人間がいてくれることで、最悪の今も、いつか、必ず過ぎ去って行くことを想像できたのだ。

そう思ったとき、中村は、遠山の側を離れ、一人にして来たことを後悔した。加門に従って部屋を出たが、たとえ自分には何もできなくとも、遠山の側にいるのが劇団の仲間がすべき態度だったかもしれないと思い始め、申しわけない気持ちになった。

ベッドに座り込み、一人いる寂しげな遠山の姿が浮かんだ。

「ちょっと来てくんねえか」

この二週間、遠山の、呼びかける、あのいつもの声が蘇る。

「中村」

自分が、また呼ばれている気がした。遠山が生み出すものを信じ、祈り、待っていたあのときを懐かしいと思った。

「加門！」

呼ぶ声が大きくなっていく。遠山さんは、やっぱり仲間に側にいて欲しかったんだ。

「おい、おい、ちょっとよお」

とうとう、目の前に遠山の姿までが浮かんで来る。

「おい！」

はっとして、現実に戻ればほんとうに遠山が目の前にいた。さっきと同じパジャマにバスローブ姿だった。ロビーにいる客たちが、伸びた白髭、裸足で、髪の乱れたパジャマ姿の老人とその仲間二人を好奇の眼差しで見つめている。

「部屋に来てくんねえか」遠山の言葉には性急さがあった。

二人は慌てて立ち上がった。

部屋に戻る最中、遠山が尋ねた。

「置いていったポスターを見た。あのイラストは根本さんの画だろ、どっから引っ張り出して来た」

中村は、遠山の言っている意味がわからない。

「どっから？」

「この芝居のために描いたのか？」

遠山が真剣な目で尋ねた。

加門、まさかと思いながら、

「初めて見るんですか？」

「そうだ」

「四十年前、公演用に作って、使われなかったものです。それを文字部分だけデジタルで修正しました」

「ああ」

遠山が息を漏らした。それは、ため息とも、驚きとも取れる声だった。

部屋に入ると、中村が渡した宣材のポスターが、壁にセロテープで貼ってあった。加門は、まさか、遠山が今まで一度も見ていないとは微塵も想像していなかった。

「遠山さんが、いなくなったあとに作ったものなんですね」

遠山が、ポスターに顔を近づけ描かれている人物たちを追って行く。

中村がその背中を見て、

「何か根本さんと相談されたんですか？　この船と男は」

「してない」

加門は、答えを探す。

「たぶん劇団は、遠山さんを探しながら、公演の準備をしていたんです。もし、遠山さんが見つかって書けるとなれば、宣材も作っておかないと間に合わない。それで根本さんが、読んでいる二幕までの印象で勝手に描いたんですね」

加門は、じっくり見るとその船上でただ一人笑う男が根本寛治に見えて来た。

「あの人らしいな、この男は根本さんが演じるはずだった高橋ですね。自分を目立たそうって魂《こん》胆《たん》ありありです」

「ああ、根本さん、本公演で初めての主役だったからはりきってた。悪いことしちまったなあ。今さらだけどよ」

加門は、自分の名付け親である根本の事を思い出していた。

「きっと、根本さんにとって、二幕まで読んだ印象が、出航していく船だったんですね」

遠山、時間をかけ、どこか慈しむようにそのポスターを見ていた。離れて眺めるように、近づき探るように。それは、どこか、亡くなった根本寛治と会話しているようにも見えた。

そして、遠山はそのポスターに手を触れて、

「根本さん」

静かにその名前を呼んだ。

加門は、思った。宣材を持って来た中村の機転と優しさが、こんなふうに四十年という歳月を埋め、根本から遠山への思いを繋いだのだ。

三幕はなくなった。芝居はもう二度と日の目を見ることはないだろう。このポスターの世界が生み出されることはない。ただ、ここまでかけた時間が無意味だった、今この美しい瞬間を生み

出したことが無駄だったなんて誰にも言わせない。と、強く思った。

加門はそんなふうに考えているうちに、胸がいっぱいになり、ポスターに手を触れている遠山の姿が涙に滲んだ。

涙の向こう、ぼんやりとした遠山が振り向いた。そして、言った。

「書くわ」

加門は、浸りきっている自分を、うまく終われなかった。

「はい？」

どこから出ているかわからないような声を出した。

「書ける」

遠山は、確信を持って言った。

「え」

中村は呆然としていた。その口は、ぽっかりと開いている。

遠山は、立ち尽くす二人を無視して、

「水をポットで貰ってくれ、冷えてないのがいい。あと、せんべいとチョコレート、そうだ、みやこ昆布も買って置いといてくんねえか。めしは握り飯が良い。書きながら食えるからよ」

そういうと、あっという間に机のある部屋へと消えた。と思ったら再び顔を出して、

「あと、美佐に、あ、土屋美佐さんに頼んでくんねえか、清書して欲しいって。時間がねえから書き飛ばす。誰も読めねえ。あの人に頼むしかないんだ。昔、何度も清書してもらってる。あの人なら読める」

気を取り直した中村が、間髪入れずに言った。

「チョコはハーシーズですね」

聞いた遠山は、にやりと笑うと、部屋に入り戸を閉めた。

残された二人は共に、どうしていいかわからず、その場に佇んでいた。遠山が、「書く」とはっきり言った。間違いなく確信の響きがあった。根本のイラストが何か遠山の中に灯をともしたのだ。滝川の言う、「きっかけ」を掴んだのだ。

残された二人に、少しずつ今起きた出来事が地の底から足を伝い上へ上へと上がって来た。小躍りするという言葉があるが、小躍りしたことは二人ともなかった。初めてだった。ほんとうに二人は意味なく身体を動かしたくなり、躊躇せずに従った。ジタバタとした、意味のわからない動き、それは不思議なダンスにも見えた。それに合わせ、抑えられない、溢れる歓喜の声を遠山に聞こえないように、二人だけに聞こえるように思い切り出した。静かな絶叫が部屋を駆け巡る。

そして、見つめ合い、二人は抱き合った。黙ったまま、何も言わず、深く深く抱き合った。

そのとき、部屋の中から、音楽が聞こえて来た。チリチリという小さな雑音と一緒にフォーンセクションが高鳴る。美空ひばりの「東京キッド」が大音量でかかり始めたのだ。

♪　歌も楽しや　東京キッド
いきで　おしゃれで　ほがらかで
右のポッケにゃ　夢がある
左のポッケにゃ　チュウインガム

遠山の声もそれに加わった。その筆が動き始めたことを、加門も中村も感じて、じっと扉の向こうを見つめてしまう。

が、喜びもつかの間、ここはホテルだと思い出し、苦情の心配をし始める二人だった。

加門は、遠山が書き始めたことをすぐに滝川に連絡した。滝川は、携帯の向こうで一言「そうか」と言ったまま押し黙った。そして、「礼は今度言う、ちょっと、もう、切って良いか？」そう言うと突然携帯は切られた。加門は滝川の話せなくなるほどの溢れる思いを感じて、切れた携帯をじっと見つめるしかなかった。

原稿は、記者発表の当日の朝六時に完成した。遠山が推敲《すいこう》し終わった最後の三枚を荒船にファックスすると、多分機械の前で待っていたのだろう。十分もしないうちに清書して戻された。最後に一行、荒船からの追伸が書かれていた。

「悔しいわ。小野冴子をやれないなんて」

受け取った中村は、その言葉が、ファックス用紙の中で、宝石みたいに輝いて見え、うっとりとため息をついた。

それをデータに打ち込んで、プリントすると、それまでの原稿に加え、中村は、その束を味わうようにそっと胸に抱いた。それから側にいる加門に渡した。加門はその重さを計るように両手で持ち、老眼の自分にもしっかり見えるように少し離してそれを眺めた。

一枚目には「我が友、世界へ　第三幕　作　遠山ヒカル」の文字があった。

悪魔の冷笑のように真っ白だった原稿用紙が、嘘のように、天使の羽のように窓からの光を受け輝いていた。

「我が友、世界へ」第三幕

作　遠山ヒカル

○小野冴子の部屋

カーテンから漏れるわずかな光。
暗闇に目が慣れると、その光に男と女のシルエットが浮かぶ。
激しく求め合う宮本世界と小野冴子。
ベッドがきしむ。乱暴な調律。楽器はただただ妙に大きな音をたて、壊れ、終わる。
初めてのセックス。ベッドの中、甘い言葉、小さな笑い。
静寂。眠ってしまった宮本世界。
下着をつけそっと起き出す冴子。
机や、チェストの引き出しを素早く開け、何かを探す。
宮本がもそもそと起きだす、そして、冴子に近づく。

宮本「何をしてるの」
驚き、振り向く冴子。
冴子「（じっと見て）あなたは誰？」
宮本「（笑って）」

冴子「私にはもうわかってるのよ」

カーテンをいきなり開く。差し込む朝の光。

背中の大きな傷が露《あらわ》になる。

素《す》っ頓狂《とんきょう》な声を上げる宮本、慌てふためき、壁際に寄り背中を隠す。

冴子「深さ、カタチ、そして、あなたに溺《おぼ》れながら左手で触れた感触、間違いなく、それは同じ傷。あなたは岡本、岡本世界ね」

宮本は、驚き慌て、ベッドに飛び込み布団《ふとん》を被る。

ガタガタと震える布団。怯《おび》えきった小さな声が聞こえてくる。

世界「そうだよ。俺は、世界だ。岡本も宮本もない。世界は一人しかいない。俺しかいないんだ。俺はもう、傷だらけのボロボロで」

冴子「生きたまま伝説になろうなんて調子が良すぎるわ」

世界「ごめんなさい、ごめんなさい、ごめんなさい」

冴子「新しいあなたはとても人間的よ、怯えてるその姿を嫌いなわけじゃない」

布団の中から叫ぶように、
世界「まだ、これからも、僕の側にいてくれるかい」

冴子、ベッドに行き布団を強引に引きはがす。身体を丸め、縮こまる世界。

冴子「いいわ、岡本世界は終わったわ。でも、宮本世界のやるべきことは、まだまだ残っているものね。あたしは、マクベス夫人のように起こるであろう最悪を待つだけ」

窓の外から音楽が聞こえてくる。ジンタを思わせるその音色。

数人が楽器を演奏しながらゆっくりと通り過ぎて行く。

その音に被るように、妙に戯《おど》けた呼び込みの声。

男の声「ダンスパーティーは、本夕六時スタート。さあ踊り狂おうぜ。生演奏で踊って、踊って、世界中で起きてる嫌なことはぜーんぶ忘れちまおう！」

女の声「その日に落ちる恋が、永遠の恋だってこともあるわ。今夜は特別な夜かもしれない！」

声が遠ざかって行く。

冴子「今日のパーティーが、宮本世界の考える新しい革命の総仕上げってことね。あなたは、あきらめることで生まれる幸福、未来を思わぬことで笑顔でいられる今をこの場所に生み出そうとしている。ここで一気に岡本世界が見せた夢を、亡きものにしたいのね」

世界「俺は、岡本としての夢なんか一度も見たことはなかった。何をするにもすごく怖くて、怖くないいんだって大声を上げていただけさ」

冴子が、宮本を見て笑い出す。

世界「俺はまだ子供だったんだ」

○学内中庭

中央に巨大なプラタナス。

吊るされた多過ぎる裸電球。不自然な明るさ。

女学生「皆、就職決まった？」

学生A「決まったよ。商社」
女学生「新聞、大変だったんじゃない」
学生B「ちょろいもんさ。庶民のために、新しい時代の新しい情報を丁寧に書いて行きたいって言ったんだ。こんな笑顔で」
学生B「俺、新聞」
学生の作った、人の良い大きな笑顔を見て皆が笑う。
学生C「俺は、小学校。ガキ相手に笑顔をふりまく」
蕩《とろ》けそうに優しい笑顔、皆笑ってしまう。
学生C「笑顔なんて、いくらでもお安いごようさ。これで長い夏休みは永遠に俺のもの」
学生A「3・15のデモで知り合った恵美ちゃん、あの娘とはどうしてる？」
学生C「あ、結婚することにした」
女学生「革命べイビーね」
笑い、盛り上がる学生たち。
高橋、プラタナスの下に座り込んでいる。
ぶつぶつと呪詛《じゅそ》のような言葉を繰り返す。
高橋「岡本世界が帰って来る。いや来ない。夢は、俺たちの夢は、革命は、冴子は俺と寝てくれない。何故？　岡本が帰って来たら、また冴子はそっちへ行くのか？　語るために夢が必要なんだ。夢がなきゃ何も話すことがなくなっちまうんだよ。なのに、岡本、俺を置いてどこに行きやがった。ああ、宮本世界、あいつは絶対許さない。皆、あんなにやけたやつと一緒に楽しそうにしやがって。冴子。冴子。冴子。昨日の夜、冴子の部屋に入ったまま宮本のやつ出て来やしねえ。冴子のやつ、また、岡本のときみたいにでっかい声上げてんのか？　もう、宮本、あいつはもう処刑するしかない。反動分子殲滅《せんめつ》。冴子。冴子。岡本、いつ帰るんだよ。俺は、もう、一人でいるのに耐えられないいんだ」

高橋、その手に握りしめた紙片、岡本世界の残した走り書きを読み上げる。

高橋「『俺は、地獄で聞いて来たんだ。６０００年目、世界は火によって焼き尽くされる』。その６０００年目がもうすぐやって来ようとしている――。」

繰り返す高橋の声が、早く大きくなっていく。

世界と、その正体を知った小野冴子がやってくる。

世界、震える高橋に近づく。冴子もそれに従う。

高橋、二人を見る。

冴子「宮本君、すっごかった。私、久しぶりにいっちゃった。やっぱり、オーガニズムは自由と繋がってるんだわ」

高橋、必死に耳を塞《ふさ》ぐ。

世界「随分、安上がりな自由だな」

二人で笑いながら高橋の惨《みじ》めな姿を楽しんでいる。

冴子「最高の夜よ、高橋君、あなたにはきっと訪れることはないわ」

高橋、這いつくばるようにひれ伏している。

世界「なあ、高橋、聞けよ。岡本が帰って来るだって？　だからどうした。トンデモナイ何かを引き連れている？　なんだいそりゃ、見世物小屋の口上かよ。いいかい、恐怖を盾《たて》にするやつを恐れちゃだめさ。岡本世界みたいなやつは、恐れれば、恐れる程それを食って大きくなって行くんだよ。

所詮、憂《うれ》えた目で下から見上げてぶつくさ言ってるだけだろ。しかも酒で濁《にご》ったやぶにらみだぜ。憂えた先には、馬の人参みたいに革命なんて甘い言葉がぶら下がってる。けど、そんなもの、正義面した戦争なだけさ。きっと、あいつ、大声でレッツダンス！　なんて楽しそうにかけ声をかけるんだ。で、やるのは結局ただの殺しあいさ。だったら、こっちはほんとに踊っちまおうぜ高橋」

高橋、怯える目で世界を見上げる。

世界、右手を誰にともなくあげ、静かに、あたりまえのように。

世界「レッツダンス」

いきなり大音量の音楽。踊り出す世界。

笑って世界に続く冴子。さらに、学生たちも加わって行く。

舞台袖からも次々に踊り手が現れ、舞台の上は踊る若者たちでぎっしりと埋まって行く。

プラタナスの電飾が、音楽に合わせ、激しく点滅を始める。その場所は、トリップした幻覚のごとき様相となって行く。

高橋、慌てふためき、叫び出す。

踊る者たちを回り、その肩を摑み踊りを止めさせようとする。

大声で懸命に何かを叫んでいる。だがその声は大音量の音楽で聞こえない。

あきらめた高橋、疲れ果てて座り込む。

果てなく続く狂乱のダンス。

ふらりと、現れる老教授の酒井。踊る若者たちの前へゆっくりと杖をついてやってくる。

酒井、つまらなさそうに皆を見つめる。

と、思いきや、突然踊り出す。

そこにいる誰よりも激しいその動き。年齢にふさわしくない、ジャンルのない、説明のつかない狂気に満ちた踊り。それはしだいに凄《すご》みを帯びていく。

呆気に取られる高橋。しだいに周りの皆も酒井に気づき始め、動きを止め、踊る老教授を見つめる。演奏者も気づき、楽器が減って行き、演奏も終わるが、酒井一人が踊り続けている。

静けさの中、遠い雷鳴が聞こえて来る。

雷鳴にのって、聞こえて来る声。

声「岡本だ、岡本だ！　世界が戻ったぞお」

それは、しだいに大きくなって行く。

ざわつき始める若者たちが、聞こえてくる声の方向を探す。

世界と、小野冴子、顔を見合わせ、その遠くから聞こえる、岡本帰還を告げる声の狙いを測りかねている。

「世界」は一人なのだ。宮本世界は岡本世界、同じ一人。

声の方へ向かって走り始める若者たち。その数が増えて行く。

声「岡本だ、岡本だ！　世界が戻ったぞお」

声は続く。

ざわめきが、大きなウェーブとなり、その場は興奮の坩堝《るつぼ》と化していく。

混乱の中で佇む世界、小野、そして高橋。

老教授酒井が、声の方に向かう興奮した若者たちに弾きとばされ、踊れなくなる。

雷鳴が近づき、その閃光《せんこう》が強くなって行く。

世界「くだらない、まったくナンセンス」

冴子、笑い出す。

冴子「そうね、パーティーが台無しね」

呆然とする高橋を二人が囲む。

冴子「ねえ、高橋に見せて上げて」

宮本が、楽しそうに笑いながら、シャツのボタンをはずし始める。

世界「3・15はとんでもなかった」

高橋、世界を見上げる。

世界「高橋、お前、言ってたよな。傷を負った俺の背中は、放水車の水を浴びて血が洗い流され、裂けてピンク色をした肉、その奥の真っ白な骨までがはっきり見えてたって」

世界、冴子と笑顔で目配せして、
世界「気を失った俺を運んでくれたお前には、ずっと感謝してるんだぜ」

世界、シャツを脱ぎ捨てる。

世界「高橋、世界は世界に一人ってことさ」

露になった背中の傷を見せつける世界。

高橋「！！！！！！！！！」

　声を上げず、叫んでいるその顔は、もはや狂人のようだ。

　冴子、笑いが止まらない。狂ったように笑い続ける。

　激しくなる雷鳴。

　酒井が、静かにその様子を見つめている。

○港

　巨大な船がその港に接岸している。

声「岡本が戻ったぞお」

　繰り返される声。

声「世界が戻ったぞお」

　激しくなった閃光の中、若者たちが集まり増えて行く。

　港に到着した者は、岡本が戻ったという言葉を信じ、船を見上げ、固唾《かたず》を呑んでその登場を待ち始める。

　世界と冴子、が到着する。

　岡本帰還を告げる声が止む。雷鳴が近づき、激しくなる。張りつめた空気がその場を支配する。

　突然船上から長い梯子《はしご》が投げられる。

　小さなどよめき。さざ波のように広がる若者の声。

雷の閃光の中、その梯子を降りるシルエットが浮かび上がる。

世界、冴子、その目を見張る。

降りてくるシルエット、酔っているのか、すでに限界なのか？　一段ずつ噛み締めるように降りて来る。

そこに高橋がふらふらと力なく現れる。その場の動揺に気づかず、また何か、呪詛の言葉を呟いている。狂ってしまったのかその目の焦点は合っていない。

高橋、閃光を眩しそうに見上げ、光に浮かび上がる船から降りる男のシルエットを見つける。呪詛の言葉が止まる。見開かれる目。

高橋「岡本だあ！」

その声を受け、どっと上がる歓声、そして、しだいにざわざわとした動揺の声が広がり大きくなって行く。

唖然とその様子を見る世界と冴子。世界、梯子に向かって走り、下からシルエットを見上げる。

世界「！！！！！！」

冴子も見上げる、目が離せなくなる冴子。

冴子の背に隠れ震え始める世界。冴子はさらに見ようと近づく。その腕を取り、引き止めようとする世界。

二人を突き飛ばすように高橋が梯子の真下にやってくる。

シルエットを確認して、ほんとうに狂ったかのように声を上げ始める。

高橋「岡本だあ！　岡本だあ！　岡本世界が帰ってきたぞおお！」

それは、叫び。驚嘆の、慶《よろこ》びの、希望の叫び。

全身で身悶《みもだ》えして、そのシルエットを指差し叫ぶ。笑い始める。笑いが止まらなくなる。

港に大きな歓声が上がる。

世界「じゃあ、俺は一体何なんだ。誰だ、こんな罠《わな》を仕掛けたのは」

雷の光の中、しだいに老人のようになって行く世界。髪は真っ白になり、その肌には皺が刻まれて行く。世界がシルエットを指差す。

世界「誰だ、お前は誰なんだ」

梯子の途中、シルエットの男が、冴子にその手を差し伸べる。

冴子がその手に引き寄せられていく。

狂ったように叫ぶ世界。もはや一人のみすぼらしい老人と化した世界が冴子にすがりつく。

冴子はその手を振りほどき、男の許に近づく。

港に降り立つ男、その姿、その顔は「世界」だ。

ある畏怖がその場を支配して、皆の言葉が消える。

雷鳴だけが光り、響く。

高橋も、黙って見ている。

見つめ合う冴子と男。近づき、熱く抱擁《ほうよう》を交わす。

老人となったかつての世界は、朽《く》ち果て、一枚の布となり風に乗りどこかへと消えて行く。遠ざかる雷鳴、弱くなる閃光。

男は、言葉を待つ若者たちをゆっくりと見回し、

世界「僕は、新しい世界だ」

そして、言葉に力が入る。

世界「さあ、出航するぞ」

大きく鳴り響く汽笛。

世界「あるはずの世界へ向けて」

冴子が若者たちに近づき、声をかける。

冴子「乗り込む者を拒む理由はないわ。勇気を試したいものは共に来れば良いのよ。私たちは、『いつか』へ向けて旅立つのよ」

次々に声をかけて行く。

冴子「さあ、行こう、一緒に」

返事はない。誰も何も言わない。

高橋が世界に近づき、持っていた紙片を渡す。

新たな世界は、つまらなそうにその言葉を読む。

世界「『俺は、地獄で聞いて来たんだ。6000年目、世界は火によって焼き尽くされる』。その6000年目がもうすぐやって来ようとしている——。」

そして、言う。

宮本「これは、ブレイクの詩だよ。僕が考えたんじゃないんだ。僕たちに、この炎はもう必要じゃない」

新たな世界はそのメモを破り捨て、風に乗せる。

慌てる高橋、散らばったその紙を必死に拾い集める。

確かめるように皆を見る世界。皆、目をそらす。

世界、優しく微笑んで、

世界「冴子、そろそろ行こう」

振り向き、静かにうなずく冴子。世界、冴子に手を差し出す。握る冴子。

二人は梯子に近づく。世界と冴子の二人、もう一度港を振り向くと、共に梯子を登り始める。見守る若者たち。

高橋、どうしてよいかわからず、梯子を上がって行く二人を見つめている。

二人が船上に消えようとするその瞬間。高橋、我慢できずに、梯子に近づくと、持っていた紙片を投げ捨てる。

そして、縄梯子をがしっと掴み、一気に登り始める。

その、登って行く激しい息切れが聞こえる。必死に登りながら話し出す高橋。

高橋「それは、輝かしい豪華客船に見えた。そして、巨大な棺《ひつぎ》にも見えた。まあ、どちらもたいして変わらない。俺にとっては奴隷船《どれいせん》のようなものだ。俺は、小野冴子を愛してる。その、自分の気持ちにだけは奴隷のように従えるのだから」

言い終わる言葉と共に、美空ひばりの歌う「オーバーザレインボウ」が聞こえ始める。

別れのテープが天上より落とされ、吹きすさぶ風に揺れ始める。舞台は、たなびき交わるテープ、紙吹雪でしだいに何も見えなくなって行く。打ち鳴らされる激しいドラの音、そして続けざまの汽笛が劇場を覆い尽くす。

『さようなら』『アデュー』『グッバイ』『チャオ』『ダ、スビダーニャ』。多分乗り込んでいるであろう、世界の若者たちが別れの言葉を叫んでいる。そして、

『くそくらえ！』。楽しそうな高橋の声が聞こえた。

全てがカットアウト。暗闇。静かな雨音がゆっくりと立ち上がってくる。それは、すべてを癒すような優しさに満ちている。

大きな音とともに、スポットライトが放たれる。照らし出されるのは老教授酒井だ。もう、そこには酒井しかいない。

酒井は踊っている。静けさの中で踊り続けている。

そのステップの床を鳴らす音が続いている。

（了）

加門が出会いたかった、かつてあったむせ返るような演劇のエネルギーがそこにはあった。どこか古くさくはあるが、でも、馬鹿馬鹿しさがはみ出すように溢れかえり、台風のように劇場を巻き込んで行く様を想像できた。

遠山は、感激を告げる加門と中村に、

「最後のダンスは滝川へのサービスだよ。言うなよ、あいつむくれっから」

そう言って、笑った。

加門は思う。ラストの船は、まさに根本からポスターを通して送られたメッセージが生みだしたものだ。根本がどう思ってそれを描いたかは今となっては知る術がない。きっと、二幕までの中に、それを見いだしていたのだろう。

船はどこへ向かって出航したのだろう?

あの時代に、多くの人が抱いた夢、そして、その先にあったかもしれない希望を、遠山は、四十年を経た今の中にも見つけることはできなかった。

船は、今よりもさらにずっと遠い先にある、「いつか」へと向かったのだ。加門は、素直にそう思えた。高橋も、世界も、小野も、きっとまだどこかで航海を続けているのだ。

加門は、完成した原稿を抱え、先輩、根本寛治に感謝して、墓の方角に向かって頭を下げた。

結　我々は夢と同じもので出来ている

We are such stuff
As dreams are made on, and our little life
Is rounded with a sleep.
我々は夢と同じもので出来ている。
我々のささやかな一生は、眠りとともに終わる。
『テンペスト』第4幕第1場

午後からの記者発表に、遠山ヒカルは出席しなかった。台本を書き終わると、一睡もしないまますぐ岡山に帰ると言い出し、荷物をまとめると東京駅へと向かった。向かうタクシーの車中で遠山は言った。

「この先、俺がいたら、またいろいろ口を出しちまうからさ。初日が開けねえよ」

そして、岡山駅まで加奈子が迎えに来ることになって、「愛されてるだろ」と遠山は自慢気に笑った。


別れはしんみりしたものにはならなかった。なぜなら、公演が終わったら、加門《かもん》と中村は、二人一緒に岡山の遠山の許へ遊びに行くと約束したからだ。二人には業界人にありがちな口約束のつもりはなく、駅に向かうタクシーの中で、公演が終わったのち一緒に行けそうな日の目星までつけた。遠山は嬉しそうに声を上げた。

「その頃には鶏小屋に烏骨鶏《うこっけい》がいっぱいいるぞ。卵食い放題だ」

中村は、遠山の突然の帰郷、仕方がないとはいえ、加奈子に遠山を送り届ける約束を守れず、申しわけなさでいっぱいだった。遊びに行き、加奈子に再び会えると思うとホッとした。

ホームに着き、新幹線に乗り込むそのときに、遠山は加門の顔をじっくり見て楽しそうに言った。

「加門慶多か。カモン！　慶《よろこ》び多くあれ、根本さんらしいな。その顔にぴったりのおもしれえ名前だ」

加門は感じていた。今、ここには根本さんもいる。一緒に会うことのなかった三人が、いや中村もいるから四人、劇団自由演技の仲間が時代と世代を超えここに集っている。

そして、遠山は言った。

「厚い唇の兄ちゃんと、夜遊び好きな姉ちゃんにもよろしくな。二人の芝居を見たおかげで筆が進んだわ」

加門は笑ってうなずいた。田川と、山下の喜ぶ顔が浮かんだ。

それから遠山は中村に近づくと加門に聞こえないように耳許で囁《ささや》いた。

「たまには、京都辺りで落ち合おうや」

中村が何か言おうと言葉を探している間に、遠山は新幹線の中に悠然《ゆうぜん》と消えて行った。


記者発表は、演劇公演の発表とは思えぬ盛況だった。両国のリハーサル会場が記者と関係者で埋まり、キャストの紹介が始まった。アイドルの友枝《ともえだ》から、演劇界のホープ田川、若手女優の実力派山下に、重鎮《じゅうちん》の滝川と魅力的なキャストが連《つる》べ打ちの状態で、訪れた者に本番への期待と興奮をかき立て、めまいがするほどのフラッシュが焚《た》かれた。

加門と中村は、会場の後ろに控《ひか》え、その光景を黙って見つめていた。二人とも、未だ覚めぬ夢のような、えも言われぬ幸福の中にあった。

そんな加門に、山下のマネージャー石田が近づき、「さすがですね。ありがとうございます」と言って頭を下げた。そして、中村を見て笑顔で「good job」と親指を立てた。中村は石田のいきなりの変容ぶりに違和感を感じて、つい中指を立てそうになったが、我慢して、微笑みで返した。

谷山が大袈裟《おおげさ》に語る「我が友、世界へ」の台本がたどった運命、遠山ヒカルの伝説とその物語は記者たちの好奇心をかき立て、多くの質問がなされた。そこで、滝川が、会見を欠席した遠山からのメッセージを厳《おごそ》かに読みあげた。

「一生懸命《けんめい》書きました。好きなようにやってください。　遠山ヒカル」

それだけだった。

これを、滝川の重々しい声で読み上げると不思議な可笑《おか》しさがあって、会場にさざ波のように笑いが広がった。読んだ滝川も一緒になって笑った。

記者会見が始まる前、何故か一番緊張していたのは滝川で、喉《のど》が渇いて控え室にある水を何杯も飲んだ。四十年前のうぶだった自分、二十代の若き演劇青年だった滝川大介が緊張していたのかもしれない。

会見が終わったあと、呪縛《じゅばく》が解けた滝川は珍しく饒舌になり、控え室に戻りながら「こりゃ、再演行けそうだな」とかつての中村のようなことを口走った。


記者会見が終わると、加門と中村はスタッフキャストとともにミーティングを済ませ、遠山の部屋を片付けるためにホテルへと戻った。既に陽は暮れ始めている。ほとんど話す気力も失せ、明日の朝から始まる初日までの日々の過酷さを思うと、始まる前にしてすでに気持ちがへとへとだった。

リース業者が来て、一昼夜しか使われなかった机を搬出して、さらに黙々と片付けた。すべてが終わると、もう夜も更《ふ》けて十一時を回っていた。

中村がロビーのソファにへたり込むように座っていると、支払いを済ませた加門が戻って、

「まいったよ。遠山さん、バーの金額もとんでもないけど、上のエステにも随分《ずいぶん》通ってて」

「え」

「カードの限度額ぎりぎり。知らなかった？」

中村、思い当たることがあって、

「ああ、散歩って言ってよく出かけたのはエステだったたんですかね」

「マッサージだけでなくてフェイシャルにも随分かかってて」

「確かに妙に肌艶《はだつや》の良い日があったんですよね」

中村は自分でも驚くくらい深いため息が出た。

「あたし、もう、肌ぼろぼろです」

肩を落とした中村に加門は明るく言った。

「中村、明日から稽古《けいこ》だ、また忙しくなる。これまでのことは一旦《いったん》忘れよう」

二人は、今日までを打ち上げようと、遠山が通い続けた最上階のバーへと向かった。


疲労困憊《こんぱい》の果てに寝ていない二人はすぐに酔った。中村は加門に絡《から》んだ。

「なんで遠山さんは、あんなに書けないんですかあ。いや、書かないのか？　何でなんですかあ。デリヘルのお姉さんも、絶対観に行くって遠山さんに言ってくれてたんですよ。あたしだって本気で見たくて、一回も家帰らないでね、なんで、あの遠山って、いや、遠山さん、ぎりぎりまで書かないいかなあ。どうせ書くんだったら、もっと早くさあ書いたってね。いいじゃないですか？　それに、言い出しっぺの谷山さん、そうそう滝川さんもそうだ。ほんと面倒な人たちですよ。ど

うして、時間もないのにこだわって、なんでもかんでも言いたいこと言って、わざわざ難しくして行くんですか？」

酔ってろれつの回らない中村はやっぱりかわいい、と、加門はぼんやり思う。

「どうしてなのかね、ほんと、なんでだろう」

加門は、そう答えたが、続けて思いもしない言葉が口をついて出た。

「きっと、あの人たちには、自分のいたい場所がはっきりあるんだよ」

言って、なんとなく自分で腑《ふ》に落ちた。やっと、良いことを言うタイミングで良い事を言えた。そう思った。

「あ、なんかいい、それ。加門さん、さすがですね」

中村が潤《うる》んだ、あの岡山の旅館の眼でうつろに見上げた。

え、チャンス？と加門は思ったが、それを悟られまいと顔をそらしてしまう。

「ああ、結局いつもと同じだ」と心の声が小さく呟《つぶや》いた。

中村はそんなことは気にもせず、眼を閉じて、そのまま何も言わなかった。「私のいたい場所はどこなのか？」。中村は思いをめぐらしているのかもしれない。

加門は、少し自棄《やけ》になって、今日は良いだろうと決心した。頑張った中村と、中村の若さに最後までついて行けた自分、二人へのお祝いだ。加門、得意げに声を上げた。

「ボウモアの三十年、ロックで二杯」

遠山がこのカウンターでいつも飲んでいたモルトウィスキーを頼むのだった。いつもの白髪のバーテンが、厳かに黙ってうなずくと、グラスに氷を入れた。

中村もバーテンの手許へと目をやってその良い音をさせできて行く様子を見つめた。カラカラと響く氷の音と、キラキラと輝く琥珀《こはく》色が、二人を更なる夢の世界へと誘った。

やって来たグラスを二人で手に取り、もう一度乾杯をした。そして、静かにそれを口にする。

加門は、口の中でゆっくりところがして、遠山の海が見えると言っていた潮の味、アイラ島の海藻《かいそう》の風味を探した。幾重もの味の先にそれはあった。「ああ、ほんとだ。海だ」。舌の先がスコットランドと繋がった。行ったことのない見知らぬ風景が浮かび上がる。それは、吹きすさぶ潮風に枯れ草がこれでもかと繰り返し揺れ続け、荒々しい高波がずっと遠くまで見渡せる、そんな崖《がけ》っぷちだ。暗雲が空を覆《おお》い、地上までやってくる光もわずかだ。黒くごつごつとした岩ばかりで何も良いことは起きそうもない、あと一歩前に進めば木っ端《こっぱ》みじんになって全ての面倒がなくなる場所。でも、そこに懸命に立ち、風音の隙間に聞き取れるカモメの鳴き声に耳を傾け、眼を細め、涙まじりで海を見つめているのがとても気持ち良かった。なんだかずっといたくなる優しい場所だった。

加門は思った。

いつも、こんな場所に遠山ヒカルはいるのだろうか?

そして、今、中村にもこの場所が見えているのだろうか?

犬童一心
INUDO ISSHIN

★

映画監督、CMディレクター、脚本家。
一九六〇年東京生まれ。監督作品に「ジョゼと虎と魚たち」「メゾン・ド・ヒミコ」「黄色い涙」「眉山―びざん―」「のぼうの城」（共同監督）など。脚本作品に「大阪物語」「黄泉《よみ》がえり」などがある。

◎引用・参考文献

ウィリアム・シェイクスピア『夏の夜の夢』小田島雄志／訳　白水Uブックス
（本文61〜62頁）

ウィリアム・ブレイク「人間の抽象」（ブレイク詩集：経験の歌）壺齋散人／訳
http://blake.hix05.com/index.html（本文122〜123・243〜245頁）

『ザ・シェークスピア』坪内逍遙／訳　第三書館

「天国と地獄の結婚」『ブレイク全著作』梅津濟美／訳　名古屋大学出版会

◎演劇部分監修

ゴーチ・ブラザーズ　マネジメント部　片山善博

◎本書は書き下ろし作品です。
JASRAC 出 1614048-601

我《わ》が名《な》は、カモン

★

二〇一六年一二月二〇日 初版印刷
二〇一六年一二月三〇日 初版発行
著者★犬童一心
装幀★岩瀬聡
装画★山村浩二
発行者★小野寺優
発行所★株式会社河出書房新社
東京都渋谷区千駄ヶ谷二-三二-二
電話★〇三-三四〇四-一二〇一［営業］〇三-三四〇四-八六一一［編集］
http://www.kawade.co.jp/
組版★KAWADE DTP WORKS
印刷★株式会社暁印刷
製本★小高製本工業株式会社
Printed in Japan
落丁本・乱丁本はお取り替えいたします。

ISBN978-4-309-02528-5